TANITH LEE

Indische Nächte

EINE MAGISCHE REISE
IN EINE DUNKLE WELT

BASTEI LÜBBE

BASTEI-LÜBBE-TASCHENBUCH
Allgemeine Reihe
Band 13 111

Erste Auflage: Oktober 1987

Deutsche Lizenzausgabe 1987
Bastei-Verlag Gustav H. Lübbe GmbH & Co., Bergisch Gladbach
Originaltitel: Tamastara, or The Indian Nights
Ins Deutsche übertragen und durch
ein Glossar ergänzt von Dr. Elisabeth Sautter
Lektorat: Michael Nagula/Dr. Helmut Pesch
Umschlaggestaltung und Illustration:
Atelier Lucia Maierthaler
Druck und Verarbeitung:
Brodard & Taupin, La Flèche, Frankreich
Printed in France
ISBN 3-404-13111-8

Der Preis dieses Bandes versteht sich einschließlich
der gesetzlichen Mehrwertsteuer.

Danksagung

Die Autorin dankt Dr. J. G. Chadal für ihre unschätzbare Hilfe und Gefälligkeit.

Und sie dankt für den Anreiz zum Nachdenken, den ihr jenes unter dem Namen Michael bekannte, körperlose Wesen vermittelt hat, dessen erregende Informationen zu einem großen Teil in den »Botschaften von Michael«, Chelsea Quinn Yarbro, Playboy Press 1979, zu finden sind.

Die Autorin möchte schließlich hinzufügen, daß sie, und nur sie allein, für alle in diesem Buch gezogenen Schlußfolgerungen, dichterischen Freiheiten oder auch Fehler aufkommt.

Tanith Lee
1982

Inhalt

Die erste Nacht führt ein wenig mehr als fünf Jahrzehnte zurück in die britische Vergangenheit Indiens. Aber eher als um eine Reise geht es darin um jene verborgenen Wesen, die es immer und allezeit gegeben hat, um nächtliche Dunkelheit und helles Tageslicht und um Lampen, die in den Tiefen der Erde leuchten. Mit einem Flimmern wie von silbernen Bändern im trockenen Gras …

Die fremde Haut

1.

Nach dem Sommerregen war die Straße, die zu den Bungalows führte, zeitweilig ein Fluß aus rotem Schlamm. Als der Schlamm trocknete, kam ertrunkenes Getier zum Vorschein: Ratten, ein langschwänziger Vogel, ein Mungo.

»Sie haben auch eine alte Frau gefunden«, bemerkte der Mann, der auf der Veranda in aller Ruhe sein Frühstück einnahm, »eine Leiche, um die einige von ihnen viel Aufhebens gemacht haben.«

»David«, sagte die Frau.

Der Mann, ihr Ehemann, warf ihr einen flüchtigen, betont fragenden Blick zu. »Was ist mit David?«

»Er hört zu, Liebster.«

»Laß ihn zuhören!«

»Aber Chaver, mein Lieber ...«

»Der Tod ist eine Tatsache, nicht wahr, mein Junge?« Über den Tisch hinweg nickte der Achtjährige, dessen Haut trotz der starken Sommerhitze blaß und farblos war. »So ist's recht!« lobte der Mann. »Mein Gott, Evelyn! Er muß sich daran gewöhnen. Er wird ihm hier überall begegnen.«

»Ja«, bestätigte Evelyn und führte die Serviette an ihre Lippen.

»Was hatte ich sagen wollen?« fragte der Mann, den sie Chaver nannte. Als sie es ihm nicht sagen konnten oder nicht sagen wollten, faltete er seine Zeitung auseinander, die wieder einmal zu spät ausgeliefert worden war, begann zu lesen und vergaß sie.

An diesem Abend, als die Sterne am Himmel aufleuchteten und die Grillen im Gebüsch zirpten, kam eine Frau den gepflegten Gartenpfad zwischen den Orangenbäumen zum Haus hinauf und blieb bei dem Rhododendronstrauch unterhalb der Veranda stehen. Dunkel wie der Staub unter ihren Füßen, bewegungslos, stand sie dort geraume Zeit, bis die Türen des Speisezimmers geöffnet wurden. Dann ergoß sich das helle, bernsteinfarbene Lampenlicht über sie, und Geschrei erhob sich.

»Was, in Gottes Namen, soll dieser Lärm?« erkundigte sich Chaver Finlay und ging in seinem viel zu förmlichen Dinnerjackett zur Tür.

»Ein Bettelweib«, erklärte der Diener. »Ich habe ihr gesagt, sie soll sich wegscheren.«

Der Mann blickte hinaus. Er sah die Frau bei dem geisterhaft erscheinenden Rhododendron wie ein Geschöpf der Dunkelheit ins Licht treten. Sie faltete die Hände und verneigte sich vor ihm. In tadellosem Englisch sagte sie: »Herr, ich suche Zuflucht. Durch den Regen habe ich mein Heim und alles, was ich besaß, verloren. Ich bin lange unterwegs gewesen.« Sie war, wie er sehen konnte, in ein Stück verfilztes Sackleinen gehüllt, das sie unterwegs gefunden haben mochte. Unter den Lumpen zeichnete sich ihre Gestalt ab, schlank und schön. Ihr Haar war in einem langen schwarzen Zopf zusammengefaßt, der ihr auf den Rücken hinunterlief. Sie hatte ein hübsches Gesicht mit einem zart geschwungenen asiatischen Mund, eine lange, feingeschnittene Nase und große, weit auseinanderstehende Augen. Auf ihrer breiten, niedrigen Stirn, die Intelligenz und Ausgeglichenheit verriet, war kein Kastenzeichen zu sehen, und sie trug keinerlei Schmuck, nicht einmal einen gläsernen Armreif oder einen silbernen Knopf am Nasenflügel.

»Schon gut«, sagte Chaver Finlay, fasziniert von dieser Frau, »schon gut. Geh in die Küche. Sag ihnen, ich wünsche, daß du zu essen bekommst. Und sieh zu, daß Asha etwas zum Anziehen findet.«

»Der Herr ist sehr gütig.«

Es gefiel dem Mann, »Herr« genannt zu werden, wie sie es hier oft in ihrer oder auch in seiner Sprache taten. Er war groß und stattlich, tief gebräunt, mit Haaren und Augen so schwarz wie die eines Eingeborenen. Wie so oft, fühlte er sich auch jetzt wieder aufgewühlt durch die Berührung mit dieser Welt, die ihm seiner Herkunft nach so fremd war, die seinen Geist – oder was er für seinen Geist hielt – so sehr herausforderte. Seine Tätigkeit, die mit der örtlichen Verwaltung zu tun hatte, war trocken und langweilig. Er vermochte kaum eine Verbindung zu erkennen zwischen dem, was er tat, und den Menschen, die ihn fortwährend irritierten und denen seine Arbeit doch dienen sollte.

Während des Abendessens verglich er Evelyn, fast ohne sich dessen bewußt zu sein mit den eingeborenen Frauen. Arme Evelyn! Wie ganz und gar unähnlich sie ihnen war! In einem Maße unähnlich, daß es beinahe lächerlich schien. Dünn, doch ohne die etwas eckige, heroisch anmutende Grazie der schlanken Dorffrauen. Ihre helle Haut litt unter der Sonne und hatte einen häßlichen rosa Farbton angenommen, den selbst eine dicke Schicht Puder nicht verbergen konnte. Wahrhaftig, die fremde Sonne war Evelyn nicht sehr freundlich gesonnen. Sie hatte alle Farbe aus ihren Augen gesogen, mit denen sie ihn einst, in einem kühleren Klima, für kurze Zeit verzaubert hatte. Und der Junge ... der Junge schien ihr nachzuschlagen. »Iß dein Fleisch auf, David«, sagte der Mann geistesabwesend. Milchsuppe! Konnte er, Chaver Finlay, ein so kraftloses Geschöpf gezeugt haben? Klein und dünn und blaß und nicht ein Anflug von Farbe. Die blauen Augen hoben sich so selten, um dem Blick des Vaters zu begegnen, daß dieser kaum wußte, wie sie aussahen. Sicher, der Junge hatte viel Zeit mit Evelyn verbracht; es gab keine Jungen in der Nähe, mit denen er hätte spielen können, um auf diese Weise etwas gesunden Menschenverstand und Rückgrat zu bekommen. Es gab hier nur eingeborene Kinder. Und die kamen natürlich nicht in Frage.

Als die Mahlzeit vorüber war, brachte der Diener die Karaffe, Gläser und ein Päckchen Zigaretten. Geschickt bediente er das Feuerzeug und sagte: »Die Frau ist draußen. Sie möchte hereinkommen und mit dem Sahib sprechen, aber ich habe ihr gesagt ...«

»Was immer du gesagt hast, geh und laß sie herein!«

Evelyn zog ihre sandfarbenen Augenbrauen hoch.

Als die Landstreicherin eintrat, holte Finlay vor Vergnügen tief Atem. Asha hatte offensichtlich das Beste hergegeben, was sie besaß: ein Gewand von schreiendem Grün und Safrangelb, das die Fremde trug, als sei es ihr eigenes. Das tiefschwarze Haar hatte sie frisch geflochten und vorher eingefettet, und der schwere Duft von Öl brannte in seinen Nasenlöchern wie der Whisky an seinem Gaumen.

Wieder verneigte sie sich vor ihm, doch ohne die Augen niederzuschlagen, große schwarze Kohlen, in denen das Licht der Lampen sich zu zwei kleinen goldenen Perlen verdichtete.

»Ich bin gekommen, um Ihnen zu danken«, sagte sie.

Finlay warf einen Köder aus. »Besser als mit Worten würdest du mir danken, indem du hierbleibst.«

Sie erwiderte nichts. Die andere Frau im Zimmer machte eine heftige Bewegung; das Rascheln ihres Kleides war wie Knacken im Unterholz. Finlay sah keine von beiden an; gelassen füllte er von neuem sein Glas.

»Ich nehme an, du würdest gern bleiben, weil du sagtest, du hättest alles durch die Flut verloren. Vielleicht sogar deine … Mutter?« Es blieb still. Als er wieder aufschaute, schüttelte die dunkle, geisterhafte Gestalt langsam den Kopf.

»Ich meine nur«, fuhr er fort, »weil ungefähr eine halbe Meile von hier, unten an der Straße, eine alte Frau tot im Schlamm aufgefunden wurde. Ohne Kleider. Die Leiche war schon stark verwest und ziemlich eigenartig«, diesmal gab Evelyn einen hörbaren Laut von sich, »aber natürlich hatten sich schon die Geier darüber hergemacht.« Evelyns Reaktion wurde noch hörbarer. »Ich dachte nur, zwei Fremde in dieser Gegend könnten vielleicht zusammen gewandert sein.«

»Nein, Herr.«

Finlay lächelte und sonnte sich im Glanz dieses Wortes.

»Nun, wenn wir dich hierbehielten, was könntest du tun?«

»Also wirklich«, warf Evelyn ein, »ich glaube nicht …«

»Aber, aber«, unterbrach er sie samtweich, »wir können doch die Obdachlosen nicht fortjagen, oder?« Sie verstummte; wie sehr er bedauerte, daß es nicht für immer sein würde! Sein dunkler Gast hatte in der Zwischenzeit den Blick schweifen lassen. Diese Augen aus Kohle und Gold waren jetzt auf seinen Sohn gerichtet. Halt! Das war's! Der sicherste Weg zur Gunst des Vaters ging über seinen Sprößling. David, die kleine Kröte, schaute wie hypnotisiert drein.

»Mein Sohn«, erklärte Chaver Finlay der Frau, »ist ein ziemlicher Dummkopf. Vor allem, was Sprachen anbelangt. Unsere Dialekte hier verwirren ihn, nicht wahr, mein Junge? Andererseits ist dein Englisch ausgezeichnet, und ich hörte dich mit meinem Diener draußen in einer vorzüglichen Version des hiesigen Kauderwelschs reden. Vielleicht könntest du uns auf diese Weise behilflich sein. Glaubst du, daß du dem Jungen etwas beibringen könntest?« *(Ich bin sicher, du könntest ihm eine Menge beibringen! Nur ist er dafür noch ein bißchen zu jung. Aber ich …)* Jetzt spürte er seine Frau nur; ihr schreiender Protest blieb stumm, eine Art Vibration teilte sich ihm mit. Evelyn mochte diese Lehrerin nicht. Anders David. Sein kleines, blasses Gesicht war voller Erwartung. Und Chaver fand großen Gefallen an ihr.

»Wenn Sie es wünschen«, sagte die Frau, »werde ich es versuchen.« Immer noch sah sie David an, und schließlich schenkte sie ihm ein Lächeln. Chaver Finlay wäre es lieber gewesen, wenn dieses Lächeln ihm gegolten hätte, statt daß es an dieses Balg verschwendet wurde. Aber nur Geduld! Sie würde bald genug dem Manne zulächeln. Er bot ihr jetzt ein Dach über dem Kopf, genug zu essen und eine kleine Summe in *Annas,* die sie annahm, ohne sich beleidigt oder überrascht zu zeigen. So als spielte es keine Rolle – ein Zug östlicher Eigenart, wie er es gelegentlich ausdrückte.

»Komm nach dem Frühstück gegen neun Uhr zum Haus. In Ordnung? Meine Frau wird dafür sorgen, daß David bereit ist. Wie sollen wir dich nennen?«

Die Frau wandte ihre Aufmerksamkeit wieder ihm zu. Einen Augenblick lang sah sie ihn an, als müßte sie überlegen. *Sieh an, sie erfindet einen Namen für sich,* dachte er. *Bist du so bekannt, meine Schöne?* Er beschloß, am folgenden Tag in den Ämtern Erkundigungen einzuziehen – eine seltsam erregende Idee und eine erfreuliche Abwechslung nach dem Erstellen all der Berichte über Bewässerung und Fieberepidemien.

Als sie dann ihren Namen nannte, gab er vor, sie nicht verstanden zu haben, und bat sie zu wiederholen, was sie gesagt hatte – so als wollte er sie prüfen.

»Agnini«, antwortete sie ohne zu zögern.

»Oh!« neckte er sie. »Dann wirst du wohl den Blitz vom Haus fernhalten, Tochter des Feuers? Das könnte einen *Paisa* mehr wert sein!«

2.

Er war ein einsames Kind, einsam nicht so sehr aus Mangel an Gesellschaft denn an Frieden. Seine Mutter zeigte sich abwechselnd ärgerlich oder amüsiert über ihn. Wenn sie allein waren, nannte sie ihn »Davy«, eine befremdliche Initmität, die er mit der Zeit als abstoßend empfand. Dann nannte sie noch seinen Vater »Daddy«. David fürchtete sich vor seinem Vater. Zumeist überkam ihn das Gefühl der Angst instinktiv. Nur wenn er sich draußen auf dem vertrockneten Rasen im Gebüsch verstecken und einen Vogel, ein kleines Tier oder auch nur einfach den Himmel betrachten konnte, fand er Ruhe. Manchmal, wenn er (völlig verängstigt) einen Ausritt auf dem Pferd seines Vaters über sich ergehen lassen mußte, hatte er eingeborene Kinder gesehen, die Vieh hüteten, sich balgten oder im mehligen Straßenstaub spielten. Sie schienen ihm so unähnlich zu sein wie die Tiere, die frei in den Bäumen herumturnten.

Obwohl er Europa erst vor weniger als einem Jahr verlassen hatte, begann er schon, es zu vergessen. Der Platz, den es in seiner Erinnerung einnahm, war wie ein weißes Blatt, verschwommen wie ein englischer Winterhimmel. Seine Mutter versuchte, ihn vor diesem anderen Himmel zu schützen, als könnte ihn dieser verletzen, so wie er zweifellos sie einige Male verletzt und so krank gemacht hatte, daß David sich zu fürchten begonnen und geweint hatte. »Um Himmels willen, Junge, plärre nicht!« hatte sein Vater ihn gescholten. Die große braune Hand hatte sich zurückhalten müssen, um nicht hart zuzuschlagen. Natürlich wäre es falsch gewesen, seinen Sohn zu schlagen, weil er Angst um seine Mutter hatte. Strafen mußten angemessene Gründe haben, etwa Versagen beim Lernen oder Lügen beispielsweise, mit denen solches Versagen oder anderes verschleiert werden sollte, was zu Schwierigkeiten führen konnte. David war kein geschickter Lügner. Er hatte überhaupt zu nichts Geschick. Noch nie hatte er sich gefragt: Was bin ich? Wo ist mein Platz in diesem sperrigen, unerfreulichen Lauf der Dinge? Er schien nicht für das Leben geschaffen zu sein. Die Schuld daran gab er im geheimen sich selbst. Alle anderen kamen damit zurecht. Der Fehler mußte also bei ihm liegen.

Als sich etwas geschmeidig zwischen den Orangenbäumen bewegte, beobachtete er es verstohlen. Man kann in jedem Alter lieben, und David liebte die Frau, die sich Agnini genannt hatte. Und weil er sie liebte, fürchtete er sich vor ihr und instinktiv auch davor, von ihr enttäuscht zu werden.

Evelyn hatte ihn nach dem Frühstück mit vielen Ermahnungen versehen allein gelassen. Sie wollte der Eingeborenen nicht begegnen. In Evelyns Augen war Agnini gleichermaßen häßlich und gefährlich. Deshalb beeilte sich die weiße Frau jetzt, einen Bridgenachmittag vorzubereiten. Alles andere überließ sie den Wünschen ihres Mannes und der geduldeten Lehrerin. Evelyn hatte sich vorgenommen, beim Kartenspiel fröhlich zu erklären: »Stellen Sie sich vor, auf einmal haben wir eine *Ayah*. Oh, natürlich ist es albern, und natürlich wissen wir, wessen Entscheidung das ist, nicht wahr? Chavers Entscheidung! Sie wissen, wie er ist.« Und einige von ihnen wußten in der Tat, wie er war. Die Damen des Bezirks bewunderten Mr. Chaver Finlay sehr, der jedoch, so viele Seitensprünge er auch machen mochte, immer noch Evelyns gesetzliches Eigentum war. Nicht daß er viel mit seinesgleichen im Sinn hätte, dachte sie. Nein, Chavers dunkle Augen ergingen sich anderwärts, sie suchten die schwarzäugigen fremden Frauen dieses fremden Planeten, Indien.

Der kleine Junge schaute auf, als Agninis kühler Schatten auf ihn fiel. »Sei gegrüßt!« sprach sie ihn in Hindi an. Voller Freude darüber, daß er sie verstanden hatte, antwortete er scheu: »Hallo!« Da lachte Agnini. Ihre Zähne waren weiß wie der vergessene englische Schnee. Verzaubert duldete David, daß sie ihn bei der Hand nahm und von der Veranda weg zu den Büschen und Bäumen im Garten führte. Hier, in seinem Reich, setzten sie sich nieder, in diesem Reich, das ihm seit langem wundersame Erleichterung und Entspannung schenkte, und das er gerne bereit war, mit ihr zu teilen, war es doch, als gehörte sie hierher. Unvermutet begann Agnini ihm auf Englisch eine Geschichte zu erzählen. David hörte zu, und während er ihr zuhörte, betrachtete er sie. Im schräg einfallenden Sonnenlicht wirkte sie wie ein Schatten. Beim Sprechen bewegte sie Hände, Nacken und Kopf auf anmutige, ausdrucksvolle Weise, leicht hin und her schwankend wie eine Blüte auf ihrem Stengel. Dann und wann im Verlauf der Geschichte sagte sie: »Gib acht, Liebling!« Und jedes Mal schreckte er ein wenig auf, als wären seine Gedanken abgeirrt, obwohl das doch keineswegs so war. Es war großartig, alte Geschichten zu hören, wenngleich er nicht recht wußte, wie es ihm helfen sollte, mit dem schrecklichen Chaos einer fremden Sprache zurechtzukommen.

»Gib acht, Liebling!« sagte Agnini.

David gab acht.

Seine blauen Augen waren weit geöffnet. Bisher waren diese Augen das einzig Schöne an ihm, das einzige Anzeichen dafür, daß er vielleicht eines Tages zu einem hübschen jungen Mann heranwachsen würde, zu einem Mann, in dem sich die Hellhäutigkeit seiner Mutter und das derbe, einnehmende Äußere seines Vaters zu etwas Besserem verbinden würden.

»›Komm‹, sprach der Gott«, sagte Agnini, »›komm, sei mutig und steige hinab in die Stadt der Weisen und der Verruchten. Wer sollte dir dort etwas anhaben, da du doch unter meinem Schutze stehst? Du wirst Wunderbares schauen. Und vielleicht wirst du zurückerobern, was der Gestaltwandler dir gestohlen hat.‹«

Evelyn, die sich schließlich doch hinausgeschlichen hatte und vorgab, einen abgestorbenen Rosenstrauch zu untersuchen, verhielt den Schritt, um zu lauschen. *Überflüssig!* dachte sie voller Genugtuung. *Wozu soll das gut sein? Hier herumzuhocken wie ein Affe und auf den Jungen in Hindi einzureden? Wenn er doch keine drei Worte versteht?*

»Zwei Wochen! Und sie bringt ihm nicht das Geringste bei. Sie lebt nur wie ein Parasit auf unsere Kosten! Wie sie es alle tun, wenn man sie nur im Entferntesten dazu ermutigt.«

»Was macht sie denn den ganzen Tag mit ihm?« fragte Finlay träge.

»Sie erzählt ihm Märchen, glaube ich. Oder vielmehr heidnische Mythen. Erst gestern hörte ich ihn singen – heulen, genau genommen. Irgendeine gräßliche Art von Lied über Krishna oder Vishnu oder so jemanden.«

»Oh, willst du damit sagen, daß er es auf Englisch gesungen hat?«

»Nein, natürlich nicht.« Evelyn hielt inne. »Nein«, fügte sie stockend hinzu. »Ach, es war in irgendeinem Dialekt, aber er hat es gelernt wie ein Papagei. Er hat überhaupt nichts davon verstanden, was wahrscheinlich das Beste ist. Du weißt, mein Lieber, ich bin sehr besorgt um Davids religiöse ...«

»Einen Augenblick!« unterbrach Finlay sie. Er stand von seinem Schreibtisch auf, wo Evelyn ihn in seiner Lektüre einer Jagdzeitung und bei einem Pakken unberührter Akten gestört hatte, den er aus dem Büro mit nach Hause gebracht hatte, um Eindruck zu schinden. Er schritt an seiner Frau vorbei auf die Veranda hinaus. David, eine kleine, wehrlose Gestalt in weißem Hemd und Shorts, hüpfte an den Tamariskenbäumen entlang. Wie ein Startschuß ließ der Ruf seines Vaters ihn hochspringen; erschrocken wandte er sein Gesicht dem Haus zu. Herrisch winkte der Mann ihn heran, und das Kind kam rasch auf ihn zu, mit der erzwungenen Eile gänzlich hilflosen Widerstrebens. Als er die Verandastufen fast erreicht hatte, fauchte Fenlay ihn an:

»*Jaldi, bebkuf! Bhagio!*«

»*Jee, Pitaji, mai bhagta hu ...*«, erwiderte David und verfiel in einen Trab. Dann stolperte er und blieb stocksteif stehen.

»Ich will verdammt sein!« erklärte Chaver Finlay.

Er starrte seinen Sohn an; ein boshaftes Grinsen spaltete sein Gesicht und ließ die unschönen Zähne erkennen, die weit weniger vollkommen waren als das Übrige an ihm.

»Was hast du eben gesagt?«

»Du hast gesagt, ich solle mich beeilen, und ich sagte, ich würde es tun …«

»In Hindi!«

»Äh, ja. Ich, ich glaube …«

»Was heißt hier ›ich glaube‹. Es war so. Und sogar mit recht ordentlichem Akzent. Gut gemacht!« sagte Finlay höchst erfreut. Wieder in Hindi, diesmal mit einer ordentlichen Zugabe an Lokalkolorit, fragte er David: »Und hat *sie* dir das beigebracht?«

»Ja, Vater«, erwiderte David auf Englisch. Nie fühlte er sich unsicherer, als wenn sein Vater mit ihm zufrieden zu sein schien. Es geschah so selten.

Und wie nicht anders zu erwarten, brüllte Finlay jetzt: »Gottverdammt, Junge! Antworte, wie man es von dir erwartet!«

Evelyn zuckte bei dieser Blasphemie zusammen und zog sich an die Hauswand zurück. David wiederholte seine Antwort in den fremden Worten und Sätzen, die ihm ganz vertraut erschienen.

Chaver lachte. Er drehte sich zu Evelyn um und lachte ihr ins Gesicht. »Du siehst, mein schwacher Augentrost, unsere Aggi ist ihr Gewicht in Rupien wert. Wenn es ihr gelingt, dieser kleinen Eule etwas beizubringen … Mein Gott! Ich werde hinübergehen und ihr sagen, daß sie gute Arbeit geleistet hat. Bei Gott, das werde ich!«

Evelyn war immer weiter zurückgewichen, bis ins Arbeitszimmer ihres Mannes. Sie sah, wie er durch den messingfarbenen Dunst des späten Abends ging und im Dunkel des Bo-Baum-Wäldchens untertauchte, das die Hütten der Dienstboten von den Bungalows trennte.

Auf der anderen Seite des Wäldchens stieß er alsbald auf die Frau, die sich Agnini genannt hatte. Sie saß vor einer braunen Hüttenwand auf einer fadenscheinigen Matte, die Asla gehörte, und reinigte ihr

Haar. Sie tat es auf die altertümliche Weise, indem sie Reis hineinrieb und es dann sorgfältig auskämmte. Dem Blick vom Haus her entzogen, stand er an einen Baum gelehnt und beobachtete sie. Er fühlte, wie Kraft ihn durchflutete; sein Blut geriet im hellen Licht dieses Abends so ungestüm in Wallung, wie es im stickigen Dunkel des Schlafzimmers nur noch selten geschah.

Sie hatte ihn höflich gegrüßt, fuhr aber ruhig in ihrer Arbeit fort. Er betrachtete das als eine Art Flirt. »Ich bin gekommen, um dir zu gratulieren«, sagte er schließlich. »Wir werden dir eine Lohnerhöhung gewähren müssen, Herrin des Feuers. David fängt an, die Eingeborenensprache recht gut zu sprechen.«

Sie nickte leicht, ohne zu antworten.

Finlay sog die Düfte der Erde und Bäume und den gesunden, wilden Geruch ihres mit Reis eingeriebenen Haares ein. Seine Nachforschungen waren ergebnislos geblieben. Keinerlei Gerüchte von einem weiblichen Verbrecher waren im Distrikt oder in seiner unmittelbaren Umgebung im Umlauf. Vielleicht würden sie noch auftauchen. Dann könnte er sagen: Aha, Agnini-die-es-gar-nicht-gibt, jetzt kenne ich dich! Dieses Spiel zu spielen würde eine Lust sein. Für den Augenblick begnügte er sich mit der Bemerkung: »Aber bestimmt ist dein Mann schon auf der Suche nach dir.«

Jetzt hielt sie beim Kämmen inne, den Blick schweigend auf ihn gerichtet. Es war ein seltsamer Blick, und er war sich nicht sicher, ob er ihm gefiel. Sie sagte etwas, das sich wie Hindi anhörte, das er aber nicht verstehen konnte.

Er versuchte zu raten: »Tot? Ist er tot? Aber er wird zurückkommen, nicht wahr? Er wird wiedergeboren und zwar bald, nehme ich an, um wieder mit dir vereint zu sein. Oder bist du eine Muslim? Nur ein

Leben und dann ab ins Paradies? Nein, das bist du sicher nicht. Gott sei Dank! Seit ich eines schönen Abends aus dem Haus trat und mich einer Reihe von heiligen Hintern gegenüber sah, von ihren Trägern in die Luft gesteckt, die Gesichter nach Mekka gewandt …«

Agnini erhob sich. Ihre Bewegungen waren bemerkenswert, wie die einer Tänzerin, nur noch fließender – wie fließender Honig, ging es ihm durch den Sinn. Ja, fließender Honig! Sie hatte sich vor ihm verneigt und war in die Hütte getreten, geschmeidig unter der niedrigen Tür hindurchschlüpfend. So entlassen, stand der Mann ärgerlich und gereizt da. Er überlegte. Ja, ja, Honig und Feuer! Es würde eine Wonne sein, dieses Geschöpf zu erobern, das den Anschein erweckte, ihn nicht als männliches Fleisch und Blut zu sehen. Plötzlich tauchte in seinen Gedanken ein Bild tiefer Dunkelheit auf, durchtränkt mit den Wohlgerüchen der Nacht, und Augen und Lippen und starke Hände, die ihn umklammerten in überwältigendem nächtlichen Treiben, umflutet von rauchigem Haar und dem Elixir einer fremden Haut.

3.

»Ist es tot?« fragte David und starrte auf das kleine faltige Geschöpf, das auf dem Rasen lag.

»Ja. Oh, komm da fort, rasch. Ich werde dafür sorgen, daß sie es wegräumen. Benimm dich nicht so makaber, David!«

David wußte nicht, was das Wort »makaber« bedeutete, aber er hütete sich, in diesem Moment danach zu fragen. Offensichtlich war es etwas

Schlimmes, offensichtlich hatte er sich damit schuldig gemacht. Rasch lief er fort, fort von seiner Schuld und von seiner Mutter, und setzte sich unter einen Tamariskenbaum. Er hörte seine Mutter einen verzweifelten Seufzer ausstoßen und sah sie in die entgegengesetzte Richtung hasten, um einen Diener zu suchen. David war den Tränen nahe. Das kleine Tier war so wunderschön, so vollkommen gewesen, mit einem kleinen spitzen Kopf, einem süßen Eichhörnchenschwanz, und nun war all das Wunderbare im Tod vergeudet.

Immer noch unter dem Tamariskenbaum sitzend, konnte er bald darauf sehen, wie ein Diener den Mungo wegschaffte, der nun bald nur noch eine Handvoll Kompost sein würde. Da niemand ihn beobachtete, ließ David sich gehen und weinte. Er weinte aus tiefstem Herzen über all das Traurige und Grausame in dieser Welt, von der er noch so wenig wußte.

Später lag er entspannt mit dem Gesicht im Gras und schlief. Einmal wachte er kurz auf und hörte dicht neben sich die Diener in der Sprache murmeln, die er nun auf ebenso einfache wie unerklärliche Weise verstand. Sie sprachen von dem Mungo. Jung und glänzend sei er gewesen, ohne Makel. Was habe ihn getötet? Nein, kein Schlag, kein Gegner, sondern die bloße Willenskraft einer feindlichen Gegenwart. Einer Gegenwart, gegen die man nicht kämpfen, der man sich nur unterwerfen könne, aufbegehrende Natur, die sich dem Tod ergebe. Selbst die Kobras hielten sich jetzt voller Furcht vom Garten fern, obwohl sie natürlich kommen würden, wenn man sie riefe. Aber es sei nicht nötig, das zu tun. Sie sei vorsichtig. Sie tue, was verlangt werde. Selbst der goanische Koch, ein Katholik bis in die Spitzen seines Schnurrbartes, zeige sich ihr gegenüber höflich. Und sie erwidere seine Höflichkeit. Ihre Absichten aber gingen in eine andere Richtung. Der Junge! Der grenzenlose Zauber, das verwirrte Verlangen des jungen Geschöpfes scheine sie angezogen zu haben. *Ich? Sprechen sie von mir? Von wem denn sonst? Ist es …*

Die Mittagssonne prallte auf das Blätterdach des Gartens, scharlachrot sickerte sie durch seine Augenlider. Die Stimmen verklangen. Der Junge rollte sich zusammen und schlief weiter, traumlos – was natürlich nur heißt, daß er sich an keinen Traum erinnerte.

Als er erwachte, hatte sich die Sonne ein Stückchen weiterbewegt und schien auf die verschlungenen Zweige der Bo-Bäume herunter. Einen Schritt entfernt saß Agnini und flocht ihr Haar. David drehte sich herum und betrachtete sie, lächelte scheu, weil sie ihn gesucht hatte und weil sie so schön war und weil er sie liebte.

»Liebling«, sprach Agnini, »heute abend muß ich dich verlassen.«

Davids Körper zog sich vor Schmerz zusammen.

»Wann wirst du wiederkommen?« fragte er sie in der flüssigen, raschen Sprechweise, die sie ihn gelehrt hatte.

»Wiederkommen werde ich nicht«, entgegnete Agnini.

»Du kommst nicht wieder? Nie mehr?« flüsterte er, diesmal auf Englisch.

»Nein, Liebling, nie mehr.«

»Aber warum mußt du fortgehen?« rief er aus. Sein Schmerz war so groß, daß er nicht weinen konnte – der reife Schmerz eines unwiederbringlichen Verlustes ergriff von ihm Besitz. »Habe ich etwas getan, was dich zornig gemacht hat?«

»Nicht du hast etwas getan, mein Liebling, noch wirst du es je tun. Heute nacht wird jemand anderer als du meinen Zorn wecken. Dann werde ich für immer fortgehen.«

Immer noch auf Englisch, obwohl sie in der anderen Sprache zu ihm gesprochen hatte, rief er aus: »Kann ich nicht ... Könnte ich nicht ... Bitte, *tu es nicht ...*«, und verstummte.

Das Englische, so schien es, kannte die Worte nicht, die er brauchte. Um ihr die namenlose Hölle zu schildern, die sein Leben darstellte und die sie in manchen Augenblicken mit einem Fünkchen Licht und Freude erhellt hatte. Um ihr zu sagen, daß jetzt, da es ihn berührt hatte, er es nicht mehr ertragen könnte, wenn dieses Fünkchen Licht ihm geraubt würde. Daß, da er keine der machtvollen, bewegenden Worte kannte, mit denen Dichter die tiefste menschliche Verzweiflung ausdrücken und die Selbstzerstörung beschreiben, zu der tiefste Verzweiflung den Menschen treibt, nichts ihm mehr bleiben würde, wenn sie fort wäre. Er sah sie lange an, und obgleich er es nicht wußte, sagten seine Augen ihr alles, was er mit Worten nicht auszudrücken vermochten. Und wäre es noch so nötig gewesen, ihr all das zu sagen.

Im Garten war kein Laut zu vernehmen. Tiere und Vögel schliefen in der glühenden Mittagshitze, und auch die Menschen schliefen oder hatten sich, von der Sonne besiegt, niedergelegt. Die Grashalme und die Blätter an den Bäumen bewegten sich nicht. Selbst der Wind hatte sich, hoch oben in den Hügeln, im Wasser, unter den Steinen, schlafengelegt. Dann kam die Kühle der Hitze auf, die nicht wirklich Kühle ist, sondern die Hinnahme der Hitze, die Erleichterung verschafft. David fühlte es und stieß einen Seufzer aus. Er hatte seinen Schmerz angenommen, und es war zu Ende mit dem, was die Lehre Jesu Christi das Gegen-den-Stachel-Löcken nennt und die Lehre des Bhagavad-Gita die verwehten, verstreuten Splitter zerbrochener Gedanken.

»Ja«, sagte Agnini, als habe sie diese Empfindungen in seinen Augen gelesen. »Du bist tapfer, und eines Tages wirst du weise sein, stark und gesegnet. Komm, ich werde dir Wunderbares zeigen.« Als sie sich erhob, stand auch David auf. Sie reichte ihm ihre Hand, die wie eine dunkle, herrlich geformte Blüte war. Und sie führte ihn fort.

Es schien ihm, als verließen sie den Garten und schritten auf der nun steinharten weißen Straße dahin; dann gingen sie über das offene Hochland, wohin allein zu gehen David streng verboten war. Aber er protestierte nicht. Er bedauerte es auch nicht, daß sie fortgingen. Die Hitze hüllte sie ganz ein; die Zeit schien stillzustehen. Sie konnten gehen, wohin sie wollten, er und die Frau, die er liebte wie eine Mutter, wie den abstrakten Traum künftiger Liebe und wie einen guten Geist. Niemand würde ihnen folgen, niemand sie finden. Niemand würde je etwas erfahren.

Ein langes Stück Weg schien unter ihnen dahinzugleiten, unter den festen Schuhen, die er wegen der Schlangen tragen mußte, und unter ihren nackten Füßen, deren dunkle Haut ganz von weißem Staub bedeckt waren.

So kamen sie zu den Hügeln, wo ihm alles fremd war. Die Felsen, die unbarmherzigen braunen Abgründe und der endlose blaue Horizont darüber.

»Erinnerst du dich noch an die Geschichte, die ich dir erzählt habe?« fragte Agnini. »An die Geschichte von dem jungen Schüler und der Schlange, die ihn bestahl und dann in der Erde verschwand, und wie der Knabe die Schlange verfolgte, als Indra ihm den Weg öffnete?«

David nickte. Er schaute zu Boden und sah eine schmale Spalte in der Erde.

»Sieh«, sprach sie, »den Weg der Schlange, der in die Stadt ihres Volkes führt.«

»Aber Schlangen haben keine Städte!«

»Du hast die Geschichte vergessen, Liebling.«

Er sah zu ihr auf und betrachtete sie: die weichen Bewegungen ihrer Hände, ihren Körper, der sich wiegte wie ein Schilfrohr im Wasser. Da erinnerte er sich wieder an die Geschichte. Sie handelte von den *Nagas*, einer sagenhaften Art Schlangenmenschen, von Dämonen, fast Göttern, von dem Schabernack, den sie den Menschen spielten, und von ihren Städten unter der Erde.

David kniete neben der Spalte nieder. »Geht sie wirklich bis zu einer Stadt, Agnini?«

Sie lächelte und berührte seinen blonden Kopf.

»Ich sagte, daß ich dir Wunderbares zeigen würde. Du fürchtest dich doch nicht?

»Nicht ... wenn du auch dort bist?«

»Ich bin hier, und ich werde dort sein. Und nun«, sprach sie, »öffne ich dir den Weg.«

Sie spie aus. Ihr heller Speichel schoß wie ein Pfeil in die Erdspalte. Da zerbrach der Felsen und fiel nach innen ins Nichts, und der Junge wurde mit ihm sanft hinabgezogen.

4.

Er hatte weder geschlafen noch das Bewußtsein verloren, und doch schien er zu erwachen. Dunkelheit herrschte, aber nicht, als wäre er blind, und so fürchtete er sich nicht. Er stand auch, also war er nicht wirklich gefallen, obwohl er geglaubt hatte zu fallen, langsam und leicht bis zu diesem Ort hinunter. Und er war allein. Trotzdem wußte er genau, was er nun tun mußte, und das war in einem Leben voller Ungewißheiten eine so beruhigende Überzeugung, daß er ihr gehorchte.

Als er vorwärts schritt, brach sich eine weitere Überzeugung in ihm Bahn. *Wenn ich weitergehe,* dachte er, wobei er die Gedanken immer noch auf Englisch formte, *wird etwas geschehen.* Aber er hatte keine Angst. Es war gut und richtig, weiterzugehen. Weiterzugehen war lebenswichtig wie das Atmen. Er ging weiter, und plötzlich geschah es. Zuerst begriff er nicht, was geschah. Es war, als streckte er sich auf sehr angenehme und natürliche Weise, und würfe dann, während er sich streckte, etwas von sich, wie das Leinentuch auf seinem Bett. Dann war es, als stieße er durch Wasser. *Ah,* dachte er, *das ist besser! Viel besser!* Aufs neue überkam ihn dieses Gefühl, fordernder und angenehmer und dringender, und er rannte durch die freundliche Dunkelheit, mit weit ausgebreiteten Armen, ohne auf Hindernisse zu achten. Kopfüber stürzte er sich hinein, und diesmal war es wie ein Sprung durch einen Berg aus raschelndem Papier.

Jetzt werde ich von allen Fesseln befreit, dachte er. *Alle werden sie von mir abfallen und zurückbleiben!*

Erneut durchbrach er die unsichtbaren Barrieren, wieder und wieder, und nun lag jedesmal fast ein Schmerz darin, ein Schmerz jedoch, der gut und reinigend war.

»So bist du nicht mehr«, dachte er, »und bist doch.« Seine Gedanken kamen jetzt in Hindi oder in einer älteren Sprache, die Hindi war oder auch nicht, eine Sprache, die ihn Agnini gelehrt hatte. Er streckte seine Arme hoch über den Kopf und fühlte sich von Kraft und stolzem Mut erfüllt. Und er lachte laut. Das war nicht länger das Lachen eines Kindes. Er schaute an sich herunter, und in dem schwachen, warmen Lichtschein, der vor ihm einfiel, sah er die blassen

Hüllen, die er abgestreift hatte – fünf oder sechs oder sieben Mal –, auf dem felsigen Boden liegen. Es waren die Häute, die er von sich geworfen hatte, die leeren Körperhüllen seiner Kindheit und Jugend, all jene Tode, welche die Summe des Lebens ausmachen, endlose Wiedergeburten des Ich.

Als er sich der Lichtquelle näherte, war der, der einmal der achtjährige David Finlay gewesen war, zum Mann geworden. Und der Mann war groß und stark wie die reife Frucht von zwei Jahrzehnten ständiger körperlicher Ertüchtigung und Ernährung unter einer mächtigen Sonne, die ihn tief gebräunt und sein blondes Haar zu einer goldenen Krone gebleicht hatte. Der Geist des Mannes, unberührt und reif geworden, vermochte alles zu verstehen, und das weckte in ihm Freude und Demut zugleich.

So schritt er aus dem dunklen Gang hinaus ins Licht. Er stand am Saum eines Sees oder einer riesigen Zisterne, überwölbt von einem Felsen wie von einem taubengrauen Himmel. Licht ging von dem Felsen und von dem kristallklaren Wasserspiegel aus, über dem riesige rote Lotosblüten wie umgedrehte Pilze auf ihren Stengeln standen. Jenseits des Wassers sah er durch den Lotoswald hindurch die blitzenden, schimmernden Türme und Mauern der unterirdischen Stadt.

Zwar hatte er keine Erinnerung an sein Leben in der Zeit, nachdem er acht Jahre alt gewesen war, – denn er *hatte kein Leben gehabt* –,doch sein voll entwickelter Verstand war ausgestattet mit dem Wissen des Erwachsenen. Er schätzte die Entfernung vom Seeufer zur Stadt auf etwas weniger als eine halbe Meile und wußte auch, daß er imstande war, diese Strecke schwimmend zurückzulegen. Er kannte seine Kräfte und Fähigkeiten, wenngleich er sie nicht selbst in sich entwickelt hatte, sie ihm vielmehr zuteilgeworden waren, als seine Hüllen von ihm abfielen, – als er zu dem wurde, was er werden konnte und sein würde. Fröhlich, unbekümmert und beherrscht – Eigenschaften, die er zuvor nicht besessen hatte – tauchte er mit einem kraftvollen Sprung ins Wasser, teilte es, glitt durch seine seidene, dämmrige Tiefe und kam zwischen den roten Lotosblüten wieder hoch, die seine Stirn und seine Augenlider streiften.

Mühelos schwamm er durch die natürlichen Schneisen, die sich zwischen den Pflanzen öffneten. Das Wasser schimmerte und tat ihm unbeschreiblich wohl. Die strahlende Stadt der *Nagas* kam unter sprühenden Schauern von Wassertropfen näher und näher. Plötzlich berührten seine Finger eine Flucht hoher, in leuchtenden Farben bemalter Stufen, die zu einer Rampe hinaufführten. An dieser Rampe zog sich eine mit wundervollen, großartigen Plastiken gekrönte Mauer entlang. In der Mauer befand sich eine Öffnung, deren obere Teil wie ein Hufeisen geformt war. Es waren keine Torflügel vorhanden; der Eingang durch die Mauer war lediglich durch Säulen aus rotem Sandstein versperrt.

Er stieg aus dem See, schüttelte das Wasser von sich ab und war sofort trocken. Als er die Stufen zu der Mauer hinaufstieg, vernahm er zum ersten Mal die Stimme der Stadt. Es war eine herrliche Stimme, ein vollkommener Zusammenklang von Musik und geschäftigem Treiben, wie getragen von Energie und Kraft. Menschliche Städte hatten keine solche Stimme.

Als er die Rampe betrat, sah er, daß die sieben Sandsteinsäulen weit über seinen Kopf hinaufragten. Um jede von ihnen wand sich eine Schlange, lebendig und von goldenem Glanz, und die Schlangen starrten ihn aus topasfarbenen Augen an.

Er verneigte sich vor jedem der sieben Wächter.

Hier besaß er kein Recht, außer dem, das ihm als geladenem Gast zukam, das Recht, das Liebe und Zauber schenkten. Jede der Schlangen war groß genug, ihn zu zerquetschen, aber keine von ihnen machte eine feindselige Bewegung; sie beobachteten ihn nur, während er näherkam.

Er mochte vielleicht neun Schritte von der Öffnung in der Mauer entfernt gewesen sein, die sie bewachten, und konnte bereits einen flüchtigen Blick auf die ungewöhnliche Bauart der Stadt erhaschen, als sich die Schlangen an den Säulen zu regen begannen. Alle glitten abwärts. Als sie den Marmorboden berührten, waren sie völlig verändert. So sah er die *Nagas*, wie sie oft auf Reliefs dargestellt sind: Hochaufgerichtet auf ihren Schwänzen aus goldenen Schuppen stehend, gewunden wie Seile, hatten sie von der Brust an fast Menschengestalt. Der menschliche Teil war dunkelhäutig, hatte mächtige Muskeln und war an Brust und Armen mit Gold und riesigen, blanken Edelsteinen behangen. Ihre dunklen Gesichter lächelten, wie sie es auf den Reliefs tun, aber ihr Lächeln war starr und grausam, ihre breiten Münder blieben geschlossen. Und in ihren großen Augen, schwarz und glänzend wie manche der Edelsteine, die sie an sich trugen, schimmerte kein Weiß. Auf den Köpfen trugen sie goldene Diademe oder Helme. Hinter Kopf und Schultern entfaltete sich wie Geisterschwingen oder wie das gefederte Blütenblatt der Lilie ein dreifaches schwarzgoldenes Gebilde aus Schlangenleibern, deren Hauben weit gespreizt waren wie der einer kämpfenden Kobra.

Es war der Schlangenmann der mittleren Säule, der zu sprechen begann, und während er sprach, schnellte seine tiefschwarze, gespaltene Zunge in seinem Mund hin und her.

»Du stehst vor einer Stadt des Schlangenvolkes,

des grenzenlosen Reiches des Großen Königs Takshak. Deine Art ist hier unwillkommen. Was suchst du bei uns?«

Der Schlangenmann funkelte ihn aus tückischen Augen an. »Wahnwitzig bist du! Wie lautet dein Name, Wahnwitziger, und wer gibt dir Schutz, daß du, nackt und unbewaffnet, es wagst, unter den dreifach Bewaffneten, den Übermächtigen, den Giftspeiern, den Gestaltwandlern, der einen Unsrigen zu suchen?«

Er wußte jetzt, daß der Name Agnini ihm hier nicht helfen würde – er war ein Spiel gewesen, das sie gespielt hatte, ein englisches Anagramm des Namens ihrer Rasse, *Nagini*. Er wußte auch, daß sein eigener englischer Name nicht bedeutete, so wenig wie der englische Begriff »Gott«. Aber wen im indischen Pantheon sollte er anrufen?

Bevor er noch sprechen und etwas falsch machen konnte, drang eine Stimme von innen her durch das Tor: »Könnt ihr nicht sehen, ihr Klugen, welchen Wächter er hat? Er ist Lord Darvinda von den *Kśhatriya*. Sein Herr ist *Indra Vajri*, dessen Zorn wir schon früher zu spüren bekommen haben. Laßt ihn eintreten, meine Brüder. Er ist hier auf mein Verlangen.«

Da drehten sich die Schlangenmänner um, wanden sich wie Korkenzieher um die Säulen herum und wurden wieder ganz zu Schlangen. Zwischen der siebten und der sechsten Säule stand die Nagini, die man für ein paar *Annas* eingestellt hatte, um ein weißes Kind die Sprachen der Eingeborenen zu lehren.

Sie trug ein scharlachrotes, mit goldenen Lamellen übersätes Gewand. Arme, Hals und Knöchel waren silber- und goldberingt; Spangen aus Gold und roter Koralle und aus Rubinen von noch tieferem Rot waren wie Flammen in ihr Haar gewoben. Auf der Stirn trug sie einen Stern, der vom Himmel gefallen zu sein schien, und zwei weitere an den Ohren. Ihre Brüste waren nur von zwei weißen Blüten bedeckt, ihre Handflächen mit Henna gefärbt, und die Nägel ihrer Finger schimmerten durchsichtiger als Perlen.

Sie war so schön, daß er nicht imstande war, sie sofort anzusprechen, aber er grüßte sie ehrfurchtsvoll. Er schämte sich nicht, nackt vor ihr zu stehen. Scham dieser Art war ihm unbekannt, wenngleich in seinem anderen Leben seine Mutter alles versucht hatte, sie ihn zu lehren.

Drinnen vor dem Tor standen zwei Sänften, mit kostbaren Stoffen drapiert. Es schien ihm, als würden Männer, ihre Diener, sie tragen. Auch diese würden wohl ebenso die Gestalt von Schlangen oder Halbschlangen annehmen können, wie sie die Fähigkeit besaßen, sich die Gestalt sterblicher Wesen zu geben. Seine Nagini war ebenfalls eine Schlange.

Seite an Seite bewegten sie sich durch die seltsamen, geschäftigen, von Musik erfüllten Straßen der Schlangenstadt.

»Warum hast du mich den *Kśatriya* zugezählt?« fragte er schließlich. »Ich gehöre keiner Kaste an.«

»Alle Menschen gehören einer Kaste an«, erwiderte sie, »einer Kaste der Seele, die sich niemals ändert. Und bist ein *Kśatriya,* ein Krieger.«

»Aber ich war immer ein Feigling!« bemerkte er.

»Wer«, entgegnete sie lächeln, »wer kennt besser als der Krieger den Schrecken des Kampfes, die Trauer um den Verlust eines Kampfgefährten, den Schmerz von Wunden und die Pein des Todes? Das mag nach vielen Leben Furcht wecken, und du hast viele Leben gelebt. Aber du bist auch tapfer und wirst tapfer sein.«

Auf beiden Seiten der Straße erhoben sich schmale bemalte Türme, öffneten sich breite bemalte Tore, ragten Säulen auf und erstreckten sich ansteigende, nach oben verjüngte, pyramidenförmige Flächen aus Stein, über und über mit Figuren bedeckt und lodernd im Feuer kostbaren Metalls und herrliches Emails.

Obwohl natürliches Licht die ganze Stadt überflutete, war jeder Palast, jeder Tempel von Lampen erhellt. Die farbigen Fenster und die riesigen Fackeln gossen ihren sanften, wunderbaren Glanz über sie aus. Dann und wann flogen Wagen an ihnen vorüber, von weißen, roten und schwarzen Pferden mit Hufeisen aus Edelsteinen gezogen, mit Wagenlenkern, die sich weit vorbeugten, und stolzen Edelleuten hinter ihnen. Auch *Palankins* kamen vorbei, mit Glocken behängt und von vornehmen Fußgängern begleitet, die in einem Reigen von Gesten und Worten voranschritten. Dann sah er einen weichen Rasen, auf dem Reiter ein Wettspiel mit gebogenen Stöcken und einem goldenen Ball austrugen. Alle hatten menschliche Gestalt angenommen, die ihrem Spiel entsprach; rundherum aber lagen honigfarbene Schlangen zusammengerollt und pflegten auf geheimnisvolle Weise Kontakt miteinander.

Ein Fluß durchschnitt die Stadt. Von seinen Ufern führten steile Stufen, von Fackeln erhellt, die sich im Wasser widerspiegelten, zu den Eingängen herrlicher Paläste. Einem davon näherten sich die Sänften.

Auf der Schwelle kniete die *Nagini* nieder und entbot ihrem Besucher den Willkommensgruß; ihr Haar streifte die auf dem Boden ausgestreuten Blütenblätter.

In ihrem Palast wurde er zu einem Edelmann. Er wurde gebadet und gesalbt und in feinstes Musselin und schimmernde Seide gekleidet, in ein Gewand, wie es die Herren des Schlangenvolkes trugen, wenn sie Menschengestalt annahmen. Auch Schmuck legte man ihm an, den Juwelen gleich, die er einmal hinter dickem Glas in einem Museum gesehen hatte. Dies alles war ihm ungewohnt, erschien ihm aber nicht unpassend.

Alle Räume, durch die man ihn geleitete, waren prunkvoll und wunderbar. Aber erst in einem Saal mit goldenen Wänden und Blenden aus durchbrochenem Marmor bot man ihm an, sich auf weißen Kissen niederzulassen und reichte ihm fremde, köstliche Speisen, die angenehm gewürzt und reizvoll angerichtet waren.

Hinter einem Vorhang, der hauchzart war wie feiner Rauch, entlockten Musikanten den Saiten von *Sarods* schmeichelnde Töne, und das *Bilancojel* trillerte wie ein Vogel. Dann trat seine Gastgeberin ein. Mit ihrer Gegenwart schien der Raum neues Licht zu gewinnen. Sie saßen beisammen, tranken Wein und spielten Schach – in seinem früheren Leben hatte er es nicht spielen können, jetzt aber, da er erwachsen war, verstand er sich gut darauf. Als jeder einmal den anderen geschlagen hatte, wurde das Schachbrett entfernt, und sie spielten ein leichteres Spiel, wie es die *Nagini* liebten, ein Spiel, bei dem es um Schlangen und Leitern ging.

Zwar hatte er nun einen Namen, den ihre Diener und sie selbst gebrauchten, als ob es seit jeher sein Name gewesen wäre, aber immer noch wußte er ihren Namen nicht. Deshalb nannte er sie der Not gehorchend wieder Agnini.

Auch die Stadt hatte keinen Namen. Es gab darin weder Nacht noch Tag, und Darvinda fühlte, daß die Zeit auf der Erde, meilenweit entfernt über ihnen, von anderer Art war. Schließlich ergriff er Agninis Hand, die auf dem Spielbrett lag, und fragte:

»Warum bin ich hier?«

»Du bist mein Gast«, erwiderte sie, »wenn du willst. Aber es gibt da noch etwas, worüber noch keine Entscheidung gefallen ist, etwas, von dem ich dir erzählen werde und das zu tun du auf dich nehmen oder ablehnen kannst.«

»Und wenn ich es ablehne?«

»Dann wirst du, wenn du dich ausgeruht hast, wieder fortgehen, ein geehrter Reisender, der Freude in mein Haus gebracht hat.«

»Und wenn ich es übernehme?«

»Es übernehmen heißt, mir helfen.«

»Bleibt mir dann eine Wahl?«

»Du solltest nichts versprechen, Herr, bevor du nicht alles weißt!

Nun erzählte sie ihm, wenn auch vielleicht nicht alles, so doch genug. Es gab einen Erlaß ihres Großen Königs, daß gelegentlich einige seines Volkes ihre Städte verlassen und durch die Welt der Menschen oben auf der Erde wandern mußten. So auch Agnini und der Prinz, der ihr Gemahl war. Und ob als Strafe für ein Vergehen oder nur, weil es Teil des Unvermeidlichen war, sie wurden getrennt, hatten verschiedene Gastkörper angenommen, die unterschiedlich lange lebten, so daß, als Agnini ihre Aufgabe beendet hatte und in ihr Land zurückkehren durfte, ihr Gebieter noch im Exil bleiben mußte. Also kam sie zurück, um auf ihn zu warten. Sie war es zufrieden, denn sie liebte ihn – sie waren einer für den anderen geschaffen – und nach der Art unsterblicher Wesen, die sie waren, hatten sie nach der Rechnung der Sterblichen Hunderte von Jahren zusammen verbracht. Diese kurze Abwesenheit von vielleicht einem Jahrhundert ließ sich ertragen. Dann aber forderte ein anderer aus der Stadt sie für sich, nur um der Lust willen und um seine innere Leere zu füllen. Und da er ein Fürst war und ihr Geliebter weit fort und sie keinen Blutsverwandten hatte, der für sie eingetreten wäre, konnte sie den unerwünschten Freier nicht ablehnen. So war ihr nur die Flucht geblieben; und wieder war sie durch die fremde Welt gewandert, heimatlos und verzweifelt.

Ihm mehr zu erzählen war nicht nötig. Darvinda verstand, was zu tun er auserwählt worden war. Und zugleich ließen ihn sein Verstand und seine Sinne erkennen, daß er eine Vielzahl von Fähigkeiten besaß. Seine Überraschung war nicht sehr groß. Er hatte sich rasch und gut an seinen männlichen Körper gewöhnt, wie an neue Kleider. Die abgeworfenen Häute seiner Kindheit und seine frühere Schwäche waren ihm jetzt, da er sie hinter sich gelassen hatte, fremd geworden. Deshalb erkannte er auch, daß er Vertrauen und Mut besaß und seine Angst nicht mehr zu fürchten brauchte.

Trotzdem dachte er nach. Daß Agnini ihn brauchte, schmeichelte und gefiel ihm. Sie hatte ihm viel gegeben, als er noch ein verstörter kleiner Junge gewesen war. Die Chance, ihr vergelten zu können, was sie für ihn getan hatte, kam seinem Wunsch entgegen. Dennoch war er sich auch anderer Dinge, auch der Schatten bewußt, die durch den Kern dessen gingen, was sie gesagt hatte.

»Es scheint mir jetzt so«, sprach er, »als sei ich stark und kampferprobt. In jedem Kampf, den dein Feind fordern mag, kann ich versuchen, mich ihm ebenbürtig zu zeigen. Aber mir scheint auch, daß er stark und mächtig ist. Kann ich mich gegen ihn behaupten? Wenn ich vor ihm zu Boden gehe, was wird dann aus dir? Wird es für dich dann nicht noch schlimmer sein?«

Agnini kniete neben ihm nieder und lächelte ihn aus nachtschwarzen Augen an.

»Ja, es kann sein, daß du im Kampf fällst, geliebter

Herr. Aber wenn ich dir schwöre, daß, selbst wenn du fällst, selbst wenn er dich tötet, er weder über dich noch über mich triumphieren wird – wirst du meinen Worten dann Glauben schenken?«

»Aber du sagst selbst, ich könnte in diesem Kampf sterben.«

»So sage ich. Du stirbst vielleicht. Und dennoch wirst du siegen, und ich durch dich.«

Welcher Mann in der Welt der Menschen hätte ihr nicht ihre Gaben mitsamt ihren Worten vor die Füße geworfen? Er aber sprach: »Sterben und doch siegen? ... Gut, ich vertraue dir. Durch dich habe ich erkannt, daß die Seele nicht stirbt. Durch dich habe ich erfahren, daß es Liebe gibt – niemand sonst hat mich das gelehrt. So will ich es denn tun. Wann wird er kommen?«

Agnini berührte seine Hand mit ihrer Stirn, dann erhob sie sich.

»Er ist schon hier, Darvinda!«

Nicht einmal jetzt empfand er Furcht. Im Gegenteil! Eine Weile wilder Kraft durchflutete ihn. Er war zur Schwertschneide geworden, geschliffen in vielen bestandenen *Kshatram*, die der Lebensinhalt der Kriegerkaste sind, der Kaste, der er angehörte, wie er nun verwirrt, demütig und froh erkannte.

Es war, als hätte er laut hinausgeschrien: *Laß ihn herein!*

Die Türen wurden weit aufgestoßen, und der Feind trat ein. Er erschien in der Gestalt eines Dämons, vielleicht um Schrecken zu erregen, vielleicht aber auch nur zu seinem eigenen Spaß. Obwohl die Form, die er angenommen hatte, menschlich war, hatte er die Schuppen der Schlange zu seinem Schutz behalten, und in seinem breiten Mund standen die weißen Schlangenzähne wie Hauer, mit Gift wie mit Gold überzogen. Seine

Augen waren nicht die eines Menschen, sondern blutrot und schrecklich anzusehen. Nur sein Haar war wirklich menschlich; lang und schwarz fiel es tief über seine Brust hinunter. Hinter ihm plagte sich ein weißer Affe, dessen kalte rosafarbenen Augen tükkisch glitzerten, mit den schweren Waffen seines Herrn ab.

»Ja«, sprach der Feind, »schau mich genau an, du sterbliches Ding! Schau meine Haut an, die du nicht durchbohren kannst. Sieh meine Fänge, die dich zerreißen und vergiften werden. Blicke in meine Augen, die rot sind wie das Feuer, das deinen Leichnam auf den *Ghats* verbrennen wird, und mein Haar, das schwarz ist wie der Fluß, der deine Asche trinken wird. Ich bin Rupanag! Aber du magst mich Tod nennen, denn ich werde dein Tod sein.«

»Seid gegrüßt!« sagte Darvinda. »Wo wollt Ihr kämpfen?«

»Drunten auf der Terrasse über dem Wasser, wo jedermann zusehen kann. Oder sollen wir an einen dunklen Ort gehen, wo niemand dich sehen kann?«

»Laßt mir Waffen bringen, dann können wir auf der Terrasse kämpfen, wie Ihr es wünscht.«

»*Sie* wird dich bewaffnen«, sprach Rupanag, »gut bewaffnen! Und das ist recht. Denn bald wird alles, was dein ist, mir gehören. Und gut ist, daß wir auf der Terrasse kämpfen, so ist der Ort gleich in der Nähe, an dem dein toter Leib verbrannt werden wird.«

»Kämpft Ihr immer auf diese Weise?« fragte Darvinda. »Mit Eurer Zunge?«

Rupanag lachte nur und verschwand. Auf der Terrasse drunten am Fluß wurde der Lärm der erwartungsvoll zusammenlaufenden Menge laut.

Als Darvinda durch das Tor des Palastes hinaustrat, griff eine alte Bettlerin nach seinem Handgelenk. Ihre Augen waren hell wie die Lampen und Fackeln, die am Fluß brannten. Es gab in dieser Stadt keine wirklichen Bettler! »Kämpfe nicht«, warnte die Alte, »du wirst furchtbare Wunden davontragen!«

»Größere Wunden werden einem anderem geschlagen, wenn ich es *nicht* tue!«

Dicht gedrängt standen die Bewohner der Stadt, prächtig aufgeputzt, auf den *Ghats*.

Als er durch die Menge zur Terrasse am Fluß hinunterstieg, die Rupanag zum Kampfplatz ausersehen hatte, ergriff eine feixende Frau Darvindas Arm: »Kämpfe nicht! Schande wird über dich kommen!«

»Schande über dich, daß du darüber spottest!«

Und als er schließlich auf die breite Terrasse hinaustrat, lief ein kleines Mädchen, nicht älter als er es droben in der Welt gewesen war, mit Girlanden aus Löwenzahn in beiden Händen auf ihn zu und deutete auf sein Herz: »Kämpfe nicht, Darvinda, denn du wirst sterben.«

»Es gibt keinen Tod«, entgegnete er, nahm eine der Girlanden und hängte sie sich um den Hals, über die Kette aus Gold und Edelsteinen, die ihm Agnini geschenkt hatte. Das Kind lächelte und verschwand in der Menge.

Und dann kam Rupanag und füllte den ganzen Horizont aus. Im gleichen Augenblick verwandelte sich die Marmorterrasse. Sie dehnte sich auf einmal weit wie eine Wüste aus. Die Menge war nicht mehr zu sehen; verschwunden waren auch die lichtvollen Paläste und der schimmernde Fluß. Selbst Rupanag war meilenweit entfernt, wenngleich seine machtvolle Gegenwart deutlich erkennbar blieb.

Darvinda sah, daß Rupanag von dem farblosen Affen mit den farblosen Augen einen riesigen Bogen entgegennahm, ihn spannte und einen Pfeil von der Länge eines Speeres aufzog, den der Boden plötzlich ausspie. Wie ein Raubvogel jagte der Pfeil dahin, hoch und steil, und die Luft war erfüllt vom sirrenden Laut seines Fluges. Im letzten Augenblick sprang Darvinda zur Seite und riß seinen Schild hoch, um das Geschoß abzuwehren. Der Pfeil nahm den halben Schild mit und fuhr so tief in den Boden, daß nur noch sein zitterndes Schaftende herausragte. Da nahm Darvinda den Bogen, den Agnini ihm gegeben hatte, spannte ihn und schoß einen Pfeil ab, der, kaum in der Luft, von den kriegerischen Kräften des ewigen *Kshatram* ins Riesenhafte gedehnt und groß und schrecklich wurde. Inzwischen jedoch hatte Rupanag einen neuen Pfeil aufgespannt und abgeschossen. Wie ein Falke auf eine Taube, so schoß dieser Pfeil durch die Luft und traf Darvindas Pfeil mitten über der marmornen Ebene. Es krachte wie Donnerhall, ein Feuerblitz zuckte, und tausend Splitter fielen wie Regen zu Boden. Keiner der beiden Pfeile überstand den Zusammenprall.

Als die letzten verglühenden Teilchen niederfielen, begann der Boden zu beben. Rupanag stürmte heran. Seine Sprünge überwanden die vermeintlichen oder wirklichen Meilen in Sekundenschnelle. Drohend wie eine dunkle Wolke kam er näher und löschte alles Licht aus. Darvinda ging auf ihn zu, und dabei wurde entweder er selbst größer oder sein Feind kleiner. Wie Löwen schnellten die beiden Kämpfer dahin, und ihre gezogenen Schwerter trafen klirrend aufeinander.

»Du kämpfst wie ein Krüppel«, rief Rupanag ihm zu, »und ein Krüppel sollst du auch werden!«

Seinen großen Sprüchen zum Trotz ließen ihn Davindas Hiebe bald hierhin, bald dorthin springen. Er wand und drehte sich und hatte mehr als genug damit zu tun, ihnen auszuweichen. Es bestand wenig Aussicht, seinen Schuppenpanzer zu durchdringen, deshalb versuchte Darvinda ihn niederzuschlagen und zu betäuben und, wenn möglich, zu zerschmettern. So sauste sein Schwert wieder und wieder nieder. Gleichzeitig fiel Rupanags Klinge immer von neuem gegen ihn aus. Manchmal fing Darvinda den Schlag mit seiner zerbeulten Schildhälfte auf. Manchmal gelang es ihm, noch rechtzeitig auszuweichen. Aber manchmal traf die Schwertspitze auch ihr Ziel. Rotes Blut lief über seinen goldbraunen Körper und legte sich über das Rot der Juwelen, die Agnini ihm geschenkt hatte.

»Du trägst Granatsteine und Rubine auf deiner Haut«, schrie Rupanag. »Ich finde leuchtendere für dich als die, die sie dir gegeben hat. Du aber, Indra sei's geklagt, hast nicht ein einziges Juwel für mich!«

Sie hieben und stachen weiter aufeinander ein, bis schließlich ein Schlag beide Schwerter zerbrach und sie in gleißenden Stücken auseinanderfliegen ließ, wie vor dem die Pfeile in tausend Stücken niedergefallen waren.

Rupanag wich zurück und schleuderte den Schwertgriff mit einem Fluch von sich. Dann tat er einen mächtigen Satz, warf sich in der Luft so herum, daß er auf beiden Händen landete, und bog sich zu einem riesigen, lebendigen Rad, das auf Darvinda zuraste.

Nun kämpften sie nur noch mit der Kraft ihrer Körper, mit Armen und Händen und Füßen. Und während sie miteinander rangen, bleckte Rupanag seine Schlangenfänge und schnappte nach Darvinda. Er versuchte fest zuzubeißen, um sein Gift, das stärker war als das von siebzig Kobras zusammen, in die Adern seines Gegners zu pressen.

Darvinda aber hatte noch den Griff seines zerborstenen Schwertes in der Hand. Es gelang ihm schließlich, ihn mit aller Gewalt gegen Rupanags gräßliches Gebiß zu schlagen und die meisten der riesigen Fänge zu zerschmettern. Aufbrüllend vor Schmerz, von tödlicher Pein zum Äußersten getrieben, stieß Rupanag einen Fuß gegen Darvindas Brust, packte mit beiden Händen das blonde Haar seines Gegners und wirbelte ihn hoch in die Luft. Und als Darvinda über Rupanags Schulter wieder zu Boden kam, brach der Schlangenmensch ihm das Rückgrat, wie man ein Schilfrohr bricht.

So endete der Kampf. Und die Stadt mit den von Fackeln erleuchteten *Ghats* und den Palästen und mit der Menge am Fluß kam zurück. Und alle sahen Darvinda auf dem Marmorboden in seinem Blut liegen, bedeckt von geröteten Ringelblumen, abgeschlachtet, wie Menschen manchmal Schlangen abschlachten.

Die Schlangenleute hüllten Darvinda in ein weißes Leichentuch und legten ihn auf der Terrasse nieder, damit Agnini ihn mit dem Totenfeuer ehren könnte. Er hatte gut gekämpft und ihnen ein großartiges Schauspiel geboten, denn obwohl sie weit weg gewesen zu sein schienen, hatten sie doch ganz in der Nähe gestanden und alles mit angesehen. Aber er war ein Fremder, nicht von ihrer Rasse und Art, und er war ein Sterblicher.

Rupanag ging fort, um sich verbinden zu lassen, um zu beten und zu opfern und seine Gestalt zu wechseln. Wie ein Bräutigam geschmückt kam er zurück, begleitet von Wagen und Pferden, Musikanten und farbigen Lampen. Nur der Affensklave war nicht mehr bei ihm. Es war ein Weibchen und eifersüchtig und saß nun, wie ein Wahnsinniger schnatternd, auf dem höchsten Dache der Stadt. Der Sieger trat durch das Tor in Agninis Palast. Und das Tor schloß sich hinter ihm.

Rupanag ließ sich in dem Raum mit den goldenen Wänden nieder, und Agninis Frauen bedienten ihn. Er runzelte die Stirn, denn Agnini war war ganz in Weiß gekleidet, wie eine Witwe, die ihrem Mann in den Tod folgt. In der Gestalt eines Mannes war Rupanag groß und stattlich, seine Augen und Haare waren schwarz wie Ebenholz. Aber als er jetzt lächelte, hielt er seinen Mund fest geschlossen, denn gleichgültig, welche Gestalt er von nun an annehmen mochte, seine Zähne waren für immer zerstört.

»Ich will essen und Wein trinken!« erklärte er.

»Tut, wie Euch beliebt, Herr«, sagte Agnini.

»Dann wirst du mir zu Gefallen sein.«

»Vielleicht auch nicht.«

»Wieso nicht, wer sollte das noch verhindern?«

»Horcht!« sprach Agnini. »Ihr könnt die Türen hören, die sich vor ihm öffnen.«

Darvinda sah und hörte alles, was vor sich ging, auf eine losgelöste Weise, während er durch die Luft schwebte. Körperlos schien er alles sehen und hören zu können, was er wollte, und sogar vieles auf einmal. Aber er sah nicht mit Augen und hörte nicht mit Ohren. Er sah und hörte nicht wirklich.

Nach seinem Tod hatte es eine Zeit der Ruhe gegeben. Neugier trieb ihn dann durch den leeren Raum. Jetzt aber zog ihn etwas zu der Marmorterrasse zurück. Sein Tod war kein wirklicher Tod gewesen, sondern nur das neuerliche Abstreifen einer Haut. Nun kehrte er zurück, wurde hinuntergezogen und fand sich wieder von einem Körper umgeben. Er bahnte sich einen Weg durch die Hölle aus zerfetztem Fleisch und gebrochenen Knochen und schließlich durch das dünne Leichentuch. Und dann stand er aufrecht und gesund auf der Terrasse über dem Fluß.

Sicher war das alles ein Teil von Agninis Zauber, doch es war gewiß und wahr, wie sie es gesagt hatte. Unbekümmert trat er über die schlaffe Haut und das klappernde Gebein hinweg, die einmal Teil seiner selbst gewesen waren, und warf das Gewand über, das sie ihm vor dem Kampf gegeben hatte. Wer immer ihn dabei beobachten mochte, gab dies mit keinem Zeichen zu erkennen. Und als er sich dem Palast zuwandte, kam niemand, um ihn zu warnen oder zu verspotten.

Alle Türen flogen krachend vor Darvinda auf. Als er den goldenen Saal erreichte und eintrat, sprang Rupanag mit einem Blick äußersten Entsetzens auf. Diesmal gab es keinen Wortwechsel. Der Schlangenprinz griff nach den Schlüsseln auf den Tischen und schleuderte sie gegen Darvinda, und während sie durch die Luft flogen, verwandelten sie sich in Messer und Dolche. Darvinda aber wich ihnen aus, und sie zischten an ihm vorbei.

Als er vor Rupanag stand, streckte er seine Hände aus und packte ihn. Rupanag hatte einen langen Degen gezogen, aber als er damit zustach, traf er nur einen der Edelsteine an Darvindas Seite. Es gab keine neue Stunde des Triumphes für den *Nagini*. Darvinda nahm die Waffe aus der Hand des Feindes, wie man ein Blatt vom Baum nimmt, und bohrte sie durch Rupanags ungepanzerte Haut mitten in sein wildes Herz.

So endete Rupanag, und sein menschlicher Körper lag am Boden zwischen den Resten des Festmahls und bunten Blumen.

»Auch ein Unsterblicher hat eine Seele, die nicht vergehen kann«, sagte Agnini, »schau!«

Und zu seinen Füßen sah Darvinda ein Schlangenei liegen. Im nächsten Augenblick kroch aus diesem Ei, heftig zappelnd, eine kleine, braune, ungiftige

Schlange. Verwirrt huschte das neugeborene Geschöpf über den Boden davon.

»Das muß er nun eine Weile bleiben«, sagte Agnini, »eine kleine braune Schlange, die in den tiefsten Höhlen der *Naga*-Stadt ihre Zuflucht sucht. Weil er in böser Lust und im Zorn starb, weil Lust und Zorn Ursachen seines Todes waren. Alle irregeleiteten Wesen, die so sterben, müssen tief hinabsteigen auf den untersten Weg. Du aber, der du in einem edelmütigen Akt der Selbstaufopferung für einen anderen starbst, nichts anderes für dich erstrebend, du bist nun wieder ein Mensch, und dein Weg liegt vor dir im hellen Licht.« Dann fügte sie mit sanfter Stimme hinzu: »Und du hast mich befreit!«

Die Diener geleiteten ihn zu anderen Räumen, in denen er sich zum zweiten Mal den Ritualen des Badens und der Reinigung unterzog. Dann opferte er, wie es Brauch war, in einem stillen Innenhof vor dem Schrein des Gottes Indra. Als er das Blumengewinde um den Nacken des Gottes legte, hielt Darvinda einen Augenblick inne, ein wenig beschämt bei dem Gedanken daran, daß er ihn einst, vor langer Zeit, nur als einen verruchten Götzen (wie seine Mutter es nannte) betrachtet hatte. Damals hatte er nicht gewußt, daß alle Götter *einer* sind und *einer viele* und daß *er* viele verschiedene Namen trägt. Er bat Indra um Vergebung, in Ehrerbietung und Dankbarkeit, die nicht Früchte der Frucht sind.

Schließlich betrat Darvinda einen mit silbrig schimmerndem, fließendem Brokat ausgekleideten Saal, der von schwelendem Sandelholz, Ölen und Blumen mit köstlichen Wohlgerüchen erfüllt war. Das Licht war hier matt und weich.

Als Agnini den goldenen Saal betreten hatte, schien die Sonne aufzugehen. Hier aber war sie wie der Mond, der das Dunkel erleuchtet, eingehüllt in die nachtschwarze Flut ihres Haares.

Er kniete vor ihr nieder und legte seine Hände auf ihren mit glitzernden Ringen geschmückten Fuß. Sein Körper war der eines Mannes, und auch seine Wünsche waren die eines Mannes. Er wußte wohl, daß er sie errungen hatte und, mehr noch, daß sie sich ihm hingeben würde. Denn Liebe verband sie.

Aber als er sie an sich zog, wurden ihre lächelnden Augen traurig. Und er erinnerte sich an alles, was sie ihm erzählt hatte. An ihren Gatten, den Prinzen, für den sie erschaffen worden war, an ihren Gebieter, der verdammt war, immer noch umherzuwandern, und um dessentwillen, nicht um sich einem anderen zu ergeben, sie in das bittere Exil auf der Erde zurückgekehrt war.

Langsam zog er sich vor ihr zurück, obwohl sein Körper in Flammen stand und ihn verfluchte. Dann verging das Feuer und wundervolle Kühle durchdrang ihn, etwas wie Freude, weil ihr Antlitz ganz in Glück getaucht war. Sie schien jünger jetzt, jünger als ein kleines Kind. Ihre Seele tanzte und zog die seine mit in ihren Tanz. In diesen köstlichen Augenblicken waren sie in Liebe miteinander vereint, wenn auch nicht in der Liebe des Fleisches.

Als der Höhepunkt dieses wunderbaren Rausches, den sie wortlos miteinander teilten, vorüber war, begann Agnini zu sprechen:

»Dank dieses letzten Dienstes, den du mir erwiesen hast, darf ich nun meinen Gebieter wiedersehen, darf ihm entgegenlaufen, wenn sein erster Schritt laut wird, ohne gedemütigt zu sein, ohne ihn betrogen zu haben. Deshalb verspreche ich dir eine letzte Gabe. Tapferkeit und Stärke sollen dir gegeben sein, Schönheit und Ehre. Glück und Freundschaft alle Tage deines Lebens. Und eine vollkommene Liebe, die nie enden wird, sei dein Anteil, eine Liebe wie die von Dämonen und Göttern. Denke daran, Herr, wenn sie dir eines Tages begegnet.«

Die Dunkelheit geriet in Bewegung und begann zu flackern. Alles war so wirklich, daß es unmöglich vorübergehen konnte. Aber der liebliche Mond, der sanfte Mond ihres Antlitzes, verschwamm im Dunkel ihres Haares. Die Wände wurden durchsichtig. Die Türme und Lichter der Stadt hinter ihnen verloren Form und Glanz.

Schon verebbte der Traum. Bald würde er ihn vergessen haben. Er fühlte Kälte seinen Rücken emporkriechen. Hals und Kehle waren ausgedörrt, seine Augen blinzelten schlaftrunken, seine Füße schmerzten. Er hob den Kopf und schaute verwirrt in die Baumkronen über der fernen Gartenmauer. Der kleine Junge stolperte die staubige Straße hinunter durch die hereinbrechende Dämmerung, ohne Musik …

5.

Evelyn war hysterisch, gleich würde sie überschnappen. Chaver Finlay schenkte sich einen Whisky ein und wartete darauf, daß ihr Gejammer abklang oder doch für einen Augenblick aufhörte, wenn sie Atem holen mußte.

»Und deshalb wird das Abendessen verspätet serviert?« fragte er schließlich.

»Oh, Chaver!« heulte sie wie die Schakale, die man am Straßenrand hörte. Ihnen konnte man einen Stein nachschleudern. Mit Evelyn aber war nicht so leicht fertig zu werden. Sie brach vor ihm zusammen, erschöpft vom stundenlangen Weinen und Schreien in der glühenden Hitze. Ihr Haar war völlig aufgelöst, und ihre farblosen Augen stierten aus tiefen

Höhlen. »Den ganzen Morgen, den ganzen Nachmittag! Den ganzen Tag, und nicht eine Spur von ihm. Die Diener haben alles abgesucht – und dann kam er auf einmal wieder, nach Sonnenuntergang. Ich habe nichts aus ihm herausbekommen können. Nur, daß er in den Hügeln eingeschlafen sei. Oh, Chaver, er kann einfach nicht ganz allein den weiten Weg gemacht haben!«

»Natürlich nicht. Nicht zu Fuß!« Der Mann trank. Er sagte: »Ein überraschendes Abenteuer für unser verweichlichtes kleines Bürschchen!« Sein Ton geringschätziger Billigung war nicht dazu angetan, ihr zu helfen.

Evelyn schluchzte. »Es war diese Frau«, gab sie weinerlich von sich, »diese ... diese ...« Kein Ausdruck war verletzend und zugleich anständig genug. »Sie hat ihn irgendwohin mitgenommen. Ich weiß es. Und du weißt, wie sie sind. Unheimliche Dinge geschehen in diesem schrecklichen Land. Alles Mögliche hätte ihm passieren können!«

»Aber wie ich vermute, ist ihm nichts passiert, wie?« Chaver trank seinen Whisky aus. »Wo ist er jetzt?«

»Ich habe ihn sofort ins Bett geschickt.«

»Aha, dann wird er da ja wohl noch sein. Ich gehe und werde ein Wörtchen mit Agnini reden.«

»O nein, Chaver, nein ...«

»Warum nicht? Du scheinst doch zu glauben, daß sie hinter dieser geheimnisvollen Geschichte steckt.«

»Nein, du darfst nicht ...«

»Sag mir nicht, was ich tun darf und was nicht!« fuhr Chaver auf. Endlich schleuderte er den Stein über den Straßenrand und traf genau ins Ziel.

Als er zwischen den Büschen, die in dieser Nacht wie von Feuerlilien flackerten, mit raschen, lebhaften Schritten den Garten durchquerte, sah er seine Beute mehr instinktiv als mit den Augen wie einen Schatten im Schatten neben einem Orangenbaum bei der Mauer stehen. Die Stelle war abgelegen, geradezu eine Einladung. Er näherte sich ihr, den Blicken vom Bungalow und von den Hütten der Diener verborgen. »Was ist da vor sich gegangen?« fragte er ohne Umschweife. »Hattest du vielleicht die Absicht, meinen Sohn zu entführen, und dann sind deine Spießgesellen nicht erschienen? Aus Angst? Wie sie dir auch gut angestanden hätte?« Sie blieb stumm. Obwohl es dunkel war, glühte es in ihren Augen wie von Flammen oder Sternen. Er lachte laut, um anzudeuten, daß er alles nur für einen gelungenen Scherz hielt. »Das ist jedenfalls genau das, was die Memsahib glaubt. Meinen Sohn rauben, um ihn für unmoralische Geschäfte zu benutzen. Aber ich glaube nicht, daß du so etwas tust, Aggi. Eine alte Frau zu ermorden liegt wohl eher auf deiner Linie.« Wieder wartete er, aber immer noch blieb sie stumm. Er streckte eine Hand aus und ließ sie auf ihre nackte Schulter sinken. Er packte sie fest; die Berührung ihrer Haut bereitete ihm Vergnügen, er hatte es gewußt! Ihre Bekleidung war ein wenig verwirrend. Sie trug nicht mehr das Gewand, das ihr Asha geliehen hatte, sondern eine Art Tuch, das sie achtlos um sich geschlungen hatte und vielleicht auch achtlos wieder fallen lassen würde.

»Du hast sie getötet, nicht wahr? Die Männer erzählten, irgend etwas habe mit ihrem Leichnam nicht gestimmt. Sie sagten, er sei hohl gewesen wie ein leerer Sack, nur mit Schlamm gefüllt, der hineingeschwemmt worden und dann getrocknet sei. Mir kam sie wie eine ganz normale Leiche vor.« Seine Hände glitten an ihrem Körper hinunter. »Aber du bist sehr lebendig, nicht wahr? Nein, wende dich nicht ab! Genau genommen könnte ich dir ziemlich große Schwierigkeiten machen, Aggi, wenn ich wollte. Wenn ich den Leichenfund den Behörden melden und mitteilen würde, daß wir hier eine Landstreicherin entdeckt haben. Komm, Aggi, ich werde Blindekuh mit dir spielen, wenn du willst.« Er hielt sie jetzt mit beiden Händen umfaßt und preßte sie fest an sich, um sie spüren zu lassen, daß er für sie bereit war. »Du weißt genau, was du willst, Aggi. Du betest immerzu darum, überall, in jedem eurer verfluchten Tempel! Ihr Farbigen fließt über davon ...«

Der Laut kam aus ihrem Mund, ganz nah an seinem Ohr. Er ließ Finlays stürmisch klopfendes Herz zu Stein erstarren und seine Hitze zu Eis werden. Bevor er noch einen klaren Gedanken fassen konnte, war er zurückgeprallt und stolperte blindlings von ihr weg, bis er mit dem Rücken gegen einen Baum stieß. Seine Reaktion stand in keinem Verhältnis zu dem, was sie getan hatte. Es konnte nicht wahr sein. Sie hatte ihn angezischt, aber nicht auf irgendeine katzenhafte oder menschliche Weise. Was er gehört hatte, war der zischende Atem einer beutejagenden Kobra gewesen. Und der geschmeidige Körper, den er gespürt hatte, die im Dunkeln kaum wahrnehmbare Bewegung ihres Kopfes – auch das war schlangenhaft gewesen. Für den Bruchteil einer Sekunde hatte sich zwischen seinen Händen und an seinem Körper etwas Kaltes, Böses, ganz und gar Unzartes bewegt. Große Kiefer hatten sich geöffnet; lange, weiße, blitzende Zähne waren zum lähmenden tödlichen Biß bereit gewesen.

»Um Gottes willen!« brachte er heiser hervor. Aus dem undurchdringlichen Dunkel des Gartens drang jetzt wieder ihre menschliche Stimme, die Stimme einer Frau, an sein Ohr, auf Englisch zuerst, dann in Hindi, so rasch, daß er nicht alles verstand.

»Tu, was du willst!« sprach die Stimme. »Erzähle

es, wem du willst. Meine Wanderung ist zu Ende. Ich gehe fort. Du kannst mir nicht schaden, du *Mensch!* Das, was deine Sklaven auf der Straße gefunden haben, gehörte mir, niemandem sonst. Die abgetragene Haut meiner sterblichen Jugend und meines Alters; sie ist von mir abgefallen, und ich bin wieder jung – und frei. Aber *du!* Geh, umschmeichle lieber dein helläugiges Weib. Und was deinen Sohn betrifft – leg dich ihm vor die Füße in den Staub, dort ist dein Platz! Du sollst zusehen, wie das Licht in ihm wächst, in Seele und Körper, während deine nichtigen Kräfte wie welkende Blätter vergehen. Dein Weg ist Dunkelheit. Denke an mich in den langen lichtlosen Nächten deines Lebens!«

Beide Schultern fest gegen den schlanken Stamm des Orangenbaumes gepreßt, mit schmerzenden Ohren und verkrampften Eingeweiden, vernahm Chaver Finlay jetzt etwas, das sich anhörte, als würde ein Bündel von irgend etwas Leichtem ins Gras geworfen. Es sollte Monate dauern, bis sich in ihm der Eindruck verflüchtigte, daß der Schatten einer Frau verschwand, während etwas von der Länge seiner Stiefelschäfte sich glitzernd wie ein Bach zwischen den Büschen davonschlängelte und alle Feuerlilien erloschen.

Es dauerte allerdings nur eine halbe Stunde, um mit Hilfe von Whisky und Zigaretten das Geschehene zeitweilig aus seinem Kopf zu verdrängen. Und es dauerte nur drei Minuten länger, bis er das Schlafzimmer seines Sohnes erreichte.

»Steh auf, David!« befahl der Mann mit kalter, durchdringender, erhobener Stimme, und seine Hand schüttelte den Jungen wie einen Hund. »Steh auf! Wir haben etwas zu erledigen.«

Aus dem Zimmer gegenüber fiel ein schmaler Lichtstreifen; Evelyn stand in der Tür und jammerte leise. Im Halbdunkel schien der Junge in seinem hellen Schlafanzug zu leuchten.

»Du warst verdammt ungehorsam«, fuhr der Mann fort, »das weißt du, nicht wahr? Einfach wegzulaufen und deine Mutter zu Tode zu ängstigen! Lügen erzählen! Nun gut, du wirst deine Strafe bekommen. Zieh deine Hose herunter und beuge dich über den Stuhl!«

Und dann, nach einem Moment, ertönte über dem Laut, den die Frau von sich gab, der Laut eines Ledergürtels, der klatschend auf kindliches Fleisch niederfuhr. Und das laute Atmen des Mannes. Sonst war nichts zu hören.

Draußen stand die Frau und rang ihre Hände. Als fielen die Schläge auf ihren eigenen Körper, so litt sie die Schmerzen mit, die dem Jungen zugefügt wurden. Solche Züchtigung brachten Mutter und Sohn einander näher, die beide Opfer des Mannes waren. Es waren schreckliche Schläge für einen kleinen Jungen. Sie ängstigte sich, weil er weder schrie noch weinte. Sonst hatten ihn selbst leichte Schläge zum Weinen gebracht – würde Chaver auch ohne dieses Zeichen der Unterwerfung aufhören?

Am Ende hielt der Mann ermüdet inne und erkannte plötzlich, daß er zu weit gegangen war. In die Verteidigung gedrängt, sagte er: »In Ordnung. Du bist tapfer gewesen, das will ich zugeben. Leg dich jetzt hin. Los, leg dich hin!« Und dann laut und heftig wie zu einem Hund: *»Leg dich!«*

Ohne richtig zu begreifen, was vor sich ging, bemerkte die Frau einen Unterton der Angst in der Stimme ihres Mannes. Erschreckt stürzte sie vorwärts und stieß die Schlafzimmertür weit auf, so daß Licht hineinfiel und den Raum erhellte.

Ihr Sohn, David, stand mitten im Zimmer, nur mit dem Oberteil seines Schlafanzugs bekleidet. Blut floß an seinen Beinen herunter. Sein schweißnasses blondes Haar klebte an der Stirn, aber sie konnte sehen, daß sein Körper von der Sonne dieses geheimnisumwitterten Tages tief gebräunt war. Er war nur halb so groß wie der Mann, der sein Vater war, und doch schien das Kind die Szene zu beherrschen. Sein Mund war fest geschlossen, seine Augen trocken und groß aufgeschlagen.

»Davy«, murmelte die Frau, »bitte tu, was Daddy dir sagt, Davy!«

Aber nun spielte es keine Rolle mehr, daß sie ihn »Davy« nannte. Der Traum war verebbt, er hatte ihn vergessen. Verstand und Herz und Sinne aber waren ganz davon durchdrungen. Obwohl versunken und ausgelöscht, hatte dieser Traum allem Leben und Farbe gegeben, eine Farbe, die nie verblassen würde. Nun wußte er, wer er war und was er werden konnte. Niemals würde er darüber Zweifel hegen, noch über den Weg, der taghell vor ihm lag – und den er nicht verfehlen konnte. Welche Schatten auch auf ihn fallen mochten, er würde es nicht beachten. Sie bedeuteten nichts im Vergleich zu dem, was ihm in der Zukunft zuteilwerden würde, in der goldenen Zukunft, die nur Jahre, Tage, Augenblicke entfernt war. Wenn auch sein Blut floß und der Mann keuchte, und obwohl die Frau »Davy, Davy« murmelte, blieb ihm ein anderer Name, ein geheimer Name, den nichts berühren konnte.

Der Junge, halb so groß wie der Mann, schaute auf. Chaver Finlay, der sich nicht hatte erinnern können, wie die Augen seines Kindes aussahen, begegnete jetzt ihrem Blick. Blau waren sie wie Edelsteine und stieß tief in seinen erschauernden Geist wie ein sieben Fuß langes Schwert.

Mit heiserem Lachen ging der Mann an der Frau vorbei aus dem Zimmer. Es blieb ihm nichts als zu lachen, da sein Bewußtsein nicht akzeptieren wollte, was alles übrige in ihm, lautlos aufschreiend, längst erkannt hatte. Und doch wußte Chaver Finlay, daß er seinen Sohn zum allerletzten Mal geschlagen hatte.

Die zweite Nacht gehört dem Jäger und ist mit Tigern gesäumt gleich orangefarbenen Juwelen zwischen den schwarzen Mauern des Waldes.

Flammentiger

Vor langer Zeit fand in London ein Mädchen, das ich kannte, ihre gelbrote Katze schlafend vor dem Ofen, stellte einen Fuß leicht auf den Rücken des Tieres, nahm eine großartige Pose ein und erkläre: »Hab' sie in Indja geschossen, weißt du!« Sie traf den pompösen Wachtraum des britischen Radscha in Stimme und Geste so vollkommen, daß es zu einem oft wiederholten Spiel wurde, das erst ein Ende fand, wenn die Katze ihre Rolle als Tiger leid war. Der Scherz brachte für mich eine Grundhaltung zum Ausdruck, die tiefe Wurzeln hatte. Damals legte ich eine ausgeprägte Überempfindlichkeit gegenüber einem Typ von Mann und seiner Art von Geschäften an den Tag, der mir und meinen Geschäften so unähnlich war wie eine fremde Spezies. Später, als ich die Fakten genauer kennenlernte, mußte ich einiges an diesem oberflächlichen Scherz neu überdenken. Ab und zu gibt es unter den Tigern Menschenfresser, die sich in den abgelegenen Dörfern der Dschungel Beute holen, grausame, toll gewordene Kreaturen, die zu hassen, die mehr aus Vergnügen als aus Hunger zu töten scheinen und bei Sonnenaufgang halb verschlungene Frauenleichen zwischen den Halmen auf den Feldern zurücklassen. Bei Nacht schleichen sie wie schwarze Schatten umher, und die Männer haben Angst, ihre Hütten zu verlassen, um ihre Notdurft zu verrichten. Manchmal ist es, um zu überleben, unerläßlich, eine Kugel abzufeuern, was der Scherz, von dem ich sprach, geschickt verschleiert. Viel später, als ich Pettersun begegnete, lernte ich, zuerst und vielleicht im Grunde bis heute unwillig, etwas von dem, was manche Jäger antreibt, zu begreifen, etwas von der tatsächlich bestehenden, unheimlichen Verbindung, die zwischen dem, der jagt, und dem, der gejagt wird, bestehen kann. Zweifellos begriff ich genug, um zu erkennen, daß die Scheidewand, die sie trennt, so dünn ist, daß sie austauschbar werden. Denn der Mensch kann einen Fehlschuß tun, die Waffe streiken, der Treiber fortlaufen und die Dunkelheit herniederfallen, die das Reich des Tigers ist, das Land der Nacht. Und in der nächtlichen Dschungel ist die goldfarbene Bestie mit ihren Nachtaugen, mit den Waffen ihres Maules, den Sichelmessern ihrer Tatzen, mit ihrer Riesenkraft – die Kreatur, die Menschen fressen kann – kein schwächlicher Gegner. Es liegt mir fern, den magischen Kreis dieser Dinge zu betreten oder das auch nur zu wünschen. Nicht nur, weil mir dazu der Mut fehlt, und er fehlt mir tatsächlich, sondern weil ich niemals töten könnte, nichts, weder in einem Ritual noch zufällig, wenn es nicht absolut unumgänglich wäre. Und glücklicherweise war ich niemals gezwungen, irgend etwas oder irgend jemanden zu töten, sei es ein Tier oder einen Menschen. Vielleicht kann ich deshalb meine Geschichte erzählen, einer Art milderndem Umstand zum Dank.

Unmittelbar vor dem Victoria Memorial in Kalkutta traf ich auf einen dicken Mann. Einen Teil meines Lebensunterhaltes verdiene ich mir damit, daß ich gegen Bezahlung für andere Leute Ermittlungen anstelle, und meine Gedanken wanderten gerade irgendwo zwischen der Stelle, auf der ich mich befand, und dem Jadu Ghar, während meine Füße schon den Weg zum Hotel einschlugen. Über Slums und Palästen verblutete sich eine goldrote Sonne und versank hinter dem Maidan. Der dicke Mann versperrte mir die Sicht; er blieb vor mir auf den Stufen stehen und stellte sich vor. Ich kann mich nicht erinnern, mit welchem Namen er sich mir bekannt machte, aber er kannte mich von einem Artikel, den man mit meinem Bild versehen hatte. Ärgerlich dachte ich, daß er mich in ein Gespräch über etwas verwickeln würde, das ich geschrieben und schon wieder vergessen hatte, als er sagte, Pettersun sei tot.

»Wie?« Ich war eher ob der Gerechtigkeit des Schicksals als aus Überraschung schockiert, und meine Frage war zur Hälfte rhetorisch. Es war ziemlich klar, was geschehen sein mußte, und so war es denn auch.

»Ein Tiger hat ihn zerrissen. Komische Sache! Verdammt komisch. Ich habe es mir zur Aufgabe gemacht, wenn Sie so wollen, es den Leuten zu erzählen, Leuten die ihn kannten.«

»Ich habe ihn ihn nicht sehr gut gekannt.«

»Nein? Dann ist es gut. Aber trotzdem – eine komische Geschichte!«

Ich blickte auf seine dunkle Silhouette, an deren ausladenden Konturen das bernsteinfarbene Licht der untergehenden Sonne zerfloß. Er wollte noch mehr sagen. »Komisch!« wiederholte er.

»Sie meinen belustigend oder eigenartig?«

»Oh, nicht belustigend. Ganz und gar nicht. Eigenartig. Ja, das ist's!«

»Warum?« fragte ich.

»Nun, er war nicht auf der Jagd, wissen Sie. Er lag in seinem Bett.«

»Im ... *Bett?*«

»Genau. Und das Ding kam in den Bungalow hereinspaziert und riß ihn in Stücke. Es muß ziemlich gräßlich gewesen sein. Ja, verdammt gräßlich.«

Das klang in der Tat eigenartig. Affen, Ratten, Schlangen – sie kommen in die Häuser, von Tigern aber hatte ich noch nie dergleichen gehört. Der dicke Mann stand da und genoß seine eigene Bestürzung ebenso wie die meine. Ich sah mich genötigt weiterzufragen.

»Wo ist das passiert?«

»Im Norden«, antwortete er und nannte eine kleine Stadt. »Ungefähr zehn Meilen davon entfernt. Ein paar Dörfer. Einer der alten Rangerbungalows. Er lebte da draußen in der Dschungel. Er tat nichts, er trank nur, viel. Dann tauchte offenbar ein Einzelgänger auf, ein Menschenfresser. Sie hatten von Pettersun gehört und kamen, um ihn zu fragen, ob er sich der Sache annehmen wolle, und Pettersun sagte nein, er habe damit nichts mehr zu tun. Aber er begann, sein Gewehr zu reinigen ... Sie erinnern sich an sein Gewehr mit der Elfenbeineinlage ...«

»Ja, ich erinnere mich.«

»Dann gab's eine Panik. Sie wissen, wie sie sind. Der Tiger war überall. Im Dorf. Im Nachbardorf. Auf einem Baum, auf den Feldern, unten an der Quelle ... In der nächsten Nacht wollte er losgehen, oder jedenfalls ist es das, was ich gehört habe, mit Fackeln und Treibern, das ganze blutige Theater! Kurz vor dem Morgengrauen lag er im Bett, in Gesellschaft einer Flasche Gin ... und happ! Einer seiner Treiber fand ihn und kam schreiend herausgelaufen. Es war eine dreckige Sache.«

»Woher wissen Sie das alles?«

»Der Doktor wurde aus Chadhur gerufen, um sich die Leiche anzusehen. Ich kenne Hari ziemlich gut. Nachrichten aus zweiter Hand, aber zuverlässig.«

»Es hört sich unglaublich an.«

Der Dicke war nicht beleidigt. Er zuckte die Achseln. »Das tut es, nicht wahr? Immerhin haben die

Zeitungen in Bombay es gebracht, wissen Sie; ein paar Zeilen.«

»Wie lange ist das jetzt her?«

»Einige Monate. Ja, so ist das Leben. Ich könnte einen kühlen Schluck gebrauchen.«

Von den Moscheen in der Ferne wurde der gedämpfte, wilde Ruf des Abendgebets hörbar. Ich entschuldigte mich bei dem dicken Mann und ging, um mir alleine einen Drink zu genehmigen.

Ich verdaute Pettersuns Tod langsam im Schatten der Ventilatoren, die sich wie riesige Insekten an der Decke drehten. Wie sonst muß ein Jäger logischerweise sterben als unter den Hufen, den Tatzen, den Fängen der Kreatur, über der er so lange hoch aufgerichtet gestanden hat, den Fuß auf ihrem Nacken, mit rauchendem Gewehr. Hab ihn in Indjen geschossen! Obwohl Pettersun keiner von denen war, die mit Vorlegern aus Tigerfell handeln.

Wie schon gesagt, hatte ich ihn nicht sehr gut gekannt. Ich hatte ihn, weiß Gott, nicht gemocht und ihn höchstens wegen seines Mutes bewundert, weil da so gewisse Geschichten über ihn in Umlauf waren, die ich von anderen gehört hatte. Ich glaube, daß er mich bis zu einem gewissen Grad faszinierte ... die verbotene Frucht dessen, was dir deine eigenen ethischen Grundsätze als böse und schlecht vorstellen und das für andere ein ganz normaler Aspekt unserer Existenz ist. Ich war ihm auf einer gut besuchten Party in Bombay begegnet, auf der sich Männer im Frack und Damen in Kleidern aus Goldlamé drängten, allesamt braun wie gegerbtes Leder, was das kaffeefarbene Fleisch der Diener nahezu blau erscheinen ließ. Wir unterhielten uns über dies und das in einer Gruppe von Leuten, die sich nach und nach verliefen und Pettersun und mich schließlich allein zurückließen. Plötzlich sagte er lächelnd, als habe er nur auf eine günstige Gelegenheit gewartet: »Sie mögen mich nicht besonders, wie?« Keine Frage, kein Angriff, lediglich eine Feststellung. Ich schwieg. Er schwenkte seinen letzten Drink, schüttete ihn in sich hinein und fuhr dann fort: »Oder sagen wir besser, Sie mögen nicht, was ich tue. Orion, der Jäger. Der böse Mann, der die lieben Tiere tötet!«

Ich zuckte die Achseln und suchte nach einem sauberen Abgang, zu dem sich bisher noch keine Möglichkeit geboten hatte. Einer der Diener kam mit neuen Getränken, und Pettersun nahm sich vier Gläser weg, das vierte reichte er mir.

»Danke«, sagte ich.

»Bitte«, gab er zurück. Er goß den ersten seiner neuen Drinks hinunter und meinte: »Beschimpfen Sie mich ruhig, wenn Sie wollen. Menschen erschieße ich nicht.«

»Nur Tiger!« versetzte ich, ehe ich mich versehen hatte.

»Nur Tiger? Ein Tiger ist nie *nur* Tiger.«

»Zum Sport?« fügte ich hinzu.

»Nein«, entgegnete er, immer lächelnd, »so würde ich das nicht ausdrücken.«

»Nun«, meinte ich, um ihm entgegenzukommen, »ein Menschenfresser ist natürlich ...«

»Ah, Sie bestehen also nicht unbedingt auf Ihrem Grundsätzen«, sagte er und genehmigte sich einen zweiten Drink. »Sie denken, ich bin eine Schande für Gottes schöne grüne Welt, aber Sie wollen es mir nicht ins Gesicht sagen.«

»Mr. Pettersun«, erklärte ich, »was Sie tun, ist Ihr Problem.«

»Angst, ich könnte auf Sie losdreschen, wenn Sie Klartext reden? Ihnen Ihre feingeschnittene Nase brechen, ja? Ich werd's nicht tun. Ich bin ein friedliebender Mann und ziehe einen guten Schluck vor, vor allem, wenn er nichts kostet. Ich töte Tiger. Bitte, halten Sie fest: ich sagte nicht, daß es mir *gefällt*, sie zu töten. Und so ist's! Die Summe meiner Teile.«

»Entschuldigen Sie mich«, sagte ich. Als ich mich umdrehte, drückte er mir das dritte Glas in die andere Hand und hielt mich dadurch auf, was ganz offensichtlich auch seine Absicht war. »Einen Drink?« fragte er.

Ich stand da, in jeder Hand ein Glas, und sah ihn erstaunt an.

»Was wollen Sie?« sagte ich.

»Ich glaube,« meinte er, »ich möchte mit Ihnen reden, Ihnen genau von dem erzählen, von dem Sie nicht hören wollen.«

»Mit anderen Worten, Sie beabsichtigen, mir lästig zu fallen.«

»Nein.«

»Mich zu überzeugen? Keine Chance!«

»Nein, natürlich nicht«, erklärte Pettersun. »Überzeugen macht keinen Spaß. Und Debatten sind für gewöhnlich zwecklos, nicht wahr?« Ich blieb stehen, wo ich stand, wider Willen von etwas angerührt, das er gesagt hatte und das meiner Auffassung entsprach. »Also, was ist es dann?«

Ich trank aus dem Glas, das er mir in die Hand gedrückt hatte, und setzte hinzu: »Egomanie in betrunkenem Zustand, die sich Luft machen muß?«

Er lachte. »Die Sache hier stinkt«, erklärte er. »Ich kenne einen Platz am Strand, wo ein Mädchen mit Kobras über alle Tische tanzt. Mögen Sie so was?«

»Ja, manchmal mag ich so was.«

An dem »Platz«, an dem das barfüßige Mädchen alle zwei Stunden ihren Tanz aufführte, das schwarze Haar wie einen Pferdeschwanz schwenkend, die gemolkenen Schlangen um Arme und Brust geschlungen, tranken wir ein mit *Lassi* gemischtes alkoholisches Getränk. Nicht einmal in diesem Augenblick war ich mir darüber klar, warum ich eigentlich mit ihm gegangen war.

Im Rückblick wäre es einfach genug zu sagen, daß ich in ihm ein Bedürfnis spürte zu beichten, als letzten Gang vor der Hinrichtung. Wie jemand einmal gesagt hat, habe ich etwas von einem Priester an mir; ich weiß das, und unter besonderen Umständen merken es auch andere.

Zunächst redeten wir über dies und jenes; ich kann mich kaum noch daran erinnern. Dann aber, als er zu sprechen begann, wie er es hatte tun wollen, wurde einiges klar, das mir bis heute im Gedächtnis geblieben ist und wahrscheinlich immer bleiben wird. Ich erinnere mich nicht mehr an einzelne Sätze, aber was sie im Kern aussagten, habe ich behalten. Denn damals wurde ich in das Mysterium der Jagd eingeführt, und ich war betrunken genug, daß es über oder unter den Barrieren meines Verstandes und meiner Ethik durchschlüpfen konnte. Und ich verstand – ich verstehe immer noch, obwohl ich nicht vergeben kann. Wahrscheinlich konnte ich es weniger vergeben als verstehen, weil ich die Anziehungskraft, das religiöse Element, die außergewöhnlich starke Bindung erkannte, die (jedenfalls in der menschlichen Vorstellung) entstehen kann und von der man dann abhängig wird wie von einer Droge. Was er über sein Gewehr und seine Idee des Sports von sich gab, war purer Unsinn und blieb auf obszöne Weise vage. Bis auf die magische Qualität des Jagdrituals, geheimnisvoll und mysteriös, die, wie ich vermute, auf viele von uns einen verführerischen Zauber ausübt, dem man widerstehen muß, der wirklich alles nur noch abstoßender macht – eine Venusfliegenfalle.

Ich erinnere mich auch, daß ich tief in der Nacht am Strand entlang zurücktorkelte. Ich erinnere mich an das schwarze Wasser und die hochaufragenden, geisterhaften Wohnblocks und an den Mond, der wie Elfenbein schimmerte, wie die Elfenbeinintarsien auf dem Gewehr, von dem er ein Foto bei sich trug, wie andere Männer Fotos von ihren Frauen oder Kindern mit sich herumtragen oder, wenn sie die nicht haben, von ihren Hunden.

Als ich am nächsten Morgen mit einem ordentlichen Katzenjammer aufwachte, fand ich, daß ich auf lächerliche Weise meine Zeit vertan hatte. Aber sehr bald kamen mir seine Belehrungen – denn er hatte mich unter des wilden Feigenbaums Schatten, den das tanzende Mädchen warf, über seine Philosophie belehrt – wieder in den Sinn. Jäger und Gejagter, Pirschgänger und Beute, miteinander verbunden durch Grashalme und Blätter, durch Schatten und Blutdurst, durch Furcht und Begierde. Wer war wer? Ich stand auf, steckte meinen Kopf in ein Becken mit lauwarmem Wasser und dachte ärgerlich: Blödsinn! Ein Mann mit einem Gewehr. Welche Chance hat der arme Tiger? Wen gedachte Pettersun hinters Licht zu führen? Aber er hatte nicht versucht, mich hinter Licht zu führen. Er hatte lediglich gesagt: so ist es, für einige, für mich. Ob richtig oder falsch. Einfach so. Ich hatte nie die rechte Geduld für Hemingway aufgebracht, aber eine Woche später las ich noch einmal *Der alte Mann und das Meer*. Die Beziehung zwischen dem Fischer und dem großen, wundervollen Fisch an seiner Angel – abgesehen von dem Zwang, seinen Lebensunterhalt verdienen zu müssen, von Dickköpfigkeit, Leichtfertigkeit, vom Unbewußten – von all dem, was seine Verleumder ihm nachsagen –, diese Beziehung ist auf ihre Weise ungemein aufschlußreich im Hinblick auf das, was Pettersun mir enthüllt hatte. Aber wenn es möglich ist, in aller Ehrenhaftigkeit, in Liebe und Mitleid zu töten, dann ist es um so wichtiger, dem ein Ende zu machen.

Ich bin Pettersun nie mehr begegnet. Einige Monate später begegnete mir statt dessen der dicke Mann auf den Stufen des Memorials in Kalkutta und sagte: Ein Tiger hat ihn getötet. Komische Sache!

Etwas mehr als ein Jahr darauf kam ich während einiger Ermittlungen, die ich in eigener Sache anstellte, mehr oder weniger zufällig nach Chadur.

Nachdem ich meine Angelegenheiten erledigt hatte, begab ich mich zum Krankenhaus. Dort trödelte ich herum und dachte darüber nach, ob ich der Sache wirklich nachgehen wollte. Schließlich wollte jemand wissen, auf wen ich wartete – sie sprechen jeden Europäer so an. Ich nannte den Namen des Arztes, von dem der dicke Mann gesprochen hatte.

Freundlich und gesellig, wie er war, lud Dr. Hari mich in seinem Sprechzimmer zu einem sehr guten Kaffee ein, und ich brachte mein Problem andeutungsweise zur Sprache. Die Antwort war ganz und gar nicht andeutungsweise. Dr. Hari war auf Pettersun wütend, wie es jeder gute Arzt auf einen unvernünftigen Patienten ist. »Wenn der Tiger nicht mit ihm Schluß gemacht hätte, hätte es der Alkohol getan. Sein ganzer Organismus war in Aufruhr. Auf dem Weg, den er gewählt hatte, konnte er höchstens noch mit einem Jahr oder auch mit weniger rechnen.«

»Dann ist es also wahr! Ich hörte, daß das Tier in ...«

»... den Bungalow eindrang und ihn im Bett überfiel? Ganz richtig. Haben Sie einen guten Magen?«

Pettersun war zerfleischt worden. Herz und Kehle waren herausgerissen – alles übrige zerfetzt, auseinandergenommen, buchstäblich wie ein Sack in kleine Stücke zerrissen worden. »Es war entsetzlich. Die Dörfler sind an Tod und Unglück gewöhnt, aber sie waren furchtbar verängstigt und abergläubisch. Ich habe auch schon eine Menge Männer gesehen, die von Tigern oder Panthern zerrissen worden sind. Aber nie einen Körper in einem solchen Zustand, und nicht das Geringste davon aufgefressen!«

»Dann war es also gar nicht der Tiger, hinter dem er her war?«

»Nun, vielleicht doch. Das zweite Dorf fing ungefähr eine Woche später einen Tiger ... einen alten Tiger, der Menschen jagte, wie sie es dann und wann tun, weil sie damit leichteres Spiel haben. Ich würde sagen, daß dieser Tiger nicht stark genug war, mit dem Körper so umzugehen, wie es tatsächlich geschah. Natürlich töten sie manchmal, ohne zu fressen, aber dann zermalmen und zerfetzen sie ihre Beute nicht auf diese Weise. Und der Raum war unberührt!«

»Wie ist er hereingekommen?«

»Die Tür stand offen. Er hatte sie offengelassen – ganz weit, wie eine Einladung, möchte man beinahe sagen. Sehr seltsam. Sehr unerfreulich. Und traurig. Es gibt eine ganze Reihe von Dörfern hier im Bezirk, die Pettersun Dank schulden!«

Meine Gefühle waren wie erstarrt, auf die unterste Sprosse der Antiklimax abgesackt. Es war mir nicht klar, was ich zu hören erwartet hatte. Dann, als ich gerade aufbrechen wollte, bemerkte Dr. Hari:

»Ja, das Trinken hat ihn zu merkwürdigen Dingen getrieben. Auf die Wand des Bungalows, zum Beispiel, hat er etwas in großen Lettern geschrieben. Eine Art Gedicht, irgendeinen modernen englischen oder amerikanischen Vers ohne Reim. Über einen Tiger, natürlich! Die Dörfler weigern sich bis heute, sich nachts dem Haus zu nähern.«

Den Bungalow aufzusuchen war das Nächstliegende. Also tat ich es. Pettersun war jetzt seit einem Jahr tot und bedeutete mir nichts, hatte nichts mit mir zu tun. Mein Interesse schien nicht unbedingt makaber zu sein, war es aber vielleicht doch. Trotzdem wußte ich, daß ich nicht wieder abreisen konnte, ohne den Ereignissen auf den Grund zu gehen. Am Ende besorgte ich mir einen Wagen und nahm den neuen Highway, der mich geradewegs zu der Stadt brachte, welche der dicke Mann in seiner Geschichte erwähnt hatte. Von dort aus war es am vernünftigsten, nach Kolonialzeitmanier auf dem Rücken eines Pferdes die Reise über die staubige Straße fortzusetzen, mitten hinein in das heiße, verschlungene Herz der Dschungel. In der Dschungel lieferte ich mich fast augenblicklich ganz der Atmosphäre meiner Umgebung aus, diesem eindrucksvollen Gefängnis aus riesigen Bäumen in dichtem Blätterkleid und Bambusdickicht.

Hin und wieder kamen Frauen auf dem Pfad an mir vorüber, in dem Gang, den ich den Sari-Gang nenne, in farbenfrohe Gewänder gehüllt, Körbe oder Krüge auf dem Kopf. Sie waren rank und stolz, und manche von ihnen waren unbeschreiblich schön. Schließlich sah ich hügelabwärts im Tal, wo sich die Dschungel öffnete und die Erde freigab, ein Dorf. Korn stand steil auf den Halmen, Kinder rannten heran, eine Büffelherde weidete im sommerlichen Schlamm.

Der Himmel über den Bäumen war zu einer Wand aus warmen Braun geworden, als ich den Bungalow erreichte – und ihn beinahe übersehen hätte. Wie bei Kipling war die Dschungel hier eingelassen worden. Kletterpflanzen und hohes Gras überall und über allem, die schmutzigen weißen Verandapfosten waren kaum sichtbar. Auf der Rückseite befanden sich ein Küchenhaus und ein paar Hütten, auch sie überwuchert, die Dächer eingefallen.

Ich streunte eine Weile herum, während mein Pferd im dichten Gras weidete. Die Türen, die ins Haus führten, waren von den Behörden mit Brettern vernagelt worden, und ich hatte nicht die Absicht, sie in der Dunkelheit aufzubrechen. Es schienen hier draußen keine Gefahren zu lauern, aber als die Nacht in die Dschungel einfiel, bestieg ich mein Pferd wieder und nahm den Weg zurück ins Dorf. Dort begrüßte man mich neugierig, ja fast freundlich. Ich erwähnte meine Suche nicht und auch nicht, daß ich bei Pettersuns Bungalow gewesen war; statt dessen redete ich ein bißchen über Reis und Gewürzpflanzen mit ihnen. Später tauchte ein Kind von vielleicht fünf Jahren auf und begann in Hindi von seiner Frau und seiner Familie, von seiner Kuh und seinen Ziegen und von der Krankheit seiner jüngsten Tochter zu reden. Es waren Erinnerungen an sein noch nicht lange zurückliegendes letztes Leben. So etwas ist in Indien nicht ungewöhnlich. Bald kam die Mutter des Kindes, tröstete es und versicherte ihm, daß sich alles am Ende zum Guten wenden werde. Das Kind würde seine früheren Bindungen bald vergessen, wenn dieses neue Leben und seine Lasten ihre Rechte fordern würden. Als das Kind fortgebracht worden war, fing ich an, von Tigern zu sprechen, und sofort trat tiefe Stille ein. Die Männer schauten einander an. Schließlich erklärte einer von ihnen: »Es gibt keine Tiger hier. Sie sind fortgezogen.«

»Das ist begreiflich«, bemerkte ich. »Jemand ist hier in der Gegend von einem Tiger überfallen worden, ungefähr vor einem Jahr ... ein ziemlich bekannter Jäger. Porter, Potter ... irgend so ein Name.«

»Ja«, bestätigte ein anderer Mann mit großem Ernst. »Der Tiger wurde getötet. Jetzt gibt es keinen mehr hier.«

Ich blickte in ihre hageren, leidenschaftlosen

Gesichter, die Gesichter von Menschen, die alles erdulden. Draußen, jenseits des nächtlichen Stücks Erde, schlief das verirrte Kind, müde von der Last alter Verpflichtungen, die es nicht mehr ertragen konnte, an der Mutter Brust. Sie hatten ihr Essen mit mir geteilt und waren bereit, mir Obdach zu geben, ich konnte ihnen nicht noch mehr aufbürden. Ich schlief in dieser Nacht hinter der sicheren Umzäunung ihres Dorfes nicht, sondern lauschte auf das Rascheln der Blätter und blickte auf zu den Sternen. Beim ersten Morgengrauen verließ ich sie; ich führte das Pferd durch endlose Reihen von Ziegen, die gemolken werden sollten, und an Mädchen vorbei, die zum Brunnen gingen.

Im Herzen der Dschungel lag der Bungalow unverändert hinter den Brettern und Schlingpflanzen. Ich ließ das Pferd aufgesattelt stehen, brach eines der Fenster auf und kletterte in den Raum, der einmal Pettersuns Schlafzimmer gewesen war. Das niedrige indische Bett, mit abgeblättertem Lack und zerschlissenem Flechtwerk, stand immer noch an der einen Wand, das verrottete Moskitonetz hing wie zerrisene Spinnweben in Fetzen herunter. Ein paar Regale, ein Schreibtisch, ein Stuhl – nichts, was zu den Annehmlichkeiten des Lebens zählt, wenn es so etwas hier je gegeben hatte. Keine Spur von einer persönlichen Atmosphäre. Der Raum war mit der Dschungel eins geworden und hatte ihren Geruch angenommen; Lianen hatten sich durch das Fundament gezwängt und dicht über den Boden gelegt, so daß alle Flecken verdeckt waren.

Das Gedicht, von dem Dr. Hari gesprochen hatte, war mit Farbe auf die Wand gegenüber dem Bett geschrieben, in Buchstaben, die nach allen Seiten fielen. Es war dunkel, und ich hatte Mühe, sie zu entziffern. Als es mir schließlich gelang, durchzuckte mich, wenn auch noch undeutlich, eine Erkenntnis. So hatte Pettersun geschrieben:

Symmetry fearful thy frame could
Eye? Or Hand Immortal–What?
Night–the; of forests. The in–
Bright burning Tiger! Tiger!

Ich stand da, laut atmend, wie von einem Schlag getroffen, hörte die Vögel und Affen in der Dschungel schreien und las die Worte noch einmal, stumm, als mir plötzlich dieses *Tiger! Tiger!* den Schlüssel zu dem Rätsel lieferte. Das war nichts anderes als William Blakes Gedicht, jedoch verändert und auf bizarre Weise verkehrt: die letzte Zeile zuerst, die zweitletzte als zweite, die zweite an dritter Stelle, die erste zuletzt. Und jedes Wort jeder Zeile war ebenso versetzt: das erste Wort ans Ende, das letzte an den Anfang und so weiter. Pures Kauderwelsch! Kein Wunder, daß Hari es für ein in Greenwich Village ausgebrütetes avantgardistisches Stück gehalten hatte. Auch die Zeichensetzung konnte kaum von Blake sein.

»Wahnsinn!« sagte ich laut, gleichzeitig von Abscheu und Mitleid gepackt. »Armer, verdammter, versoffener, mordender Irrer!« Und dann las ich den Unsinn an der Wand noch einmal, las ihn in der stillen, von der geräuschvollen Dschungel umschlossenen Behausung mit lauter Stimme.

Als ich das tat, klickte irgend etwas in meinem Kopf. Unsicheren Schrittes versuchte ich, seiner Spur nachzufolgen. Aber es entschlüpfte mir wieder. Auf groteske Weise ergab die verrückte, verdrehte Fassung eines Gedichtfragments einen Sinn. Als ob man mit verbundenen Augen das Fell einer Katze berührte und, ohne in der Dunkelheit etwas zu sehen, rein instinktiv sagte: »Ah, das ist ja ...«, bevor einem noch die richtige Bezeichnung auf die Lippen kommt oder Licht den Bann bricht.

Plötzlich kam mit der Dschungel etwas anderes in den Raum hinein. In einem olivgrünen Streifen Sonnenlicht auf dem Pflanzenteppich erblickte ich den lohfarbenen Schatten des nächtlichen Todes, der durch die offene Tür glitt. Alle Haare meines Körpers sträubten sich, und meine Lenden wurden kalt vor Grauen. Flucht war geboten. Und ich floh durch das Fenster, zerriß mir Haut und Kleider, verfolgt von bösen Geistern, von Pettersuns Geist.

Als ich mich etwas beruhigt hatte, bestieg ich mein Pferd und schlug die Richtung zu dem zweiten Dorf ein, von dem der dicke Mann und Doktor Hari berichtet hatten.

Die einfachste Erklärung für das, was dann passierte, lautet, daß ich den falschen Weg wählte, vom Pfad abkam, herumirrte und dadurch alles nur noch schlimmer machte, bis ich am Ende in Panik geriet und zu dem sprichwörtlichen verirrten Wanderer wurde, von dem Lieder und Geschichten erzählen. Ich nehme jedenfalls an, daß es das war, was passierte, obwohl ich im allgemeinen nur selten meinen Weg verfehle oder, wenn es wirklich einmal vorkommt, ihn immer rasch wiederfinde. Nicht so in diesem Fall. Der Pfad war plötzlich verschwunden. Als ich mich vorsichtig ein Stück zurücktastete, gelang es mir nicht, ihn wiederzufinden. Bestimmte Baumgruppen, helle Ecken, die mir aufgefallen waren und mir als Wegweiser hätten dienen können, schienen seltsam verwandelt, obgleich die grünliche Dschungelsonne durch das Blätterdach sickerte und die Affen kreischten, genau wie es kurz zuvor gewesen war. Wenn etwas nicht stimmte, dann allenfalls in meiner Wahrnehmung.

Dann verfiel ich in den Fehler, meinen Irrtum korrigieren zu wollen, indem ich mich stur weiterarbeitete. Ich war überzeugt, daß ich bald wieder auf meinen Pfad stoßen, einen anderen finden oder durch einen glücklichen Zufall das Dorf erreichen würde, indem ich einfach quer durch das Blätterdickicht ritt. Nicht dergleichen geschah. Am Ende zwangen mich Hitze und Erschöpfung anzuhalten, abzusteigen und etwas zu trinken. Und dann schlief ich ein – das Dümmste, was ich tun konnte. In der Regel greifen Dschungeltiere schlafende Geschöpfe nicht an, aber Pettersun hatte wahrscheinlich auch geschlafen, als er angegriffen wurde. Außerdem suchen in der Wildnis Schlangen nach Beute, und manchmal auch menschliche Wesen, die schlimmsten aller Räuber.

Als ich nach einer Stunde erwachte, verärgert über alles, am meisten über mich selbst, gab ich meine Suche auf. Das zweite Dorf war augenscheinlich verhext worden und verschwunden. Mit Hilfe des Kompasses und der gelegentlich aufblitzenden Strahlen der Nachmittagssonne, die mir die westliche Richtung anzeigte, versuchte ich den Weg zurück zum ersten Dorf zu finden, das beruhigende Wirklichkeit war. Ich war zwar eine Weile ziellos umhergetappt und hatte mich verirrt, aber die Hütten und die Menschen und das wiedergeborene Kind befanden sich irgendwo genau im Osten, und die Pfade, die dorthin führten, waren gut gebahnt. Ich bezweifelte nicht, daß ich noch vor Sonnenuntergang ans Ziel kommen würde.

Stunden später begann ich mich zu ängstigen. Ich war in Schweiß gebadet, mein Pferd stolperte, die Öffnungen zwischen den Bäumen verschwanden im Schatten, und der Himmel, von dem ich dann und wann einen flüchtigen Schimmer erhaschte, schob glühende Stäbe vor die Baumreihen. Wie es schien, hatte ich jetzt jede Orientierung verloren. Die Dschungel hatte mich, hüllte mich in ihre Schleier, fesselte mich an ihre aufstrebenden Masten. Es gab keinen Weg zurück, keinen Ausweg. So hielt ich an und versuchte, nicht auch noch meine Nerven zu verlieren. Das war schwierig.

Die rote Flamme erstarb. Graues Zwielicht fiel ein und wenig später die nächtliche Dunkelheit. Ich band das Pferd an, als die Geräusche des Tages erstarben und die Chöre der Frösche laut wurden, die sich über mich lustig machten, denn dieses schwarze furchterregende Interieur war ihnen Zuhause. Ihnen und anderen.

Das *Ramayana,* das vom Brüllen der wilden Tiere, vom Gewirr der Pfade, von der Mühsal und der Not in dieser Waldlandschaft spricht, sagt, daß die Dschungel das Reich des Windes, der Dunkelheit, des Hungers und großer Schrecken ist.

Mir blieb jetzt bis zum nächsten Morgen nichts mehr zu tun. Ich hatte Wasser und ein paar Stücke Brot und konnte mir einen *Khana* zubereiten. Ich besaß keine Waffe, außer der Möglichkeit, Feuer zu machen, und ich beschloß, das sofort zu tun. Meinen Schlaf hatte ich schon gehabt. Ich würde heute nacht Wache halten.

Vielleicht war es Müdigkeit, die dazu beitrug, daß ich rasch in jenen benommenen Zustand hinüberglitt, in dem Schlaf ganz an der Oberfläche bleibt. Leichte, beständige Furcht war auch dabei. Leichte Furcht wie ein Krokant, der über die grenzenlose einschläfernde Schönheit der Nacht ausgestreut war. Nicht als ob ich viel hätte sehen können über den goldfunkelnden Rand meines Feuers hinaus. Die Schönheit lag in der Schwärze; es gab nur Schwärze da draußen. Schicht auf Schicht, und nur die Ohren »sahen«. Von überallher erklang das anhaltende Gequake der Frösche und das Surren von Nachtinsekten, die oft ganz plötzlich totenstill verharrten, aus keinem sinistren Grund, jedenfalls aus keinem Grund, der für mich Gefahr bedeutet hätte. Ein paarmal klang auch das pandämonische Gekreisch aufgestörter Affen auf und ließ meinen Adrenalinspiegel hochschnellen; nach jedem falschen Alarm entspannte ich mich wieder und lächelte ein wenig. Die Dschungel, »das Reich des Schreckens«, birgt ihrer Natur nach und zu jeder Zeit Gefahren, aber selten gibt es wirkliche Gewalt. Die giftige Schlange, die von einem Ast wie ein ausgerolltes Seil auf den Nacken herunterfällt, die große Katze, die hungrig und brüllend aus dem Gebüsch springt, sind Erfindungen aus Büchern und Filmen.

Ab und zu sah ich auf die Uhr, froh darüber, daß ich das Gefühl für die Zeit verloren hatte, so daß Minuten wie Stunden, aber Stunden auch wie Minuten schienen. Es mag sein, daß das Priesterliche in mir, das ich erwähnt habe, dem Sinn zugrundeliegt, der mir für den Frieden der Kontemplation eignet, den der *Sadhu* an solchen Orten sucht. Denn hier kann man die Tiefe und die Oberflächlichkeit aller geschaffenen Dinge, ihre Einheit, das grundlose, endlose, gesegnete Nichts spüren, das Alles ist und die vibrierenden Wurzeln der Seele birgt. Ich fühlte mich auch glücklich, daß ich das Klischee vermied, mir einzureden, ich sei durch Fügung, durch das Schicksal hierhergebracht worden. Der Gedanke, alles sei nur ein dummer Zufall, stärkte mich. Und am Ende konnte ich mir sagen, daß es in wenig mehr als einer Stunde dämmern und ich mit dem neuen Tag meinen Weg finden würde, wohin ich auch wollte.

Ich dachte nicht an Pettersun, der mich unabsichtlich hierher geführt hatte. Er schien weit weg von meinen Betrachtungen. Als ob ich schon dabei sei, ihn zu vergessen.

Das Licht kam, als die Dämmerung, noch fast eine Stunde fern war. Das war kein Sonnenaufgang!

Es war eine einzelne Lichtquelle, wie mein Feuer. Ich kam alsbald zu der mit Hoffnung und Mißtrauen vermischten Auffassung, daß sich mir Leute mit Fackeln näherten, von denen ich nicht zu sagen vermochte, ob sie Freund oder Feind waren. Ich setzte mich mit dem Rücken fest an den Baum, mein Feuer vor mir, und versuchte, hinter der eigenartigen Glut Gestalten auszumachen.

Mein Unbehagen wuchs rasch. Mir wurde bewußt, daß, wer immer die Fackeln tragen mochte, eine Art Versteckspiel spielte. Sie kamen nicht näher, sondern schienen mich auf der linken Seite zu umkreisen; die Flammen loderten bald hier, bald dort auf, wenn sich Farnwedel und Baumstämme zwischen sie und mich schoben. Außerdem mußte sich, wer immer sie schwang, auf den Knien vorwärts bewegen, falls es sich nicht um kleine Kinder oder um Zwerge handelte.

Mein Blut bestand inzwischen aus unverdünntem Adrenalin. Ich erhob mich, stahl mich, so leise ich konnte, von meinem Feuer fort und stellte mich dicht an einen in der Nähe aufragenden Baum. Ich dachte an Räuber, ja sogar an ein Wiederaufleben der *Würger von Kali Ma* ... Mein Pferd, das im Unterholz angehobbelt war, schnaubte und tänzelte. Vielleicht wäre es möglich, die Fessel mit dem Messer, das ich aufgenommen hatte und nun verteidigungsbereit in der Hand hielt, durchzuschneiden, rasch aufzuspringen und durch die rabenschwarze Dschungel davonzustürmen. Aber ein solcher Ritt war gefährlich, und ich war nicht sicher, ob ich ihn wirklich vorzog. Bluff, Lügen und eine Handvoll Rupien mochten angemessener sein. Ich war mit meinen Überlegungen bis zu diesem Punkt gelangt, als mir etwas anderes an dem kreiselnden, tiefliegenden Licht der Fackeln auffiel. Und nun war ich verblüfft und auf einmal weit vom Gedanken an eine Flucht entfernt. Dergleichen planen oder versuchen zu wollen schien völlig unangemessen angesichts der Tatsache, daß das Licht, obwohl es sich an einer einzigen Stelle sammelte – ungefähr dreizehn oder vierzehn Fuß breit –, sich nirgends widerspiegelte, nichts erhellte, also überhaupt kein Licht sein konnte.

In diesem Augenblick teilte sich der grüne Rand der Dunkelheit und gab dem Licht ohne Schein den Weg frei.

Ich erinnere mich, daß ich »O Gott!« ausrief – leise, als werde das von mir erwartet. Nichts sonst. Es war sinnlos, irgend etwas zu sagen oder zu tun.

Es gibt ein Entsetzen, das nicht mehr wirklich Entsetzen ist, sondern eine Art subtilerer, reiferer Empfindung, auf deren Grund Entsetzen liegt – eine Art Ekstase, an der weder Furcht noch der Wille zum Widerstand, den Furcht normalerweise weckt, teilhaben. Ich hatte ein- oder zweimal davon reden hören. Jetzt fühlte ich sie.

An dieser Stelle könnte ich Entschuldigungen vorbringen oder einen Berg von großen Worten aufhäufen und ein verbales Feuerwerk loslassen – beides Methoden, zu denen man Zuflucht nimmt, um seine Unsicherheit zu verbergen. Denn was ich jetzt niederschreiben werde, wird natürlich keinen Glauben finden. Ich hätte es mir nie vorgestellt, nie etwas Derartiges geträumt! Ich glaube es nur, weil ich es gesehen habe.

Was vor meinen Augen auftauchte, war ein Tiger; es war Pettersuns Tiger – ich wähle diese besitzanzeigende Bestimmung mit voller Absicht. Es hatte die Gestalt eines Tigers und die Aura eines Tigers, von dem eleganten Schwanz, wie ihn alle großen Raubkatzen haben, bis zu dem fast spielzeughaft fein modellierten Kopf. Es hatte auch die Zeichnung des Tigers, goldgelb mit Zebra-Streifen, als ob Narben von Peitschenhieben mit Gagat ausgelegt worden seien. Es war größer als alle Tiger, die ich je gesehen oder von denen ich gehört hatte; wenn es näherkommen würde, und das würde es zweifellos tun, läge sein Kopf wahrscheinlich fast auf gleicher Höhe mit meinem Kopf. Solche Phänomene kommen in der Natur vor; Menschen oder Tiere, die größer, kräftiger, stärker sind als andere ihrer Art. Das Licht war unerklärlich. Der Tiger, Pettersuns Tiger, leuchtete wie Lohe, wie das Feuer, für das ich es irrtümlicherweise gehalten hatte, und in dieser lodernden Glut, die keinen Schein warf, nach keiner Seite, nirgendwohin, schienen die schwarzen Streifen Gitterstäbe eines Ofens zu sein, die die Macht des Feuers kaum noch zusammenzuhalten vermögen.

Auch die Augen waren Feuer oder Öffnungen in das Feuer, aus dem der Tiger bestand; nicht grün wie Katzenaugen bei Nacht, sondern goldfarben wie alles übrige. Diese Augen sahen mich, wenn auch vielleicht nicht meinen Körper; wie Röntgenstrahlen gingen sie durch mich hindurch. In der Ekstase meines Entsetzens verstand ich dies: ich war keine Beute für ihn. Würde er mich töten, so wäre es zufällig – wie er Pettersun getötet hatte, Tod als Nebenprodukt dessen, was er war. Und doch war es wiederum nicht so, nicht die volle Wahrheit – selbst in diesem extremen Augenblick wußte ich, daß mir ein Irrtum unterlaufen war, daß ich, wenn ich nun starb, ohne die letzte Tröstung einer Antwort sterben mußte.

Und dann setzte sich der Tiger in Bewegung. Er bewegte sich wie ein Waldbrand, wie eine auflodernde Lunte schnellte er auf mich zu. Mein Herz stockte. Und nahm seinen Schlag wieder auf, als die Flut von Gold umschwenkte und meinen Weg kreuzte. Die Augen aus Feuer blickten ohne Interesse an mir vorbei. Die Hundeohren waren aufgestellt; sie horchten, aber nicht auf mich, nicht auf das Zittern meines Körpers und das wilde Pochen meines Herzens. Der entspannte Bogen des Schwanzes streifte durch das Gras, das zu Asche hätte verbrennen müssen, sich aber nur zur Seite neigte und meine Hände mit kühlem Tau, nicht mit Feuerfunken übersprühte.

Als alles vorüber war, legte ich beide Hände vor die Augen.

Es raschelte in der Dschungel, als ich endlich aufblickte; feinste Konturen begannen sich abzuzeichnen und verkündeten den Anbruch des neuen Tages. Alles übrige Feuer war erloschen.

Ich schreibe den Anfang des Gedichts von William Blake nieder, das so gut bekannt ist, um den letzten Akt einzuleiten – wie man jeden Schritt peinlich genau ausführt, wenn man ein mathematisches Problem angeht. Der Vers lautet:

Tiger! Tiger! Burning bright
In the forests of the night,
What immortal hand or eye
Dare frame thy fearful symmetry?

Als das Licht des Morgens die schwarze Kruste der Dschungel aufbrach, wandte ich mich, das Pferd am Halfter führend, nach Osten. Wenn es eines Beweises bedurft hätte – und ich brauchte keinen –, daß etwas Außergewöhnliches die Umgebung berührt hatte, so hätte ihn mir das Pferd geliefert. In Schweiß gebadet, zitternd, ungebärdig, ausschlagend, Schaum vor dem Maul und rollende Augen – das war aus meinem zahmen Reittier von gestern geworden. Ich konnte es nur mit größter Schwierigkeit führen. Es hatte offenkundig nicht Angst vor irgend etwas, das vor ihm lag; es war ganz einfach außer sich. Wie ich, auf meine Art.

Fünfzehn Minuten später erreichte ich die Lichtung, auf der Flecken von schmutzigem Weiß – Pfosten und Gitter der Veranda – den Bungalow anzeigten. So nahe war ich ihm die ganze Nacht gewesen. Allerdings glaube ich nicht, daß es mich beruhigt hätte, wenn ich es gewußt hätte. Daß ich es jetzt herausfand, fügte nur eine passende Fußnote zu dem hinzu, was vorausgegangen war.

Ich umging das Haus mit pedantischer Vorsicht. Ich wollte nichts mehr damit zu tun haben, und als es glücklich hinter mir lag, verspürte ich einen beinahe unwiderstehlichen Drang, die Flucht zu ergreifen. Irgendwie gelang es mir, ihm zu widerstehen, wie es mir auch irgendwie gelang, das Pferd unter Kontrolle zu bringen. Als wir das Dorf erreichten, wurden wir höflich und kommentarlos begrüßt. Ohne Zweifel war das Wundmal des Übernatürlichen für sie alle erkennbar, aber ich war nicht ihresgleichen, und sie versuchten nicht, etwas aus mir herauszuholen oder mir zu helfen.

Eine Woche später, als ich wieder in Chadhur war, lungerte ich im Hotel herum, wartete darauf, daß sich meine Erregung legen würde, wie ein Deckel, wenn der Topf vom Feuer genommen wird. Meine Nerven waren so überreizt, daß ich die Wurzeln meiner Verwirrung nicht bloßzulegen vermochte und nicht wußte, wie ich mich davon freimachen sollte. Ich hatte mich damit abgefunden, daß ich mit okkulten Phänomenen in Berührung gekommen war, aber sie hatten mir keinen körperlichen Schaden zugefügt. Elastisch und vernünftig wie mein Intellekt im allgemeinen reagierte, würde er wohl lernen, damit fertigzuwerden; ich hatte bereits eine bestimmte Vermutung. Die Zeit würde den Rest besorgen. Aber bisher hatte die Zeit meinen Zustand nur verschlimmert. Dabei ging es nicht um so weltliche Dinge wie Appetit- oder Schlaflosigkeit. Ich schlief eher mehr, als ich wollte. Und wenn auch meine Träume hektisch waren, so handelten sie doch nicht von Tigern, sondern von zahllosen unwichtigen, stupiden Details, die man beim Erwachen vergißt – eine herumsurrende Fliege, ein schwaches, nicht zu identifizierendes Geräusch, den ergebnislosen Versuch, sich an den Namen eines Menschen zu erinnern, dem man nie begegnet ist. Wenn ich wach war, aß ich und trieb Sport. Ich war nicht mehr nervös; plötzlich auftretende Geräusche brachten mich nicht mehr mit einem Satz auf die Füße. Nein, da war nichts, worauf ich hätte die Hand legen, das ich hätte fassen und untersuchen und so erledigen können. Und doch war es, als hätte ich bei dem Seiltanz meines Lebens das Gleichgewicht verloren. Ich konnte tun, was ich wollte, ich konnte auch gar nichts tun, immer wußte ich, daß ich gestürzt und irgendwie mitten in der Luft hängengeblieben war.

Nach zwei Tagen begab ich mich hinüber ins Krankenhaus, suchte Doktor Haris Sprechzimmer auf und bekam einen guten Kaffee. Er wußte, ohne daß ich es ihm gesagt hätte, wo ich gewesen war. Er sprach nicht davon, sondern bemerkte lediglich, während er mir Kaffee eingoß: »Sie sind nicht ganz Sie selbst. Kann ich etwas für Sie tun?«

»Nur wenn Sie ein Rezept gegen psychische Störungen haben.«

»Aha! Der Phantomtiger!«

Ich war nicht überrascht, daß er davon gehört hatte. Ich war zu der Überzeugung gekommen, daß die prächtige Bestie aus goldenem Feuer wohl schon oft gesehen worden war; was darüber in Umlauf gesetzt wurde, klang gleichermaßen glaubhaft und unwahrscheinlich.

»Ja«, bestätigte ich. »Und es gibt ihn wirklich!«

»Nun ja«, gab er zurück, »warum auch nicht?«

»Sie fragen nicht: Haben Sie ihn gesehen? Soll das heißen, daß Sie ihn selbst gesehen haben?« Er lächelte nur. Ich fuhr fort: »Was Sie für mich tun könnten, wenn Sie wollen, ist, Ihren hiesigen ›Weisen‹ zu fragen, ob er bereit wäre, mir dies hier zu übersetzen.«

Hari nahm das Stück Papier etwas zögernd entgegen. Der »Weise« von Chadhur, Haris Lieblingspatient, erholte sich gerade auf unübliche Weise in einer Einsiedelei.

»Es ist mir klar, daß ich eine verdammte Plage bin«, sagte ich »aber ich wäre wirklich sehr dankbar, und natürlich werde ich ihn in jeder ihm angemessenen erscheinenden Weise dafür entschädigen, daß er mir seine Zeit opfert.«

»Ah, ich zögere nicht deshalb. Ihr Hindi ist gut, und ich weiß aus dem, was Sie geschrieben haben, daß Sie die Sprache perfekt lesen können.«

»Nun, in diesem Fall ..., sagen wir, benötige ich eine zweite Meinung.«

Hari warf einen Blick auf die kurzen Zeilen. Vielleicht konnte er meine Schrift entziffern oder begriff etwas von dem Sinn des Textes. Er zog eine Augenbraue hoch, eine dramatische Geste, für die ich Verständnis hatte, lächelte und versprach mir zu tun, was in seinen Kräften stand. Am nächsten Abend, als die Flughunde den Mond stürmten, fand er mich auf dem Hoteldach und übergab mir die Übersetzung: Sein Preis bestand in einem Glas eisgekühltem Kokosnußsaft. Der Gelehrte schien jede Bezahlung abzulehnen.

Ich las die Übersetzung nicht sofort. Ich wartete, bis ich allein war, dann, bis im Hotel kein Geräusch mehr zu hören und auch auf der Straße alles still geworden war, und schließlich, bis Straße und Hotel sich gegen Morgen wieder mit Lärm füllten. Dann schalt ich mich selbst aus, öffnete den Zettel, las ihn und legte ihn beiseite, um ihn alsbald wieder hervorzuziehen und erneut zu lesen. Dann saß ich eine Weile da, während das Fenster hell wurde, hörte die Ziegen und stotternden Autos und Fahrräder und Ochsenkarren und das erregte Pochen meines Herzen, bis ich langsam mein Gleichgewicht wiederfand.

Als ich die Schrift auf der Wand in Pettersuns Bungalow laut gelesen hatte, waren meine Gedanken plötzlich auf eine Spur geraten. Hinter dem Wortgewirr war ein Sinn verborgen. Unsicher tastend hatte ich Worte ausgetauscht, die Pettersuns trunkenes Hirn, Blakes Gedicht mit seinen eigenen chaotischen Vorstellungen vermengend, durcheinandergebracht haben mochte. Schließlich hatte ich den verdrehten Vers mit den Änderungen so umgesetzt: *Gestalt seine Ebenmaß schrecklichen deinem gibt Hand unsterbliche – welche? oder – ich? Nacht – du, Dschungel der; in du – Lohe leuchtende, Tiger! Tiger!* Ein Stück war ich dem Sinn nähergekommen, mit einem *Klick* intuitiver Erkenntnis – Katzenfell im Dunkeln –, aber noch nicht nahe genug. Und dann war ich endlich auf das nur zu Augenfällige gestoßen. Ich übersetzte die bizarren Sätze, so wie sie da standen, roh in Hindi und gab sie dem zweisprachigen Gelehrten zur freien, in die Tiefe der Gedanken vordringenden Übersetzung in unsere – Blakes, meine und Pettersuns – Muttersprache. Und so erhielt ich Antwort. Ich glaube nicht, daß es ein Bittgebet war. Obwohl Pettersun wußte, wußte er *nicht*. Obwohl er sich nach etwas sehnte, war ihm dieses Sehnen nicht bewußt.

Oder doch nicht, was er ersehnte und wie dieses Sehnen gestillt werden könnte. Es mußte ihn in Stücke reißen, um einen Ausweg zu finden. Eine monströse, phantastische Geburt – die Bestie in ihm, der strahlende Kern dessen, was er versucht hatte in Besitz zu nehmen, indem er es verfolgte, das er zu werden versuchte, indem er zerstörte: sein Gegenbild, das Band, den magischen Kreis, Jäger und Gejagter – die Stelle, an der die Grenze so schmal ist, daß einer zum anderen wird.

Vielleicht ist es das, was sie in den Dörfern als den Kern der Grenzüberschreitung betrachten. Er starb und kehrte zurück, um das *Karma* als Tiger zu verwirklichen. Doch nein! Er ist des Tigers Sohn, so sicher wie er ihn aus sich heraus gebar – sich selbst. Das *Es* sah dies voraus, wenn auch Pettersun es nicht gesehen haben mochte. Das *Es* sieht immer voraus. Und deshalb schrieb er, Blake als Medium benutzend, weil er kein anderes Medium kannte, auf seine Wand, was der freundliche Brahmane für mich übersetzte, dieses Gebet zur Unendlichen Möglichkeit:

Makelloser, schrecklicher Einziger,
werde ich deine Gestalt gewinnen?
Oder welcher Anteil, ewiges nie ruhendes Schicksal,
ist mir beschieden?
Du bist Nacht, die Nacht der Dschungel.
Du bist in mir,
leuchtend lohender Tiger! Tiger!

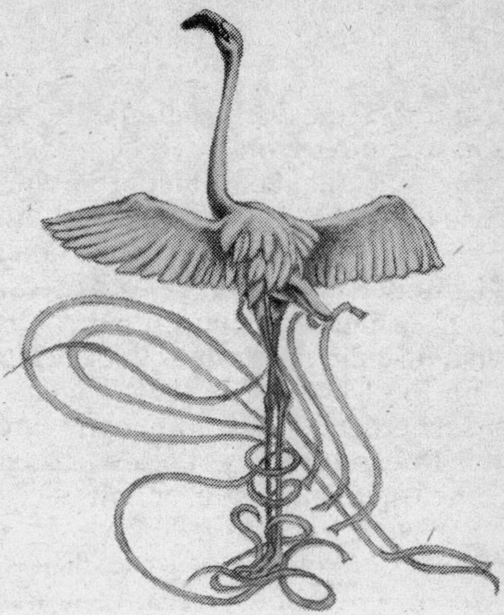

Die dritte Nacht beginnt, bevor der Mond aufgeht. Die dritte Nacht ist Erkenntnis.

Mondzauber

Wie schlecht der Name doch zu ihr paßte, dachte er in den letzten Augenblicken, bevor der Zug aus den Schienen sprang. Gita – sein »Lied«! Sie war ganz und gar nicht wie ein Lied, seine dicke, träge junge Frau. Die Hochzeit war eine gräßliche Angelegenheit gewesen. Weil das andere Mädchen gestorben war, bevor er Anspruch auf sie hatte erheben können, hatte er später als die meisten Männer geheiratet. Vielleicht deshalb und weil ihn die westliche Skepsis angesteckt hatte, war er sich lächerlich vorgekommen in seinem Flitterputz auf dem Rücken des rotes Pferdes, das seine überspannte Familie gemietet hatte (er hatte sich beständig gefragt, ob er wohl herunterfallen würde, und seine verkrampften Schenkel hatten fürchterlich wehgetan), mit einer Musikkapelle vorneweg und dem lachenden, schreienden Volk rings um sich her.

Vikram hatte vor einigen Monaten ein Foto des Mädchens gesehen. Man konnte wohl sagen, daß es ihr schmeichelte, obwohl Gita darauf nur wenig vorteilhafter ausgesehen hatte. Sie war ein unförmiger Fleischkloß mit kleinen, verstohlen blickenden Augen. Außerdem fehlte ihr, wie er erst heute herausgefunden hatte, der linke obere Eckzahn. Gewiß, den konnte man ersetzen. Dank seines gut gehenden Geschäfts, einer Buchhandlung, zu der ihm alle Welt lautstark zu gratulieren pflegte, konnte er es sich leisten, Gita einen falschen Zahn einsetzen zu lassen. (Warum hatte übrigens ihre wohlhabende Familie nicht dafür gesorgt?) Aber was konnte er sonst noch tun? Sie hungern und hart arbeiten lassen vielleicht, damit sie ein paar Pfund Fleisch verlor. Sie hatte vor ihm gestanden in ihrem scharlachroten und goldenen Brautstaat, und er hatte ihr pflichtgemäß den Schleier abgenommen. Wie sehr er sich in diesem Moment gewünscht hatte, daß seine Augen noch kurzsichtiger wären! Und um die Sache vollends unerträglich zu machen, mußte er erkennen, daß auch sie sich betrogen fühlte. Wenn Gita ein schlechter Handel war, so war er es wohl auch. Es war gut und schön, von männlichem Stolz zu reden, aber ein Blick in den Spiegel genügte, um davon nicht viel übrig zu lassen. Dünn, Häßlich und Blind heiratet Dick, Häßlich und Zahnlos. Was für ein Paar!

In dieser Sekunde, als er in Gedanken gleichsam die ganze negative Bilanz zog, gab es ein heftiges Rucken und Quietschen und ein langes Schütteln, das die Welt zum Kippen brachte.

Als Vikram die Augen geöffnet, seine Brille gefunden und festgestellt hatte, daß beide Gläser gesprungen waren – der Not gehorchend setzt er sie trotzdem wieder auf –, merkte er, daß der Eisenbahnwagen und nicht die Welt sich auf den Kopf gestellt hatte.

Von allen Seiten, in den Waggons und außerhalb, wurde jetzt Stöhnen und Schreien und Rufen laut. Wenig später bewegten sich Lichter auf den Gleisen, und vor dem umgekehrten Fenster wurden Füße sichtbar, die aufgeregt hin und herliefen.

»Bist du verletzt, Gita?« fragte Vikram seine Frau, die mit wild blickenden Augen neben ihm kniete.

»Nein«, antwortete Gita. Und wie in einem nachträglichen Einfall: »Bist *du* verletzt?«

»Überall grün und blau geschlagen, aber nichts gebrochen.«

Sie schien spöttisch zu lächeln, und er verspürte den Drang, auf sie einzuschlagen. Zusammen mit den blauen Flecken, die ihm der Ritt auf dem roten

Pferd bereits eingetragen hatte, brachte ihn der neue, unbedeutendere, aber sich ausbreitende und unvermeidliche Schmerz den Tränen nahe.

Nach einer Weile erschien ein aufgeregter Beamter an ihrem Fenster. Unter vielem Geschrei gelang es Vikram mit Hilfe eines anderen Mannes von draußen, die Wagentür zu öffnen. Sie und andere Reisende wurden herausgezogen. Man erlaubte ihnen nicht, ihr Gepäck mitzunehmen; es erwies sich als aussichtslos, darüber zu streiten. Die Szene außerhalb des Zuges war gespenstisch, überall Chaos und Konfusion.

Das Unglück war vergleichsweise milde abgelaufen, es hatte nur wenige Verletzte gegeben; trotzdem herrschte völlige Panik. In ihrer Nähe lagen ein paar Moslems auf der Erde und beteten. Eine Ziege, die offenbar auch mit dem Unglückszug gereist war, sprang kläglich meckernd über die Bahngleise.

Vikram stand da und beobachtete die Vorgänge durch seine zerbrochene Brille. Neben ihm wartete Gita, bewegungs- und einfallslos, ein Häufchen Elend. Vorbeieilende Menschen stießen sie an. »Wollen wir nicht lieber dort hinuntergehen?« fragte Vikram nach einer Weile.

»Du bist der Mann«, sagte Gita, »du entscheidest.«

Vikram ballte die Fäuste. Steifbeinig kletterte er die Böschung hinunter, weg von dem beängstigenden Durcheinander, und setzte sich auf einen Felsbrokken am Fuß des Bahndamms. Gita folgte ihm und ließ sich schwerfällig auf einem Stein in der Nähe nieder. Hinter dem umgekippten Zug und über dem roten Schein der Fackeln breitete sich tiefdunkle Nacht aus; weit droben leuchteten Sterne. Vikram dachte an die Nächte, in denen er auf dem Dach seines Ladens gelegen und zu den Sternen hinaufgeschaut hatte, die hoch über dem Dunst der Straßenlaternen schwammen. Wenn er so einschlief und wieder erwachte und der Mond auf sein Gesicht schien, fühlte er sich ganz von Helligkeit durchtränkt und leicht. Am Tage mußte er in seiner Buchhandlung hart arbeiten. Immer pflegte irgend etwas schiefzugehen. Da war zum Beispiel der Europäer, der hereinkam und die illustrierten Broschüren mit den erotischen Tempelgeschichten stahl. Man wußte, daß er es war, der sie mitnahm – immer wenn er gekommen und wieder gegangen war, fehlten drei oder vier Hefte, und außerdem hinterließ er auf den Regalen seine Zigarrenasche wie eine Visitenkarte. Oder sein junger Gehilfe, der zwei Stunden für sein Mittagessen brauchte und jedesmal irgendeine fadenscheinige Entschuldigung parat hatte. Und die Bücher, die nicht rechtzeitig eintrafen oder in viel zu vielen Exemplaren geliefert wurden. Oder die Bilanz, die nicht ausgeglichen war. Und was sollte er mit dem elektrischen Ventilator an der Decke anfangen, von dem schon einmal ein Teil weggeflogen war und eines der Regale beschädigt hatte? Das nächste Mal würde er vielleicht einem Kunden den Kopf wegreißen, wahrscheinlich einem Kunden mit einflußreichen Freunden. Konnte er sich einen neuen Ventilator leisten? Wahrscheinlich blieb ihm nichts anderes übrig. Und nun all die Kosten und der Zeitverlust durch diese unerwünschte Heirat mit einem Ungeheuer. Er mußte immerfort an das andere Mädchen denken, an das Mädchen, das gestorben war. Sie war nicht besonders hübsch gewesen, aber doch wenigstens nur unscheinbar. Einmal waren sie sich im Haus ihres Vaters begegnet. Sie hatte keine Abneigung gegen ihn empfunden, und sie hatten miteinander gelacht. Er konnte die Erinnerung an ihr liebliches Lachen nicht verscheuchen. Dieses Lächeln hätte sein Leben mit silbernem Glockenklang erfüllt. Dann war sie gestorben. Und da er nicht gerade eine blendende Partie war, hatten sie Gita für ihn ausgesucht. Nun saß er da, mit Gita und einem verunglückten Zug, und sein Körper kam sich wie gesteinigt vor. Was nützte es da noch, zu den Sternen hinaufzuschauen und auf den Mond zu warten?

Jetzt näherte sich ihnen ein Bahnbeamter, gefolgt von einer Gruppe aufgeregter Menschen. Der Mann hob seine Stimme, um sich gegen das Geschrei und die laut geäußerten Verwünschungen durchzusetzen, und forderte alle auf, dem Aufseher durch den Wald zur Bahnstation zu folgen. Nein, sie konnten nicht am Bahndamm entlanggehen, er war durch einen Erdrutsch blockiert. Deshalb war es zu der Entgleisung gekommen. Alle mußten die Stelle umgehen. Ja, ja, es ging nicht anders.

Eine ältliche Frau klammerte sich schluchzend an Vikram. Sie war unverletzt, aber überwältigt von Verzweiflung über dieses unvorhergesehene Mißgeschick. Vikram klopfte ihr auf die Schulter: »Nun, nun, Mütterchen. Alles wird wieder in Ordnung kommen. Sehen Sie, da kommt schon der Aufseher mit einer Fackel. Wir werden zur Station laufen, und vielleicht werden sie uns dort kostenlos Tee servieren.« Über den verschleierten Kopf der alten Frau hinweg warf er Gita einen ärgerlichen Blick zu. Eigentlich wäre es Sache seiner jungen Frau, hier Trost zu spenden. Wer glaubte sie denn zu sein? Eine Prinzessin? Hatte sie denn kein Mitleid?

Der Aufseher schritt auf das Unterholz zu und bahnte sich einen Weg zwischen den Bäumen und den gefederten Mangos hindurch; der Schein seiner Fackel störte die Tiere auf. Die Frau löste sich von Vikram und stolperte hinterher. Alle anderen Leute folgten, schwatzend oder teilnahmslos. Die Neuvermählten bildeten die Nachhut.

Plötzlich rief Gita ärgerlich: »Warte! Meine Sandale ist irgendwo hängengeblieben.«

Vikram blieb stehen und wartete. Hinter ihm japste und keuchte es, Zweige knackten. Er drehte sich nicht um. Weiter vorne wurde der Fackelschein schwächer. »Beeil dich, Gita!«

»Wie kann ich mich beeilen. Der Riemen ist an einer Wurzel hängengeblieben. Und ich kann nicht richtig sehen.« Ihre Stimme klang wütend. Natürlich war alles seine Schuld. »Du könntest mir wenigstens helfen!«

So wandte er sich denn um und half ihr, obwohl er nicht die geringste Neigung verspürte, sie zu berühren, nicht einmal ihre Sandale. Gottlob konnte er Gita in der Dunkelheit nicht sehen. Als er ihren Fuß endlich befreit hatte und sich aufrichtete, war das Licht verschwunden.

»Rasch!« drängte er, und schon fiel er kopfüber in die gierigen Klauen der Dschungel. Zerkratzt und rot vor Verlegenheit rappelte er sich wieder auf, während Gita stocksteif stehenblieb. »Hier geht es weiter«, murmelte er, »da hinüber.« Er packte ihren Arm und zog sie in die Richtung, in der er das Licht zuletzt gesehen zu haben glaubte.

Mein ganzes Leben wird von nun an so sein, dachte Gita, als sie mit dem dünnen, häßlichen Mann, der nun ihr Herr war, vorwärtsstolperte. *Schon jetzt hat er mir Unglück gebracht. Der Zug ist entgleist. Meine Sandale ist zerrissen. Er verabscheut mich und wird sich vielleicht weigern, mir neue zu kaufen.* Sie dachte an das Haus ihres Vaters – ohne Heimweh. Auch ihre Eltern hatten sie nicht gemocht. Alle Aufmerksamkeit, alle Arm- und Fußreifen, alle Seide und am Ende ein attraktiver Ehemann blieben der hübschen Tochter vorbehalten.

Gita machte ihrer Familie keine Vorwürfe. Sie machte auch Vikram keine Vorwürfe. Obwohl er so reizlos, knochig und pockennarbig war und seine kniependen Augen vorwurfsvoll blickten, war es eine Schande, daß er so jemanden wie sie hatte heiraten müssen. *Aber ich bin eine gute Köchin,* dachte sie trotzig, als ihr ein Zweig ins Gesicht schlug, *das weiß er noch nicht.* Gita war von ihren Tanten ermahnt worden, alle Hausarbeiten sorgfältig zu erlernen, während ihre Schwester alles nur so nebenher tat. Aber wenn in den ersten Monaten der Reis klebrig und der *Nan* nicht locker genug ist, so wird das einer schlanken jungen Frau mit großen rehbraunen Augen leicht vergeben!

Nein, Gita tadelte Vikram nicht, aber sie haßte ihn dafür, daß er sie haßte. Sie hatte eine verschwommene Vorstellung davon, daß sie ihm in ihrem gemeinsamen Alter seine Lieblingsspeisen vorenthalten würde (ihre Kochkunst war alles, womit sie ihn erpressen konnte!). Wahrscheinlich würden sie Kinder haben. Es schauderte sie bei dem Gedanken an seinen Widerwillen oder seine Brutalität. Und auch das Kind würde sie, wenn es heranwuchs, nicht lieben.

Gedankenverloren blieb sie stehen, als Vikram plötzlich anhielt. Er stand in der heißen dunklen Nacht wie ein heißerer, dunklerer Schemen vor ihr.

»Wir haben uns verirrt!« schrie er in blinder Wut.

So beunruhigt sie auch war, konnte sie sich doch nicht enthalten, ihm zu reizen.

»Das habe ich mir gleich gedacht!«

»Das ist deine Schuld, Gita!«

Ihre Schuld, natürlich!

Er schlug wild mit den Armen um sich; sie hörte Zweige knacken und brechen.

»Wo ist die Bahnstation? Wo? Wo?« brüllte er. »Der

Aufseher ist verschwunden. Ich kann nichts sehen. Was ist nur los mit mir?«

Es stimmte. Kein Lichtschimmer war zu sehen, keine Bewegung, und von nirgendwo drang ein menschlicher Laut an ihr Ohr.

»Hast du keine Taschenlampe?« fragte Gita.

»Eine Taschenlampe? Ich? Nein, natürlich nicht! Mußte ich vielleicht, bevor ich abreiste, die Möglichkeit ins Auge fassen, in ein Zugunglück verwickelt zu werden und mich in der Dschungel zu verirren?« *Aber bei meinem Pech,* dachte er, *hätte ich daran denken müssen!*

Sie blieben ein paar Minuten stehen und starrten in die Dunkelheit hinein. Gitas Augen gewöhnten sich allmählich daran, und sie vermochte Umrisse zu erkennen oder glaubte es jedenfalls, ohne aber sicher sein zu können, was sie bedeuteten. Schließlich faßte Vikram einen Entschluß. »Wir müssen weitergehen!« Und er marschierte vorwärts, nur um im nächsten Augenblick mit einem Baumstamm zusammenzustoßen. Als er den Boden nach seiner arg ramponierten Brille absuchte, erklärte Gita in unerträglich weisem Ton: »Es wäre vielleicht besser zu bleiben, wo wir sind. Sicher kommer noch andere Leute aus dem Zug vorbei. Und wenn nicht, werden wir doch morgen früh besser sehen können.«

»Morgen? Morgen? Erwartest du etwa, daß ich die ganze Nacht in der Dschungel verbringe?«

»Nun, schließlich muß ich das ja auch!«

»Ich muß morgen in der Stadt sein. Ich habe dringende Dinge zu erledigen. Du verstehst die moderne Welt nicht. Mein Geschäft ... Ich habe schon genug Zeit verloren!«

»Ja«, bestätigte Gita.

Etwas in ihrer Stimme brachte ihn zum Schweigen, aber nur einen Moment lang. »*Nein!*« schrie er. »Ich werde die Bahnstation suchen. Komm mit oder bleib, wie du willst, Weib!«

Als er erneut wütend losrannte, blieb Gita ihm dicht auf den Fersen. Sie konnte ihn in der Dunkelheit wie eine Art Wirbel ausmachen, folgte aber mehr den Geräuschen, die er verursachte, als er sich vorwärts arbeitete und aus Schmerz und Frustration heraus laute Schreie ausstieß, die er mit Verwünschungen krönte. Gita hörte interessiert zu, aber am Ende erstarben selbst seine eindrucksvollsten Flüche. Plötzlich stieß sie mit ihm zusammen. Er kauerte am Boden und betastete einen seiner Füße, dessen sämtliche Zehen er sich an einem Stein zerschmettert hatte, wie er meinte. Als sie auftauchte, gab er einen Laut von sich, der ganz anders war als alle Töne, die sie bisher von ihm gehört hatte. Es war ein sehr vertrauter Laut, so vertraut, daß sie ihn zuerst gar nicht erkannte. Langsam begriff sie, daß er weinte.

Dummkopf! dachte sie zornig. *Was gibt es da zu weinen?* Und trotzdem hatte sie Verständnis für ihn. Eine Woge der Verlassenheit durchflutete sie, eine schreckliche Verlassenheit. Wie oft hatte sie nicht selbst schon Tränen vergossen. Sie wußte, daß sie ihm nicht helfen konnte, genauso Ursache seines Kummers war wie alles andere.

Gita setzte sich. Sie wartete und horchte auf sein Schluchzen, das er zu unterdrücken versuchte, weil er sich vor ihr schämte. Sie wartete und wartete, horchte und horchte und begann schließlich:

»Sobald die Sonne aufgeht, wirst du den Weg leicht finden. Wir werden nicht lange brauchen, um die Bahnstation zu erreichen. Dann wird irgend jemand uns in die Stadt mitnehmen. Es wird ihnen leid tun; sie werden sehr freundlich sein. Und wenn wir angekommen sind, kannst du dich ausruhen. Wir werden in deinem Geschäft Bescheid sagen. Sollen sie ruhig einmal einen Tag ohne dich auszukommen versuchen. Du arbeitest zuviel! Laß *sie* jetzt zur Abwechslung einmal arbeiten. Ich werde einen *Thali* zubereiten. Er wird sehr lecker sein. Und du wirst sehen, ich werde dir nicht zur Last fallen. Du sollst alle Freiheit haben, die du willst. Ich werde dir keine Szenen machen. Besuche deine Freunde, schreibe deine Gedichte. Ich verstehe dich ja!« Sie merkte, daß er aufgehört hatte zu weinen und ihr zuhörte. »Du hast sicher gesehen«, fuhr sie fort, »daß mir oben an einer Seite ein Zahn fehlt. Als ich sieben Jahre alt war, kam oft ein Junge aus dem Nachbarhaus und rannte mit meinem Bruder in unserem Hof herum, und immer schrie er, ich sei häßlich. Eines Tages habe ich einen Topf mit geronnener Milch genommen und ihm an den Kopf geworfen. Er heulte und schrie, und ich wurde bestraft, weil ich die Milch verschüttet hatte. Am Tag danach warf er einen Stein nach mir, und mein Zahn ging kaputt. Sie brachten mich zum Zahnarzt, der mußte den Zahn ziehen.«

Als sie schwieg, schluckte Vikram. »Aber das ist ja ... schrecklich«, sagte er.

»Was machte es schon? Wenn ich hübsch gewesen wäre, hätte es natürlich etwas ausgemacht. Aber wenn ich hübsch gewesen wäre, wäre das Ganze ja gar nicht passiert.« Sie zögerte, dann sagte sie: »Du siehst, ich weiß genau, wie ich bin. Aber ich bin kräftig. Mach dir keine Sorgen um mich. Ich werde dir eine folgsame Frau sein. Mit der Zeit werden wir uns aneinander gewöhnen!«

»Oh, Gita!« war alles, was er hervorbringen konnte.

Wie seltsam, dachte er, erstaunt über ihre Würde und von tiefem Mitleid bewegt. Er konnte sie nicht sehen, aber gleich als ihre ersten abgehackten Worte durch die Dunkelheit kamen, war ihm aufgefallen, daß sie eine wundervolle Stimme hatte. Ja, wenn er sie am Telefon gehört hätte, ohne sie vorher gesehen zu haben, hätte er sich eine ganz andere Frau vorgestellt: eine Nymphe mit hohen runden Brüsten und einer Wespentaille, mit den Füßen einer Tänzerin und zarter Haut … Und tatsächlich war Gitas Haut ja zart und weich; unbewußt hatte er es bemerkt, als er so rauh ihrem Arm ergriffen hatte. Plötzlich überkam ihn der Drang, die Hand auszustrecken und ihren Arm noch einmal zu berühren, sanft diesmal, um sich zu bestätigen, daß ihre Haut wirklich zart und weich war. Aber dann konnte er sich doch nicht dazu überwinden.

Er seufzte. Er mußte irgend etwas auf ihren tapferen Versuch entgegnen. »Gewiß«, sagte er ergeben, »es wird schon gehen.«

Niedergeschlagen setzte Vikram sich hin und lehnte seinen schmerzenden, zerschlagenen Rücken gegen einen Baum. Wenn es nur wirklich gut werden könnte, dachte er. Sie war ja doch eine freundliche Person. Anstatt sich über ihn lustig zu machen, hatte sie versucht, ihn aufzumuntern. Sie hatte sogar mit Respekt von seiner Dichtkunst gesprochen. Er nahm die Brille ab und rieb sich die Augen. Und gerade da wurde hoch über ihm ein schwacher, zarter Schimmer sichtbar. Nach einigen Augenblicken erkannte er, daß das Licht des aufsteigenden Mondes wie ein silbernes Schwert durch das Blätterdach über ihnen fiel. Er setzte seine Brille nicht wieder auf, sondern ließ das Licht mit all seinem geheimnisvollen, formlosen Glanz in ihn einsinken.

Wenn nur! Wenn nur … was? Der träumende Mond wußte es; Soma, die Erde und Himmel durch ein Band aus weißem Feuer und göttlichem Nektar miteinander verband. Wenn nur … Unbewußt blickte Vikram auf Gita, die regungslos im Schatten saß. Ohne Brille betrachtet, in Mondlicht getaucht –

ja, das war es! Eine Verwandlung! Das Licht des Mondes, *Canda Candarama,* die silberne, ewig sich wandelnde, alles verändernde Gottheit – wenn nur sie und er verwandelt werden könnten, sie für ihn und er für sie – weil sie soviel gelitten hatte! Verwandelt durch Zauber, durch Gebet, durch Erkenntnis, durch einen Wunsch.

Er glaubte in strahlendem Licht zu schweben, losgelöst von seinem Körper.

An seiner Seite dachte Gita: *Laß ihn schlafen!* Auch sie lehnte sich zurück, vergaß die Strafen, die sie ihm für seine alten Tage zugedacht hatte, und träumte vor sich hin. *Er ist ein trauriger Mann. Ingwer ist gut gegen Traurigkeit! Ich werde etwas mehr in seinen Thali tun.*

Als sie erwachte, geschah es ohne Hast, doch mit dem Gefühl, daß etwas ihre Augenlider berührt hatte, ein Finger, ein Farnwedel. Eine Flut von Licht ergob sich aus dem Mond, der jetzt senkrecht über ihnen stand. Es stürzte über den Himmelsbogen herunter und erhellte die Lichtung, an deren Rand, wie Gita jetzt erkennen konnte, sie saßen. Ein Meer von Blüten umgab sie, die sie vorher nicht gesehen hatte, und erfüllte die Luft mit süßem Duft. Wie die Sonne am Tag, so schien jetzt der Mond ihren Wohlgeruch hervorzulocken. Trotz aller Beschwernisse, trotz der Katastrophe der ersten Nachtstunden fühlte Gita sich wohl, besänftigt, zuversichtlich. Langsam richtete sie sich auf, um zu sehen, ob ihr Mann, Vikram, noch schlief. Was sie sah, entlockte ihr einen gedämpften Schrei. Vikram war nicht mehr da, er war verschwunden. Jemand anderes lag an den Baum gelehnt und schlief fest. Ein Fremder.

Nach einer Weile faßte Gita sich. Gewiß gab es eine völlig normale Erklärung. Während sie geschlafen hatte, war wahrscheinlich ein anderer verirrter Reisender vorbeigekommen, und Vikram hatte ihm zugeredet, bei ihnen zu bleiben. Und dann war Vikram tiefer in den Wald hineingegangen, aus einem ganz natürlichen Grund. Inzwischen war der Neuankömmling eingeschlafen, während sie aufgewacht war. Ja, so mußte es sein. Sie brauchte nur einen Augenblick zu warten, und ihr Mann würde zurückkommen. Und während sie darauf wartete, konnte sie in aller Ruhe den Fremden betrachten, oder vielleicht nicht?

Gita rückte ein wenig näher und hielt den Atem an. Der Mond zeigte ihn ganz deutlich, seine hohe, kraftvolle Gestalt, im Schlaf entspannt wie ein geschmeidiges Tier, wie ein Panther aus dem *Rakh.* Es war ein erwachsener, aber noch junger Mann, mit samtbrauner Haut an den feingliedrigen Händen, am Bogen seines Halses und im Gesicht. Nie zuvor hatte sie einen Mann von solcher Schönheit gesehen. Ah, welche Augen mochten hinter den weichen Scheiben der geschlossenen Lider, hinter dem dichten Vorhang dieser Wimpern liegen! Es verlangte sie, diese Augen zu sehen. Unbewußt beugte sie sich vor, dabei berührte sie ihn, und er wachte auf. Sie konnte einen flüchtigen Blick in die Augen werfen, die sie so gerne hatte sehen wollen, große leuchtende Augen … voller Schrecken und Entsetzen …

Gita sprang auf, nach Luft ringend und tief beschämt. Sie hatte ihn geweckt, und nun sah er sie. Oh ja, natürlich war es ihr Anblick, der ihn erschrekken ließ. Sie war ihm nahe genug gewesen, um ihn zu küssen; welche Gefühle, welche irrsinnigen Wünsche mochte ihr häßliches Gesicht offenbart haben. Es war zu offensichtlich. Elend und unglücklich wünschte sie, ihn um Verzeihung bitten zu können. Aber das wäre ebenso ungehörig.

»Sie brauchen nicht zu erschrecken«, stammelte sie, »mein Mann wird gleich wieder zurück sein. Ich war nur überrascht und überlegte, wer Sie wohl sein könnten.«

Der Mann sank gegen den Baum zurück. Er atmete schwer, starrte sie an und zitterte; sein volles rötliches Haar schien sich zu sträuben. Was sollte sie tun? Etwas verspätet begrüßte sie den Fremden höflich. Er antwortete nicht. Nach einer Weile stieß er heiser hervor: »Ihr Mann?«

»Ja, mein Mann … mein Mann Vikram. Sind Sie nicht auch vom Zug gekommen und hier zufällig auf uns gestoßen?«

Sein feingemeißelter Mund war geöffnet, seine weißen Zähne blitzten. Er hob eine zitternde Hand und setzte eine zerbrochene, verbogene Brille auf die geschwungene Nase, vor die wundervollen Augen. Sie tat seiner Schönheit keinen Abbruch, sondern würzte sie mit einer Spur von Humor, stattete sie mit einem winzigen Fehler aus: »Schau, ich bin nicht vollkommen, ich bin auch nur ein Mensch, man darf sich mir nähern.«

Oh, man könnte ihn lieben um dieser lächerlichen Brille vor seinem göttergleichen Antlitz wegen! Er schien halb blind zu sein, genau wie Vikram. Gita stockte. Er war nicht nur halbblind wie ihr Mann, sondern er hatte sich auch soeben die Brille ihres Mannes aufgesetzt! Mit einem Aufschrei des Schrekkens, von einem merkwürdigen Beschützerinstinkt erfaßt, fuhr sie ihn wie eine wilde Tigerin an: »Wo ist er? Was haben Sie mit ihm gemacht?« … Natürlich war es eine dumme Idee, ein Mann könnte einen anderen einer zerbrochenen Brille wegen ermorden; aber hier herrschten die Dschungel, und wer wußte schon, was an diesem Ort bei Nacht geschehen konnte … »Oh, Vikram! Wo ist mein Vikram?«

Der Mann räusperte sich. Stockend sprach er: »Ich bin ... bin ... hier!«

Gita brach in Gelächter aus. Aber das Gelächter dauerte nicht lange, es verflog rasch. Sie sank wieder zu Boden und schaute ihn an, wobei sie heftig gegen die Versuchung ankämpfte, zu weinen – ein Kampf, in dem während der siebzehn Jahren ihres Lebens ein wahrer Meister geworden war.

»Sie? Wie können Sie Vikram sein?«

»Sieh her!« sagte der Mann und hielt ihr seine Hände hin. Sie sah Ringe, die sie kannte. Und als sie ihn genauer anschaute, bemerkte sie, daß sein stattlicher Körper Vikrams Kleider trug und daß sie ihm paßten. Wider Willen traten Tränen in ihre Augen. »Oh«, flüsterte sie, »was ist passiert?«

»Nicht weinen!« bat er. Er schien sie berühren zu wollen, aber seine Hände fielen kraftlos in seinen Schoß zurück.

Es war unerträglich. Irgendein Zauber, ein Fluch war über sie gekommen, und nun stand sie da, angesichts der Schönheit dieses Mannes abstoßender als je zuvor. Sie wandte sich ab und verbarg ihr Gesicht in den Falten ihres *Sari*.

»Gita«, murmelte er, »bist du Gita?«

Wilder Ärger machte sich Luft.

»Wer denn sonst? Wer, denkst du, sollte ich wohl sonst sein?«

Vikram dachte überhaupt nichts. Er lehnte sich zurück und kämpfte gegen den Aufruhr an, der in ihm tobte.

Eine leichte Berührung hatte ihn geweckt. Das Mondlicht hatte auf seine Augen geschienen, und er hatte eine Frau gesehen. Sie kniete neben ihm und war so tief über ihn gebeugt, daß es schien, als wollte sie ihn küssen. Sie war ihm so nahe, daß er sie genau sehen konnte. Einen Augenblick lang glaubte er zu träumen, dann aber erkannte er, daß dies kein Traum war, und Furcht überkam ihn. Da er ein Dichter war, hatte er oft über die Geschöpfe ders Dschungel, über Dämonen und Nymphen, gelesen und geschrieben. Ihr Haar war wie eine schwebende Wolke, ihr Körper, von silbernen Bändern umschmeichelt, lockte seine Hände, daran entlangzustreichen. Ihr Antlitz war lieblich, wie es kein menschliches Antlitz sein konnte, geschnitten aus einem fehlerlosen, lebendigen, mandelfarbenen Stoff, beherrscht von zwei großen schwarzen Augensternen.

Und dann begann die Frau plötzlich von ihrem Mann zu sprechen, der zurückkommen werde. Wie konnte das möglich sein? Irgendwann war Vikram in Schlaf gesunken und dann durch dieses wunderbare Wesen geweckt worden. Auf einmal erinnerte er sich an Gita, während das Wesen wieder von seinem Gefährten sprach und ihn mit Vikrams eigenen Namen benannte ... ein höchst sonderbarer Zufall. Er hatte seine Brille aufgesetzt, um herauszufinden, ob sie dann vielleicht anders aussehen würde, aber ihre Schönheit war ihm nur noch wunderbarer erschienen. Einen Augenblick später hatte sie entsetzt aufgeschrien, und Vikram hatte sehen können, daß ihr der obere linke Eckzahn fehlte ... genau wie seiner Gita. Wie seiner dicken, häßlichen Gita. Und offenbar hatte Gita, die dicke, häßliche Gita, der Nymphe, die den gleichen Zahn verloren hatte wie sie selbst, ihr Gewand geschenkt und war dann fortgelaufen.

Nun aber weinte das wunderbare Wesen und zitterte in Gitas *Sari*. Er wünschte sich so sehr, es zu trösten ... Gita? Nein, das war nicht Gita ... obwohl sie geschrien hatte: *Wer sonst?*

Er wagte es nicht, solche Vollkommenheit zu berühren. Sie war von dem Stoff, aus dem Märchen und Gedichte gemacht sind. Und doch … und doch … in jenen flüchtigen Sekunden, in denen sie ihn angesehen hatte, schien es ihm, als ob auch sie …

Vikram hatte sein irres, halbbewußtes Flehen zum Mond nicht vergessen, wenn es ihm jetzt in der Erinnerung auch lächerlich erschien. Schließlich faßte er sich und sog tief den süßen Duft der Nacht ein. Er sah das feenhafte Wesen durch seine zerbrochene Brille an und sprach langsam: »Gita, sieh mich an. Sieh mich an und sage mir, was du siehst!« Da begann sie in verzweifelter Wut mit den Fäusten auf den Boden zu schlagen, wieder und wieder. Behutsam zog er ihre Hände an sich, um sie zu beruhigen, und siehe da, die Hände entspannten sich. »Gita«, begann er aufs neue, »laß es mich dir zuerst sagen … Wenn ich dich anschaue … Du bist schön, Gita!«

Er wußte, daß sie ihn jetzt vielleicht beschimpfen, dann ihren Verstand verlieren und ihn am Ende in Stücke reißen würde. So lange war sie häßlich und ungeliebt gewesen. Und wenn sie nun in ihm das Gegenstück dessen sah, was er erblickte, wenn er sie anschaute … Sie wußte ja nicht wie er, um was er den Mond angefleht hatte, wußte nicht, daß seine Bitte erhört worden war …

Langsam brach sich die Erkenntnis Bahn. Der Mond hatte die Dunkelheit ganz mit Licht durchtränkt. Sie hob den Kopf, sah ihn aus glänzenden Augen an und fragte schüchtern, aber voller Hoffnung: »Ich … *auch?*«

Vikram lachte: »Du *auch!*«

Er lachte lauter, und sie fiel in sein Lachen ein. Ihre Hände umfaßten einander, und ihre Stimmen stiegen wie ein Lied zum hohen Dach der Dschungel auf.

Bei Morgengrauen war es, wie sie gesagt hatte, nicht schwierig, einen Weg durch das Baum- und Strauchgewirr zu finden. Bald tauchte die Bahnstation vor dem heller werdenden Himmel auf, überquellend von den vielen Menschen, die die Nacht dort verbracht hatten.

Sie gingen dicht nebeneinander her, Vikram und Gita. Ab und zu warfen sie sich von der Seite her scheue Blicke zu. Die brennenden Pfeile des Tageslichts hatten keine Macht über das bleibende Geschenk des Mondes, der Zauber war bei Sonnenaufgang nicht verflogen. Jeder von ihnen ging seinen Weg Seite an Seite mit einem überirdischen, aber erreichbaren Wesen, mit einem geliebten Traumbild. Und, obwohl sie es noch nicht wußten, ging ein Dritter mit ihnen, der der Erste ihrer Söhne sein sollte.

Die Obdachlosen auf dem Bahnsteig schenkten ihnen keine Aufmerksamkeit, dem dünnen, blinzelnden Mann und seiner dicken, plumpen Frau. Es war nichts Bemerkenswertes an ihnen, mit Ausnahme des tiefen, vertraulichen Schweigens.

In den Augen anderer Menschen, in den Spiegeln an den Wänden, die nur die Oberfläche der Dinge zurückwerfen, erblickten sie die eine oder andere Wahrheit. In Vikrams Gesicht jedoch sah Gita, wenn er sie anschaute, die *einzige* Wahrheit, und er sah dieselbe Wahrheit in ihren Augen. Sie waren für den anderen der eine wahre Spiegel.

»Wahrhaftig, das ist eine gute Ehe!« sagten die Verwandten und Freunde mit einiger Überraschung.

Das Buchgeschäft entwickelte sich gut, und sie wurden wohlhabend. Vikram hatte zugenommen – dank Gitas Kochkunst. Obwohl, seltsam genug, Gita ungeachtet ihrer Schwangerschaften an Gewicht verloren hatte. Sie würde nie eine wirklich hübsche Frau sein, auch ohne Zahnlücke nicht. Und doch lag in ihrem Gang, in ihren Gebärden etwas Anziehendes. Und durch ihr Glück fühlten sich die bedankt, die meinten, ihr dazu verholfen zu haben. Vikram war doch eine gute Wahl gewesen! In dem Maße, in dem sein Wohlstand sich mehrte, gewann er an Würde. Er blinzelte nicht mehr durch seine Brille, sondern blickte ruhig und sicher in die Welt. Autorität, ja, Vikram besaß Autorität und Ansehen. Man konnte ihn um Rat fragen. Und mit seinen Gedichten hatte er Preise gewonnen. Von wem mochten wohl einige seiner Verse inspiriert worden sein? Man machte sich darüber am besten keine Gedanken! Gita war glücklich, und sie hatte viele Kinder.

Diese Kinder waren ein wahres Wunder. Wie Gottheiten schritten sie durch die Räume und über die Rasenflächen, und die Blicke, mit denen sie ihre Eltern voll Liebe bedachten, waren in diesen unruhigen Zeiten nur allzu selten geworden. Gut aussehende Söhne, dunkel wie Krishna, goldbraune Töchter, mit Augen wie Juwelen. Das war, wie die Verwandten und Freunde untereinander bemerkten, wirklich merkwürdig. Denn wie konnten Nachkommen von solcher – man mußte schon sagen: von außergewöhnlicher – Schönheit von einem so unschönen Paar geboren werden?

Die vierte Nacht beginnt dort, wo jeder von uns beginnt: am Tor zum Leben. Jede Geburt ist eine Anwartschaft auf den Tod. Was wird das Kind sein – ein Junge oder ein Mädchen? Hübsch oder häßlich? Vom Glück gesegnet oder vom Unglück verfolgt?

Die Entscheidung

1.

Als das Kind geboren wurde, weinte die Mutter bitterlich, weil es ein Junge war. Die Hebamme schalt und tröstete sie: »Sei nicht traurig. Dieses Kind wird einmal eine Schönheit sein!« Was sich als richtig erweisen sollte.

Achtzehn Jahre lang wuchs er im *Pathar-Kataal* heran, eine Blume, die sich entfaltete und zu einem jungen Mann wurde, den jedermann liebte, der von allem umsorgt wurde.

Der große, weitgezogene Gebäudekomplex, von Mauern in hellem Orangebaum umschlossen, war eine Welt für sich. Von Anfang an lebte er zwischen den Geräuschen und Gerüchen und Bildern, die diese Welt beherbergte und erfand. Er kannte sie alle. Zuerst und vor allem war da eine überwältigende Hitze und Enge, die allen Dingen ihren Eigengeruch nahm. Die Luft, die er atmete, bestand nicht aus Sauerstoff und Wasserstoff, sondern aus dem Duft von Räucherstäbchen, von Gewürzen, Kochdünsten, wohlriechenden Essenzen, parfümiertem Haar und schwitzendem Fleisch, von Opium, Betel, Urin, Kerzenwachs. Und diese Luft hallte wider von Musik, die in den Nächten nicht einen Augenblick schwieg und auch tagsüber vereinzelt laut wurde – so als ob der ganze Komplex ein- und ausatmete durch Glokken und Flöten und Sarods und den süßen, wilden Klang menschlicher Stimmen. Die Vielfalt dieser Gerüche und Geräusche schien unendlich. Anfangs allerdings war der Eindruck ziemlich begrenzt. Es gab nur einen einzigen Raum und manchmal auch nur den Teil eines Raumes hinter einem Wandschirm. Tagsüber hatte der Raum ein hohes blaues Fenster, das sich nach Sonnenuntergang in ein hohes schwarzes Fenster verwandelte. Später dann erweiterte sich der Raum um eine schmale Treppe und um weitere Räume, hin und wieder auch um einen Innenhof mit einem Wasserhahn, unter dem man gewaschen wurde. Und das Fenster gestattete den Zugang zu einem kleinen Balkon.

Nachts waren die einzigen Sterne, die man vom Balkon aus sehen konnte, die Lichter der Naphtal-Lampen und der bunten elektrischen Glühbirnen unten an den Ständen des nächtlichen Bazars. Und überall ringsum hell erleuchtete Fenster. Die meisten von ihnen lagen so nahe, daß man den Leuten, die sich in den Fensterrahmen bewegten, zuwinken konnte; manchmal lachten sie und winkten zurück oder warfen Süßigkeiten herüber, die er auffing.

Auch während des Tages waren diese Fenster ganz außerordentlich interessant. Musikanten saßen darin und übten, und oft, vor allem gegen Abend, erschienen dort wunderschöne Mädchen, die über und über glitzerten und funkelten, mit weißen Jasminblüten in ihrem langen schwarzen Haar.

Auch diese Dinge entfalteten sich und gaben den Blick auf Neues frei. Der Hof dehnte sich zu einer Allee aus, dann zu einer Straße, in den Bazar hinein, der lange Zeit nur eine verlockende Aussicht gewesen war, und zu einer Straße nach der anderen, bis er schließlich das ganze große Viertel umfaßte.

Nach und nach wurden Nächte und Tage betriebsamer. Es machte Spaß, in der Dämmerung auf irgendeinem Hausdach zu sitzen. Auf allen Dächern wurde gesungen und getanzt, wie überhaupt im ganzen *Pathar-Kataal* nach Einbruch der Dunkelheit. Nicht selten wurden köstliche Speisen herausgebracht. Dann bestand die ganze Welt aus lauter Lichtern, unten und oben und ringsum, und es war, als würde jeder Klang einer Saite, jedes Funkeln einer Zechine oder einer Flasche als Opfergabe für die Götter in den hohen dunklen Himmel emporgeworfen. Während des Tages war es ein Spaß, für die Mädchen oder ihre Freunde hierhin und dorthin zu laufen, weil man dafür mit Geld oder Süßigkeiten belohnt wurde. Und großes Vergnügen machte es auch, nur so im Viertel herumzustromern, sich unter dem Sonnendach eines Händlers auszuruhen oder auf einer niedrigen Mauer in der Sonne zu liegen, wenn man müde geworden war.

Die Häuser standen dicht beieinander, mandelbraun, rosa- oder orangefarben angemalt, hier und dort in kräftigem Rot oder Gletschergrün aufleuchtend. Geländer, durchbrochene Gitter, Balkone, einer über dem anderen, wie gebrochene Flügel herunterhängende Fensterläden, schwere sich bauschende Vorhänge, zerbrechliche Balustraden und Türen und Fenster, die zu jeder Tages- und Nachtzeit offenstanden. Das Ganze war wie ein riesiger Bienenkorb, und wie ein Bienenkorb war es voll von prächtigen, geschäftigen Bienen.

Ramaji, so nannten sie ihn, war eine Blume, eine Drohne im Bienenkorb. An einem Ort, an dem fast jeder immer irgend etwas zu tun hatte, brauchte er keinen Finger zu rühren; es genügte für ihn, einfach da zu sein. Er war so schön, so wunderhübsch anzusehen, daß er von Kindheit an die Menschen bezauberte. In der Welt der Unterhaltungskünstler, die man *Pathar-Kataal* nannte, brauchte er nur zu *sein*, um zu unterhalten. Alle Mädchen und auch einige der Männer waren verliebt in ihm. »Da ist Ramaji!« riefen die Mädchen, die in Trauben an den Fenstern hingen. »Hallooo, Ramaji!« Und Ramaji, wenn er unter den Fenstern vorbeispazierte, lachte zu ihren schmeichelnden Händen, ihren duftenden Gewändern und ihren lächelnden Gesichtern hinauf. Manchmal ließ er sich auch ein Weilchen liebkosen und mit Süßigkeiten verwöhnen, trank Tee mit ihnen und nahm, immer vom Besten, als Geschenk entgegen, was andere teuer bezahlen mußten.

In ihrer Todesstunde sprach seine Mutter: »*Du* wirst niemals Hunger leiden!« Ihre Stimme klang bitter, denn sie starb in Schmerzen und in Dunkelheit, und dieser blendende Sonnenstrahl, ihr wunderbarer Sohn, hatte sie oft tief verletzt. Im Alter von elf Jahren – im Todesjahr seiner Mutter – kannte er die Frau, die ihn geboren hatte, kaum noch. Jede Frau des Viertels war seine Mutter oder Tante oder ältere Schwester. Wenn er nur einen kleinen Seufzer ausstieß, kam die eine angelaufen und bürstete sein Haar, eine andere streichelte sein Gesicht oder seine Füße und eine dritte schenkte ihm Früchte. Seine Mutter hatte sich ein Mädchen gewünscht, um es in ihrem Gewerbe unterrichten zu können, ein hübsches Mädchen, das, wenn ihnen das Glück hold gewesen wäre, mit vierzehn oder fünfzehn Jahren einen reichen Gönner gefunden hätte. Der Gönner hätte die Tochter »geheiratet« und dafür gesorgt, daß es ihr und ihrer Mutter gutgegangen wäre. Bei einem Jungen mußte man die Götter darum bitten, daß er Begabung für Musik mitbrachte – oder für die Liebe. Ramaji würde … Sie wußte, wie er sein würde, und wie er nun, sieben Jahre später wirklich geworden war: in eines von vielen seidenen Gewändern gekleidet, mit einem zartgoldenen Reif um den weichen jungen Hals und goldenen Ringen an den langen, schmalen Musikerhänden, die doch kein einziges Instrument spielen konnten – ausgenommen vielleicht den Körper einer Frau, aber die Fähigkeit mußte er erst noch entdecken. Seine eifersüchtige sterbende Mutter hatte *nicht* vorausgesehen, daß er noch mit achtzehn Jahren unberührt sein würde, unberührt in jeder Hinsicht, denn weder die Mädchen, die ihm umwarben, hatten ihn für sich gewinnen können, noch ihre Brüder. (Nicht einmal den grünen Wölfen, die in der Nacht mit Börsen voller Rupien kamen, war es gelungen, den Jungen zu verführen.)

Er hatte es nicht nötig, auch nur das Geringste zu tun. Er mußte nicht spielen, nicht singen, er brauchte nicht einmal vor der Bude des Süßwarenhändlers oder hinter den illegalen Schanktischen im Bazar beim Kartenspiel zu betrügen. Um leben zu können, brauchte er nur zu *sein.* Jedermann liebte und umsorgte ihn. Es gab für ihn keinen Grund zur Prostitution.

Eine Hochzeit sollte stattfinden. Die Bewohner eines ganzes Stockwerks seines Wohnblocks würden hingehen und musizieren, tanzen und singen. Wie die Mädchen lachten und ihre Ohrringe hin und her schlenkerten!

»Komm mit uns, Ramaji!«

»Komm mit und setz dich im Bus neben mich. Ich werde dich mit gezuckerten Melonen füttern.«

»Setz dich zu *mir*, Ramaji, dann kaufe ich dir auch das Armband, das wie ein Panther mit Bernsteinaugen geformt ist.«

Die Hochzeit fand außerhalb des Viertels statt (im Viertel wurden nur wenige je wirklich geheiratet). Sie fand sogar außerhalb der Stadt statt, oben in den Hügeln, im Haus eines reichen Mannes. Sie konnten sicher sein, daß man sie großzügig bewirten würde. Ramaji war nur selten aus dem *Pathar-Kataal* herausgekommen. Die Stadt war nur die Außenseite seiner Welt, verlockend, aber auch unsicher. Er verspürte keine Sehnsucht nach ihren Reizen, nach Abenteuern oder unbekannten Dingen. Er war glücklich und vergnügt. Niemals wurde er der braunen Mauern des Bienenkorbs überdrüssig. Aber er erinnerte sich dunkel daran, daß er einmal als Kind mit seiner Mutter draußen, oberhalb der Stadt gewesen war, als die Nacht hereinbrach und er die Sterne sehen konnte. Keine irdischen Lichter leuchteten, und so waren die Lichter des Himmels deutlich sichtbar gewesen. Manche waren heiß und groß, und ihre Helligkeit blendete ihn. Andere bildeten dünne Streifen und Nebel. Es war wundervoll. Halb und halb war er überzeugt davon gewesen, jemand habe sie an den Himmel gemalt, vielleicht ein Gott in unbeschwerter, ekstatischer Laune.

Am Tag des Ausflugs füllten die Unterhaltungskünstler des *Pathar-Kataal* den Bus mit Farben und Lärm. Die Reise dauerte zwei Stunden. Das letzte Stück legten sie in großen glänzenden Wagen zurück, und an ihrem Bestimmungsort stellte man ihnen die wundervollsten Einrichtungen zur Verfügung, um sich zu erfrischen. Ramaji tat, als sei er ein unentbehrliches Mitglied der Truppe, und mischte sich glückselig unter seine Freunde.

Das Haus war groß und geräumig und dank einer Klimaanlage wunderbar kühl. Aber die Luft roch eigenartig unnatürlich, weil die meisten Dinge in diesem Haus aus künstlichem Material bestanden. Draußen in den Gärten waren Teiche angelegt, plätscherten Springbrunnen, dufteten Rosensträucher, prangten Palmen im Schmuck hoher Kerzen. Überall liefen Diener herum, gänzlich verschieden von den Dienstboten im Viertel, eine Sorte völlig fremdartiger Geschöpfe auf einem fremdartigen Planeten. Auch die Familie und die Gäste waren seltsam. Sie unterhielten sich auf Englisch oder zitierten persische Gedichte. Der Bräutigam war dick und alles andere als gutaussehend. Die Braut entpuppte sich unter ihrem Hochzeitsstaat aus Goldschmuck und einem duftigen goldfarbenen Gewand als farblos und unansehnlich. Das bedrückte Ramaji ein wenig. Im Viertel wurden junge und hübsche Mädchen oft mit alten und häßlichen Männern »verheiratet«, aber das war natürlich etwas ganz anderes. Er hatte vage Illusionen gehegt, daß anderswo Ehen nur zwischen hübsch aussehenden Leute geschlossen wurden, die wie ein Paar erstklassige Ohrringe zusammenpaßten. Das war natürlich dumm von ihm gewesen. Im übrigen, was machte es schon! Sie würden freundlich zueinander sein und in Wohlstand leben. Wie viele, die ohne Fehl und Makel sind, ließ sich auch Ramaji von der Häßlichkeit um sich herum nicht über einen bestimmten Punkt hinaus beunruhigen.

Als die Dunkelheit hereinbrach, waren die Sterne nicht zu sehen.

Wie im *Pathal-Kataal* wurden Lampen angezündet, und die Mädchen tanzten im Schein roter Fackeln. Die Goldmünzen an ihren Gewändern und die Schmuckreifen an Händen und Füßen funkelten. Die Trommeln dröhnten. Das Gewirr der Stimmen vermengte sich mit dem Klang der Flöten.

Vorsichtig, aber rastlos mischte sich Ramaji, der natürlich wieder nichts zu tun hatte, unter die festliche Gesellschaft. Er war so reich und geschmackvoll gekleidet und hatte ein so bezauberndes Benehmen, daß niemand ihn zur Rede stellte. Ein oder zweimal bat eine kühne, unverschleierte Frau ihn um Feuer für ihre Zigarette. Er kam der Bitte höflich nach, ohne sich in ein Gespräch verwickeln zu lassen. Er wußte, wie Frauen sich ihm gegenüber zu verhalten pflegten. Er genoß ihre Aufmerksamkeit, aber niemals zog er sich den Haß der einen zu, indem er eine andere bevorzugte. Wenn seine Blicke wie ein Zauber wirkten, nun, was konnte er daran ändern? Sein Verhalten deutete stets eine freundliche, höfliche Bitte um Verzeihung an: Es ist ja nicht meine Schuld, schien er zu sagen, es ist einfach so. Die Geschenke, mit denen man ihn überschüttete, nahm er mit so harmlosem, offensichtlichen Vergnügen entgegen, daß sich der Gebende belohnt genug fühlte. Ramaji war nie unfreundlich zu denen, die ihn liebten; niemals machte er sich über sie lustig, nicht einmal über die beutesuchenden Wölfe, die in der Nacht kamen und in der schattigen Allee nach seinem Arm griffen. Und da er nie jemandem mehr gegeben hatte als für kurze Zeit seine freiwillige, lachende Gegenwart, gab es nichts, was ihn abgestoßen und andere beschämt oder bedroht hätte. Tief in ihren Herzen verstanden sie ihn.

Am Ende des Gartens befand sich eine malerische, schwach ausgeleuchtete Quelle. Dahinter war ein Loch in der Mauer, und ein Pfad führte den Hügel hinauf zu einem verlassenen Schrei. Ramaji streckte sich hinter der Mauer auf dem Boden aus, abgeschirmt gegen das Licht der Lampen im Garten, und betrachtete die Sterne am Himmel. Nach einer Weile schlief er ein.

Es war, als sei er weit gereist und plötzlich, aber ohne unangebrachte Hast zurückgekehrt. Er glaubte etwas gehört zu haben, eine Stimme, die sang oder rief, doch die Musik war verstummt und alles ganz still. Es war nichts als Dunkelheit um ihn her und das blühende weiße Firmament über ihm. Es schien, als seien Jahre vergangen, als seien das Fest des reichen Mannes, sein Haus und all seine Gäste längst verschwunden und nur der Hügel mit dem alten Heiligengrab unter dem ewig unveränderlichen Himmel übriggeblieben.

Langsam setzte Ramaji sich auf. Er war aufgeregt und beinahe ängstlich, aber der Zauber ließ ihn nicht los. Tief in seinem Innersten wußte er, daß es so etwas nicht gab, er wußte es genau. Dann sah er jemanden den Hang hinunterkommen. Es war ein junges Mädchen von vielleicht sechzehn Jahren oder auch etwas darüber, so wie er. Nur der Schein der Sterne erhellte die Nacht, aber er sah sie ganz deutlich: Ihr Sari schimmerte silbergrün, die Schuhe an ihren Füßen, die Reifen um ihre Handgelenke waren aus Gold, und in ihrem dichten Haar steckten goldene Kämme und eine gelbe Blume. Sie war schön, aber auf eine ganz andere Weise als alles, was er bis dahin gesehen hatte. An ihrer Art zu gehen erkannte er, daß sie eine Tänzerin war, und er dachte, daß sie wohl zu einer anderen Truppe gehörte, die auch auch dem Hochzeitsfest auftrat. Wenn sie jedoch vom *Pathar-Kataal* kam, müßte er dann nicht schon von ihr gehört haben? Sie müßte in diesem Fall doch genau wie er als eine der großen Schönheiten des Bienenkorbes bekannt sein!

Das Mädchen schritt geradewegs auf ihn zu. Ramaji hatte den Eindruck, daß sie ihn ansah und ein Ausdruck des Glücks sich auf ihrem Gesicht ausbreitete, genau wie er ihn in diesem Augenblick auf seinem eigenen Gesicht fühlen konnte.

Er sprang auf – und im selben Moment fand er sich auf der Erde unterhalb der Mauer liegen, ein blasses Licht über sich, das nicht von den Sternen kam, und zwei Mädchen aus dem *Pathar-Kataal,* die in lachend kitzelten, um ihn zu wecken.

»Hallooo, Ramaji!« riefen sie. »Es wird schon Morgen. Komm, Herr und Gebieter, wir müssen mit dem vielen Geld, das wir verdient haben, in die Stadt zurück. Was sollen wir unserem Liebling kaufen?«

»Wartet!« sprach er. Langsam richtete er sich auf. Ein Feuer glühte im Osten, noch einen Augenblick, und der Vorhang würde sich vor dem neuen Tag heben. Auf dem Hügel war niemand; weiter unten sah Ramaji die Diener des reichen Mannes wie Roboter hin und her eilen.

»Oh, nein, wir werden nicht warten. Wir verpassen den Bus.«

»Aber da war doch ...«, begann er, dann hielt er inne. Konnte ein Traum so wirklich sein?

»Oh, er ist traurig, so traurig?« riefen sie aus, seufzten mitleidig und küßten ihn, wie eine Mutter ihr Kind küßt.

Während der ersten Stunde im Bus dachte er unaufhörlich an das Mädchen in Silbergrün und Gold. Er konnte sich nicht überwinden, an der fröhlichen Unterhaltung seiner Freunde teilzunehmen, und so gab er vor zu schlafen. Sein Kopf bewegte sich mit den Stößen des Wagens bald vorwärts, bald rückwärts. Er versuchte, Gründe für ihr Erscheinen zu finden: Sie gehörte dem Haushalt des reichen Mannes an; sie war eine Tänzerin aus einer anderen Stadt; er hatte nur geglaubt, sie zu sehen, in Wahrheit war er im Halbschlaf befangen gewesen und hatte sie gar nicht wirklich gesehen; sie hatte nicht gewagt, ihn zu wecken, und war leise fortgegangen. Und nun trug ihn der rappelnde, holpernde Bus immer weiter von ihr und von aller Hoffnung fort, sie jemals wiederzufinden.

Langsam erwachte er und begann, seine Gefährten mit Fragen zu überschütten. Er weckte sogar die Schlafenden, um sie auszufragen. Schließlich gelang es ihm, jedermann in Aufruhr zu versetzen. Wer war das geheimnisvolle Mädchen? Niemand hatte es gesehen. Oh, Ramaji hatte es bloß erfunden, um sie eifersüchtig zu machen. Aber noch nie zuvor hatte er sie zum Narren gehalten, und es schien ihm wirklich sehr ernst zu sein, während er halb lachend, halb flehend, auf sie einredete. Leider konnten sie ihm nicht helfen. Niemand sonst hatte sie gesehen. Einschließlich des Fahrers waren alle im Bus der Meinung, Ramaji habe, da er doch neben einem heiligen Schein geschlafen hatte, einen Geist erblickt.

Während der zweiten Stunde ihrer Reise durchbohrte ein spitzer Stein den ohnedies schon stark abgenutzten linken Vorderreifen des Wagens. Es war ein entsetzlicher Augenblick, als die Welt sich wieder und wieder um sich selbst drehte wie ein Rad. Körper stürzten übereinander, Schreie gellten, Glas splitterte. Dann kam ein plötzlicher Stillstand, während sich drinnen alles, was in Bewegung geraten war, in einer Art Stauung zunächst noch einige Augenblicke weiterbewegte, bis der Alptraum schließlich ein Ende fand.

Zitternd und blutend krochen sie aus dem Bus, der jetzt in einem Graben auf der Seite lag. Rings umher lagen Instrumente verstreut, die vom Gepäckdach heruntergeschleudert worden waren. Eine mächtige Staubwolke schien eine Meile weit in den Himmel aufzusteigen; dann sank sie langsam wieder zur Erde herab und legte eine Decke aus weißem Sand über ihre Schmerzen und ihr Entsetzen.

Fünf Mädchen knieten im Graben neben Ramaji.

Ihre Tränen mischten sich mit seinem Blut. »Ist er tot? Oh, er ist tot!«

»Seid still, er ist nicht tot. Er atmet noch.«

»Er ist tot!«

»Nein, nein!«

2.

Als das Mädchen geboren wurde, lachte die Mutter trotz ihrer Schwäche, weil es ein Mädchen war. Unaufgefordert verkündete die Hebamme: »Dieses Kind wird einmal eine Schönheit sein!« Was sich als richtig erweisen sollte.

Siebzehn Jahre lang wuchs sie im *Pathar-Kataal* heran und schuftete sich halb zu Tode, um ihr Gewerbe zu erlernen.

Das Zimmer, in dem sie mit ihrer Mutter lebte, war sehr hübsch eingerichtet. An dem hohen Fenster hing ein Vogelkäfig mit einem türkisfarbenen Papagei, und auf dem Balkon rankten sich blühende Pflanzen in braunen Töpfen himmelwärts. Die Wände waren farbig gestrichen und mit bunten Stoffen behängt. Der Boden war mit einem gemusterten *Dari* mit roten Fransen bedeckt. Paradekissen lagen auf den Polstern, auf denen sie oder ihre Besucher – und später die Kunden – sich ausstreckten.

Das Leben bestand aus lauter Zimmern. Kleine Zimmer mit abblätterndem Wandverputz, mit Wandschirmen aus Lack oder Seide und mit glimmenden Räucherstäbchen. In der ersten Zeit pflegte sie im Zimmer ihrer Mutter aufzuwachen, dann mußte sie ins erste Stockwerk umziehen. Dort lernte sie nach dem Rhythmus stampfender Füße, später in einem Raum nach der Musik eines asthmatischen Grammophons zu tanzen. Zuweilen wurde sie abends auch zu einem Saal mitgenommen, dessen Decke schwarz wie die Nacht war, mit einer Lampe von der Form eines dicken Mondes, die langsam hin und her pendelte. Dort saßen Menschen an den Wänden, die klatschten und applaudierten. Dann beobachtete sie die Darbietungen vieler großer Tänzerinnen. Sie mußte genau aufpassen – dort der leichte Schlag einer Glocke, hier die rasche Bewegung der Hüfte und das Wirbeln, das der lodernden Flamme nachempfunden war.

Anfangs war das Tanzen einfach und leicht. Als der Unterricht aber anspruchsvoller wurde, war es ganz und gar keine einfache leichte Sache mehr. Es gab eine Zeit, in der es zu einer schweren Arbeit, zu einem Fluch wurde; dann fiel sie abends weinend in den Schlaf; Träume von Versagen und Schelte plagten sie, und wenn sie erwachte, war ihr eiskalt ums Herz. Aber auch das ging vorüber. Am Ende war Tanzen ein Vergnügen und eine Aufgabe, beides in einem. In manchen Augenblicken war ihre Kunst vollkommen, dann seufzten selbst ihre Lehrmeister verzückt auf, als habe sie feinste Fasern menschlicher Gefühle angerührt. Oft jedoch, wenn die Menge jubelte und ihr Münzen zuwarfen, oder man ihrer Mutter höflich Geld in die Hand drückte, fühlte sie, daß sie nicht ihr Bestes gegeben hatte und daß die Geschenke andere Gründe haben mochten.

Als sie vierzehn Jahre alt war, quoll ihr Zimmer zumeist nachts über von Besuchern, wie zu der Zeit, als ihre Mutter noch jung gewesen war. Die Männer brachten Jasminblüten für ihr Haar und ihren Hals und Fünf-Rupien-Scheine, die verwelkten Kelchblättern glichen.

Dann wurden sie zudringlich. »Oh, süße Sunita.«

»Oh, mondgleiche Sunita!« Die Männer griffen nach ihr, und sie mußte immer lächeln, durfte ihnen aber niemals nachgeben. Sie haßte es, betastet zu werden, und doch mußte sie fügsam erscheinen. Sie durfte niemanden verärgern, mußte aber immer »nein« sagen. »Eines Tages wird jemand kommen«, sagte Sunitas Mutter, die auf den Polstern herumlag und den ganzen Tag friedlich Betel kaute, »oh, ein großer Herr für dich, mein Kind. Für ihn mußt du bewahrt werden. O ja! Ein reicher Sahib wird kommen, der dich glühend begehrt. Dann werden wir reich sein. Du wirst in Seide gekleidet gehen, Diamanten für dein Ohr, eine diamantene Lotosblüte für deinen Nasenflügel und für jeden Finger einen Ring aus Rubinen besitzen!«

Sunita stellte sich diesen Gönner, diesen Prinzen, wie einen hübschen jungen Mann vor, der auf einem Elefanten begleitet von einer ganzen Karawane voller Reichtümer, in den *Pathar-Kataal* einreiten und sie hoch hinauf auf eine Wolke reißen würde. Juwelen und Wohltaten würde er auf den *Pathar-Kataal* regnen lassen, und man würde Sunitas Namen preisen. Im Geist sah sie die Mädchen ihrer Tanzklasse vor sich, Bettler, den alten Silberschmied und den einohrigen *Shanai*-Spieler, der so oft sagte: »Du *bist* Tanz, doch du *tanzt* falsch« – sie alle knieten mit erhobenen Händen vor ihr, die Augen glänzend vor Glück und Tränen.

Manchmal stahl sie sich in einen Hof fort, in dem Ringelblumen blühten. Dort träumte sie von ihrem zukünftigen Geliebten. Wenn die Kunden, die so nach ihrem Tanz schmachteten, ihr Geld zusteckten und dafür ihre Hände ergriffen, wenn sie sie zu oft oder brutal anfaßten, verdrängte sie sie aus ihrem Bewußtsein druch den Traum von dem, was einmal sein würde.

Sie war eine der fleißigsten Bienen in dem großen honigduftenden Bienenkorb und arbeitete sich aus Sorge um ihr Auskommen fast zu Tode. Es kam ihr nicht in den Sinn, daß Träume nutzlos sind, weil sie allein niemandem etwas einbringen, was der Mühe wert wäre.

Eines Tages war es sehr heiß. Die Blumen auf dem Balkon welkten, und der türkisfarbene Papagei hockte mit offenem Schnabel lustlos in seinem Käfig. Die Mädchen durften früher als gewöhnlich damit aufhören zu üben, wie man Arme, Hände und Finger richtig bewegt.

»Komm mit, Sunita!« sagte eines der Mädchen.

»Wohin?«

»Zur Hexe.«

»So ein Unsinn«, entgegnete Sunita, ging aber doch mit. Am nächsten Tag sollte außerhalb der Stadt in den Hügel eine Hochzeit stattfinden. Alle würden hinfahren, um die Gäste zu unterhalten. Einige der jüngeren Mädchen waren bereits außer sich vor Aufregung. Es gab ein Gerücht, daß bei einer solchen Gelegenheit einmal ein einflußreicher Filmproduzent eines der Tanzmädchen des *Pathal-Kataal* »entdeckt« hatte – vielleicht war es auch eine der Sängerinnen gewesen; die Geschichte ließ sich je nach Bedarf anpassen. Jedenfalls war sie jetzt ein berühmter Filmstar. Wer konnte schon wissen, was passieren mochte. Die Hexe würde es ihnen sagen.

Das Haus der Hexe und Wahrsagerin des *Pathal-Kataal* lag am Ende einer schmalen, mit Bäumen bestandenen Straße. Es war ein altes Haus mit geschnitzten Laufgängen und ungefegten Mosaikböden. Unten wohnten Beschwörer und nahmen den ganzen Hof für sich in Anspruch. Sie rauchten

Opium und spielten Karten; ein Mungo mit verschlagenen Äuglein hockte zwischen ihren Füßen und putzte sich. In den engen Zimmern des oberen Stockwerks lebten Zauberkünstler der verschiedensten Art. Sunitas Freundinnen hatten sich für Bhutnai entschieden und darum im Bazar honigtriefende Süßigkeiten erstanden, um sich die alte Hexe gewogen zu machen.

Bhutnai war sehr alt und sehr dünn. Sie streckte ihr verschleiertes Gesicht durch die Tür; gläserne Reifen klirrten an ihren knochigen Armen. Günstig gestimmt durch die dargebotenen Gaben, forderte sie die Mädchen auf, sich auf ihrem Lager niederzulassen. Eine gelbbraune Blende war vor dem Fenster heruntergelassen, und der Raum lag im Halbdunkel. Rasch las die Alte in den Händen der Mädchen. Sie sagte ihnen Glück voraus, reiche Gönner, ein paar gesunde Kinder und ein zufriedenes Alter. Ganz offensichtlich war ihr eigenes Alter nichts weniger als zufrieden. Ihr zerknitterter, faltiger Mund kaute eifrig auf den Süßigkeiten herum. Angeblich hatte sie eine Tochter, aber die hatte das Viertel schon vor langer Zeit verlassen und war entweder tot oder sehr wohlhabend geworden, jedenfalls war sie nie mehr zurückgekommen, um nach ihrer Mutter zu sehen. Sunita fühlte weder Mitleid noch Befriedigung. Sie, die sich auf ihren Beruf verstand, hatte für eine so schwache Darbietung nur Verachtung übrig. Es war beschämend, etwas zu können und es dann nicht so zu tun, wie es sich gehörte.

»Ist das alles?« fragte sie. »Das könnte jeder andere genauso gut. Ich sehe dies, und ich sehe das, und nun gib mir den Rest der Süßigkeiten!«

Bhutnais Augen sprühten Feuer und die anderen Mädchen zogen sich unbehaglich zurück.

»Nun, was willst du denn sonst noch wissen?«

»Wie der Geliebte aussieht, der mir bestimmt ist«, erwiderte Sunita, »und ob ich ihm morgen begegnen werde.« Das war eine Herausforderung. Ihre Augen sprachen: Sag's mir, wenn du kannst.

Bhutnai wischte Hände und Mund am Saum ihres Schleiers ab. Dann putzte sie ein wenig an sich herum wie der Mungo im Hof (dem sie auch in anderer Hinsicht ziemlich ähnlich war) und winkte das Mädchen zu sich heran. Unwillig und hochmütig ließ Sunita sich wieder vor der Wahrsagerin auf dem schmutzigen Boden nieder.

»Du willst zuviel wissen«, erklärte die Hexe. »Weißt du nicht, daß wir den Weg, den wir gehen, wählen, bevor wir geboren werden? Und daß auch die Begegnungen auf diesem Weg zum größten Teil von uns selbst und von denen bestimmt sind, mit denen wir Umgang haben? Und außerdem bewegt sich jeder von uns noch im Schatten der großen Hand, die man ›Unvermeidlicher Zufall‹ nennt; es ist die Hand eines Schwachsinnigen, der uns auf einen Schlag alles, das Schlimmste wie das Beste, nehmen kann!«

»Hör auf, Bhutnai!« schrie das Mädchen, das Sunita hierhergebracht hatte. »Wir haben dich nicht für solches Geschwätz mit Honig bezahlt.«

»Hinaus mit euch!« befahl Bhutnai. »Wartet unten im Hof.« Und zu Sunita: »Schließe deine Augen!«

Ganz gegen ihren Willen gehorchte Sunita. Dann versuchte sie rasch, ihre Augen wieder zu öffnen. Zu spät.

Sie stieg einen Hügel hinauf. Es war Nacht. Sie trug ihren allerschönsten Sari, den, den ihre Mutter für den Tanz am nächsten Morgen vorbereitet hatte, dazu ihre goldenen Kämme und Armreifen und Lacksandalen. In ihrem Haar steckte eine gelbe Blume, die jemand ihr geschenkt und mit mehr

Rupien gefüllt hatte, als sie je zuvor gesehen hatte. »Sie soll zum alten Schrein gehen«, hatte der Diener zu Sunitas Mutter gesagt. Und Sunitas Mutter, der jemand erst kürzlich ebenfalls viel Geld zugesteckt hatte, lachte vor Vergnügen, als sie die Weisung weitergab. »Es ist zwar nicht üblich, aber ich habe eine feste Zusage erhalten«, meinte sie. »Ja, du mußt gehen. Gewähre ihm aber nichts. Mach nur Versprechungen!« Sunita hatte Angst gehabt. Ihre Mutter hatte ihr einen Klaps auf den Arm gegeben. »Du weißt es seit langem, geh jetzt, geh!« Dann begann sie zu weinen. »Es geht mir nicht gut. Verweigerst du mir etwa Sicherheit im Alter? Handelt so eine pflichtbewußte Tochter?«

Und nun schritt Sunita zum Hügelkamm hinauf. Sie hatte es gewußt. Dies war ihr Schicksal – der Weg, den sie »gewählt« hatte.

Vor ihr erhob sich der Schrein. Einige Schritte weiter sah sie in der Dunkelheit jemanden an der Mauer liegen. Obwohl nur das Licht der Sterne die Nacht erhellte, glaubte sie, ihn ganz deutlich zu erkennen, und ihr Herz tat einen Sprung. Wie hübsch er war, dieser junge Mann, dem zu begegnen man sie hierher geschickt hatte! Alle ihre Träume kehrten zurück, die Träume von dem Prinzen und der Wolke. Sie öffnete weit ihre Augen ... und sah die schattenhafte Gestalt der alten Hexe vor der braunen Sonnenblende.

»So«, sagte die Hexe, »da bist du ja wieder.«

Sunita stand mit der ganzen Anmut ihrer Kunst von dem Mosaikboden auf. Die Hexe, einst eine berühmte Tänzerin, jetzt aber häßlich und verkrüppelt von der Last ihres Alters und den Schmerzen in ihren Gliedern, wandte ihre Mungo-Augen von Sunitas furchtsamer Freude ab.

Der ratternde, holpernde Bus hallte wider von Gelächter und Scherzen. Bei dem Anwesen des reichen Mannes in den Hügeln angelangt, stellten sie einen wortreichen Vergleich mit anderen wohlbekannten Häusern an. Man sah, daß hier alles ein wenig heruntergekommen war; die Rasenflächen waren vertrocknet, und Unkraut erstickte die Teiche. Innerhalb des weiträumigen Gebäudes stand offensichtlich nicht genug Strom zu Verfügung, um die Klimaanlage in Betrieb zu halten, und zum Ausgleich drehten sich zahlreiche lärmende Ventilatoren wie monströse Fliegen.

Sunita konnte einen Blick auf die Braut erhaschen – eine hübsche Person – und auf den gut aussehenden Bräutigam. Viel Aufmerksamkeit schenkte sie ihnen nicht. Seit der geheimnisvollen Vision in Bhutnais Haus war sie von Minute zu Minute unruhiger geworden.

Sie begann ihren Tanz kurz vor Sonnenuntergang, und während sie tanzte, brach die Nacht herein. Glühwürmchen huschten durch das Gebüsch. Offenes Feuer und farbige Laternen warfen ihren Schein in Sunitas Augen, und ihr Körper wiegte und drehte sich. Wenn ihre Arme sich streckten, schmeichelnd und flirtend, einladend und doch scheu, schüchtern und doch kühn, schienen sie mit den Lichtern, die ihre goldenen Reifen widerspiegelten, aufzuflammen.

Sie war nun nicht länger unruhig. Sie fühlte, wie Kraft ihren Körper durchflutete. Niemals zuvor hatte sie so getanzt. Sie spürte, wie die Musikanten sie umschmeichelten und ganz in die sich entfaltende Melodie einhüllten. Und jenseits des Flammenkreises vernahm sie die Seufzer und Rufe der Männer, die ihr zuschauten. Sie aber tanzte nur für ihn, für den einen, den ihr die Weissagung der Hexe gezeigt hatte, und je länger sie tanzte, desto sicherer war sie, daß er eben gerade irgendwo hinter dem Lichtkreis wartete, mit Herz und Augen bei ihr, schmachtend nach ihr und bereit, sie für sich zu fordern.

Nachdem Sunita lange, lange so getanzt hatte, begann die Musik zu verklingen, als habe sie sie ganz in sich aufgesogen. Die Musikanten beendeten ihr Spiel. Ein Regen von Blumen und Münzen ging über ihr nieder, als sie sich wie im Rausch zurückzog. Ihre Mutter packte sie an den Armen. »Schau, schau!« und Sunita blickte auf die blasse gelbe Blume in ihren Händen, die ein dickes Bündel Geldscheine enthielt. »Geh jetzt, geh!« zischte ihre Mutter. Aber diesmal fürchtete Sunita sich nicht. Nur das Seltsame des sich in vollkommener Weise wiederholenden Ereignisses ließ sie zögern. Dann wandte sie sich von ihrer Mutter ab, die sich mit dem Schleier über die Augen fuhr und sorgfältig die Rupien in der Blume zu zählen begann.

Sunita stieg den Hügel hinauf.

Während sie sich dem Schrein näherte, suchte sie nach *ihm,* wo sie ihn in ihrer Vision unterhalb der Mauer gesehen hatte. Aber da war niemand. Plötzlich fiel ein Schatten durch die Mauerpforte. Obwohl nur das Licht der Sterne leuchtete, sah sie ihn ganz deutlich. Sunita erstarrte zu Stein. Der da eifrig auf sie zugewatschelt kam, war der Vater der Braut, ein fetter Mann von fünfundfünzig oder sechzig Jahren.

»Seht, wo sie, die des Mondes Spiegelbild ist, wandelt ...«, sagte der ihr bestimmte Gönner. Bewegungslos blieb Sunita stehen. Er kam näher und sprach sie in einem Ton achtungsvoller Vertraulichkeit an, bemüht, ihr deutlich zu machen, was von nun an alles ihr gehören würde.

Schon morgen wollte er in die Stadt fahren und allein um ihretwillen den ganzen Weg zum *Phatal-Kataal* machen. Alle Abmachungen sollten ehrenhaft sein. Ach, wie glücklich er mit ihr sein würde! Es war sein Schicksal, sie heute nacht zu finden, am Hochzeitstag seiner Tochter.

Sunita stand starr und stumm wie ein Steinbild. Als er sie berührte, wich sie nicht zurück, noch blickte sie sich um, ob nicht doch ein anderer sich aus dem Gras am Fuß der Mauer erhebe.

Darius, so hieß er, tat große Dinge für Sunita. Er richtete ihr und ihrer Mutter am Rande der Stadt ein eigenes Haus ein. Sie hatten mehrere Diener; eine Magd stand eigens bereit, um für die Bequemlichkeit ihrer Mutter zu sorgen. Das Haus hatte vier Zimmer und einen bezauberndes Innenhof mit einem Brunnen und ein paar Orangenbäumen. Es fehlte denen, die Darius gehörten, an nichts.

In der ersten Zeit kam Sunitas Gönner zweimal, manchmal sogar dreimal die Woche. Nach etwa einem Monat wurde daraus ein regelmäßiger einmaliger Besuch. Ein Jahr später kam er nicht mehr so häufig. Es wurde »sehr friedlich« im Haus (so die Worte ihrer Mutter), wie es andererseits »sehr betriebsam« zuging, wenn Darius sich zu Besuch einfand. Manchmal machten die beiden Damen in Begleitung einer Dienerin einen Spaziergang durch die Vorstadt. Hin und wieder besuchten sie alte Freunde im *Pathal-Kataal*.

»Wie merkwürdig und stolz Sunita jetzt als Schützling eines reichen Mannes ist. Ihre Augen sind wie aus Glas. Eine ganze Stunde lang hat sie sich nicht ein einziges Mal bewegt und nicht ein einziges Wort gesprochen, außer daß sie mir erklärte, der Tee sei nicht stark genug.«

Nur einmal stellte Sunita eine Frage. Sie wollte wissen, ob Bhutnai noch im Viertel lebte, aber die Hexe war zwei Jahre nach Sunitas Fortgang gestorben.

Einige Zeit später suchte Sunita eine gewisse Frau im *Pathal-Kataal* auf. Unglücklicherweise mußte sie danach ins Krankenhaus gebracht werden. Sie konnte nun kein Kind mehr bekommen, selbst wenn sie es gewollt hätte. Sie wollte nicht.

An ihrem zwanzigsten Geburtstag machte Darius Sunita einen Besuch. Er schenkte ihr ein Kollier, wie es einst eine wunderschöne Königin getragen hatte. Es war eine Kopie, die er eigens für sie hatte anfertigen lassen, originalgetreu bis zum letzten goldenen Schmetterling und zur letzten ovalen Perle.

Als Darius' Fahrer seinen Herrn wieder fortgebracht hatte und Sunitas Mutter über ihren schwachen Magen jammerte, weil sie wieder einmal zuviel gegessen hatte, ging Sunita hinaus auf den Rasen vor ihrem Haus. Es war nur noch eine Stunde bis zur Abenddämmerung, und die Straße war menschenleer. Und während sie so dastand, sah Sunita eine Gestalt am Ende des Vorgartens. Es war ein Bettler, schmutzig, zerlumpt und einarmig. Sein Gesicht schien entstellt zu sein. Der Anblick weckte ein unverständliches Schuldgefühl in ihrem Herzen. Sie lief ins Haus zurück und streckte sich auf ihrem Bett aus. Noch geschmückt mit dem königlichen Halsband, schluckte sie ein Gift, das sie Wochen zuvor im Bazar des *Pathal-Kataal* gekauft hatte.

3.

Nach dem Unglück hatte er lange im Krankenhaus gelegen. Anfangs waren die Schmerzen und die von Schmerzen und Drogen verursachte Verwirrung so stark, daß er weder eine Empfindung für die Zeit hatte, noch die entsetzlichen Gerüche und Geräusche um sich herum wahrnahm. Später jedoch wurde die Zeit zu einer Realität, und mit ihr ein alles überflutendes Entsetzen. Selbst im Traum sah er noch die alltägliche Umgebung, wenn auch ins Riesenhafte übersteigert: Türme aus Betten, die bis in den Himmel ragten, endlose Reihen schmerzgequälter Menschen und endlose Reihen von Trägern, die Bahren und Leichen hin und her schoben.

Mädchen aus dem *Pathal-Kataal* hatten ihren Schmuck verkauft, um Ramaji zu helfen. In der ersten Zeit begriff er das nicht, dann war er überwältigt von Dankbarkeit. Manchmal weinte er, und sie, herrliche Blumen inmitten eines grauweißen Abfallhaufens, weinten mit ihm. Seine Dankbarkeit aber dauerte nur so lange an, bis er verstand, daß sich die Dinge für ihn nie mehr zum Guten wenden würden.

Er las es in den Gesichtern der Blumen, obwohl er ihre Blicke zuerst nicht richtig zu deuten vermochte. Niemand hatte ihn je so angeschaut oder war seinem Blick auf solche Weise ausgewichen. Danach kam eine kurze Zeit verzweifelter Raserei. Sie ging vorüber. Eine Art Leere blieb zurück.

Die Knochen seines linken Armes waren so zersplittert gewesen, daß die Ärzte ihn amputieren mußten; sie hatten ihm seinen Arm gestohlen, während er ohne Bewußtsein war. Sie hatten auch seine linke Wange genäht, und als die Naht verheilte, verzog sich sein Gesicht; einen Augenblick lang konnte er gar nicht glauben, daß er sich selbst sah, als er zum erstenmal wieder in einen Spiegel schaute. Die Zeit der Raserei und das Gefühl der Leere brachten bittere Einsicht. Mit dem linken Auge konnte er nur noch wenig sehen. Und Tag für Tag, Stunde für Stunde sank das Augenlid tiefer, bis es schließlich die verschwommene, trübe Sicht, die ihm geblieben war, fast ganz auslöschte.

Eines Tages, als für die vielen Sterbenden nicht einmal mehr genug Platz auf den Stufen der Krankenhaustreppen war, brauchte man Ramajis Bett. Und Ramaji ging zurück in sein Viertel, wo er liebevoll aufgenommen wurde, obwohl die Menschen sich davor zu fürchten schienen, ihn zu berühren, und ihm nicht mehr ins Gesicht sehen konnten.

Zuerst waren sie freundlich. Wie früher lebte er von ihrer Güte und Freigiebigkeit. Aber Ramaji war nicht mehr, was er früher gewesen war. Er konnte sie nicht mehr mit seiner Schönheit oder seiner Fröhlichkeit belohnen. Er war mürrisch geworden. Er haßte sie. Es war ein verstörter, kindischer Haß, dem er zunächst keinen Namen zu geben wußte. Sein eigener Name hatte sich geändert. Jetzt wurde er *Armer Ram* genannt. »Ich bringe dem armen Ram *Nan* Fleisch.«

»Schlafe, armer Ram, das wird dir gut tun.« Und auf den Straßen des *Pathal-Kataal* riefen die Kinder, die an den orangefarbenen Mauern spielten: »Schaut mal, da geht der arme Ram!«

Er verkaufte seine goldene Spange, seine Armreifen und Ringe. Warum hätte er sich jetzt noch schmücken sollen? Verkrüppelt, in zerlumpten Hosen, mit verfilztem Haar durchstreifte er den summenden Bienenkorb. Wenn er fast vor Hunger umkam, ging er zu irgend jemandem und bat ihn um etwas zu essen, und man gab ihm *Dāl* oder eine Süßigkeit oder eine halb verfaulte Frucht. Er war ein sichtbares Zeichen des »Unvermeidlichen Zufalls.« Die Schattenhand des Schicksals hatte schon in der Zeit seines Glücks über ihm gelegen; er hatte unter ihr gespielt und sie nicht wahrgenommen.

Im zweiten Jahr gab er seinem Haß einen Namen. Das verletzte Auge hatte inzwischen alle Sehkraft verloren, und aus irgendeinem Grund hinkte er stark. Von Zeit zu Zeit wurde seine Haut von einer quälenden Entzündung befallen; aber darauf achtete er kaum noch – all das vermengte sich in seinem Elend miteinander. Sein Haß war nun ganz ausgeprägt, und sein Name war Neid. Er beneidete die Einfältigen und Häßlichen, weil sie mehr besaßen als er. Manchmal saß er in seinem Hof und weinte vor Haß. Er dachte an die Götter. Ein Teil seiner selbst schien zu sagen: Weine nur laut genug, dann werden sie dich hören und sich deiner erbarmen. Aber das stimmte nicht. Niemand hörte sein Weinen. Armer Ram! Kein Wunder geschah. Er würde besser sterben. Im nächsten Leben ... Aber es gab keine Religion mehr für ihn; er glaubte an keine Gerechtigkeit mehr und hatte alle Hoffnung verloren.

Armer Ram!

Hin und wieder erlaubten ihm die jungen Männer, die am nördlichen Ende des Bazars nahe bei den Läden der drei Barbiere Bier tranken und Opium rauchten, sich zu ihnen zu setzen. Sie machten sich über ihn lustig, denn sie kannten weder Achtung vor dem Schicksl noch vor menschlicher Verzweiflung. Sie hielten ihn für verrückt und fanden ihn deshalb komisch. Ab und zu spendierten sie ihm eine Opiumpfeife. Manchmal mußte er sich dann erbrechen, aber das kam erst später. Zunächst schenkte ihm die Droge ein angenehmes, schläfriges Gefühl, kein Glücksgefühl, aber so etwas wie Frieden, den er sonst nicht finden konnte.

Eines Abends, als er ziemlich viel geraucht hatte, schleppte Ram sich fort, irgendwohin, und kauerte sich unterwegs bei einem rosaroten Tor im Schatten eines Raumes nieder. Ein paar Hunde lagen schlafend herum; offenbar wurden sie hier von niemandem gestört.

Das vertraute Gespräch des *Pathar-Kataal* sank zu einem beruhigenden Raunen herab. Ram weinte, mehr aus Gewohnheit als aus Schmerz, und schlief ein.

Er schien frei wie ein Vogel durch einen weiten Tunnel zu fliegen. Am anderen Ende kam er, weit entfernt von seinem Viertel, in einer ihm unbekannten Straße wieder heraus. Die Häuser waren sauber, wenn auch nicht groß. Kleine Gärten, manche mit Bäumen bestanden, erstreckten sich längs der Straße. Es war Nacht, doch die Dunkelheit war von seltsamer Klarheit. Selbst mit seinem geschwächten Augenlicht vermochte er alles zu erkennen, einschließlich der jungen Frau, die auf ihrer Veranda stand.

Sie trug ein seidenes Gewand von wundervoll sanftem Rot mit einem saphirblauen, silberdurchwirkten Saum. Ihr Hals war mit einem herrlichen Kollier aus Gold und Perlen geschmückt – und er erkannte sie sofort. Es war das Mädchen, das er ein einziges Mal vorher gesehen hatte, ein Geist, ein Dämon, wenn es solche Wesen wirklich gab. Es schien ihm nun, als sei sie in jener Nacht zu den Hügeln gekommen, um Unheil anzukündigen. Vielleicht machte er in diesem Augenblick eine Geste des Entsetzens oder der Drohung. Jedesfalls sah er die Frau heftig reagieren: Sie hatte ihn kaum erblickt, als sie schon zurück in ihr Haus stürzte. Wenn er auch nur in einem Traum hierher gebracht worden war, so bot er doch sichtlich keinen anziehenden Anblick für jemanden, der ihn unvermutet sah.

Es drängte ihn, ihr zu folgen, zu ihrem Haus zu gehen und sich den Zutritt zu erzwingen. Aber falls er real genug sein sollte, daß man ihn hörte, könnten ihre Diener oder ihr Mann herauskommen und ihn schlagen. Er sank ins Gras. Er ging nicht fort. Vielleicht konnte er überhaupt nicht fortgehen; er mußte warten, bis er erwachte.

Nach einiger Zeit brach drinnen im Haus Unruhe aus. Der Himmel lichtete sich, und die Vögel stimmten ihr Morgenlied an, während im Haus die Lichter angingen und aufgeregt Leute herumliefen. Jemand rannte durch den Garten auf die Straße hinaus. Konnte es sein, daß im Traumzustand die Zeit in Sprüngen verlief? Kaum eine Minute schien vergangen zu sein, als die erste Gestalt zusammen mit einer zweiten zurückkam, und dann keine weitere Minute, bis die zweite Gestalt schon wieder herausstürzte, und schließlich noch einmal eine Minute, bis sie am Steuer eines Wagens auftauchte und alle, die vorher im Haus gewesen waren, erregt ins Freie traten. Inzwischen hatte sich der Himmel ganz dem aufdämmernden Tag erschlossen, und alle Nachbarn standen vor ihren Häusern, um zu beobachten, was da vor sich ging. Niemand schien Ram zu sehen. Selbst der zweite Mann, der mit dem Wagen gekommen und ins Haus gelaufen war und nun mit einem Bündel in den Armen zurückkehrte, eilte beide Male an ihm vorbei, ohne ihm einen Blick zuzuwerfen.

Das Bündel in den Armen des Mannes war die Geisterfrau. Sie war jetzt bleich wie der Tod, und ihr langes Haar schleifte über den Boden. Sie trug immer noch ihr wundervolles Halsband.

Man legte sie in den Wagen, der zweite Mann stieg ein und sie fuhren rasch fort. Jammernd und weinend stand eine alte Frau in zerknittertem Sari auf dem Rasen.

Was bedeutete das alles? War das Wesen, das Rams Unglück verkörperte, tot? Nein, nein!

»Nein!« stieß Ram zitternd hervor und wandte sich um. »Nein, nein ...« Er erwachte, sprang hastig auf die Füße und stieß gegen den rosaroten Torbogen. Nacht umgab den *Pathal-Kataal,* aus dessen Fenstern und Lampen helles Licht sprühte.

Ram lehnte sich gegen die Mauer und stützte den Kopf in die Hand. Er fühlte sich nicht krank, nur völlig verwirrt. Nach einer Weile stolperte er die Straße hinunter bis zum Bazar.

»Da kommt der arme Ram.«

»Seht nur, wie er wankt. Ist er betrunken?«

Ram erreichte die Mitte des Marktplatzes. Aufrecht stand er im Schein der Naphtallampen und streckte seinen Arm zum sternenlosen Himmel empor.

»Wer hört mich?« schrie er. »Ich trete auf dich und zerbreche die Sterne unter meinen Füßen. Der Tod liegt in den Armen eines Arztes. Tod stirbt!«

»Was sagt er?«

»Er sagt ein Gedicht auf. Oder erzählt er eine Geschichte?«

Neugierig kamen sie zu zweit und zu dritt näher.

»Wie eine schöne Frau schritt mein Leben über den Hügel...«

Der arme Ram war jetzt von einer kleinen Gruppe Menschen umringt. Die, die näherkamen und ihn noch nicht sehen konnten, sprachen: »Ein *Dichter!* Was sagt er? Was für eine Stimme er hat – so stark und wohlklingend!«

Ram sprach immer weiter, zum Himmel, zur Erde, fast sang er jetzt. Ja, seine Stimme war voller Musik, und angefacht von Leidenschaft und all den furchtbaren Erschütterungen, die jahrelang ihn ihm getobt hatten und sich nun Bahn brachen, gewann sie an Fülle und Überzeugungskraft. Vielleicht war er, zwischen Unterhaltungskünstlern aufgewachsen, selbst auf irgendeine Weise dazu bestimmt, den Menschen

Ablenkung und Zerstreuung zu bringen. Vielleicht war es aber auch nur so, daß seine aufgestauten Gefühle, durch Rauschmittel und die von ihren erzeugten Visionen freigesetzt, dem Verlangen der Menge nach Spannung und Belehrung (ob durch einen Geschichtenerzähler, eine Straßenaufführung der *Rama-Lila,* einen Schlangenbeschwörer oder durch die wiedergeborene Seele im Körper eines Weisen am Ufer des heiligen Flusses) entgegenkamen. Alles hat seinen vollkommenen Augenblick. Es ist die Tragik der irdischen Welt, daß so viele Augenblicke ungenutzt verstreichen.

Rams Augenblick verstrich nicht ungenutzt. Sein gesprochener Gesang, seine gesungene Poesie, Prosadichtung menschlicher Sehnsucht, verstummte nicht. Er drang zu seltsamen Tiefen und seltsamen Höhen vor; manches kam darin zum Ausdruck, von dem er selbst nichts wußte. Er ließ seine Stimme erschallen wie eine *Sarod,* ein *Sitar,* entfaltete das Thema und entwickelte es weiter und weiter. In der Zwischenzeit hatten sich mehr als dreihundert Menschen um ihn versammelt. Am Rande der Menge machten Süßwarenhändler und Milchverkäufer gute Geschäfte.

Am Ende, viel, viel später in der Nacht, sank Ram erschöpft zu Boden. Etliche unter den Blumen und Juwelen des *Pathal-Kataal* waren in dieser Nacht zu seinen Jüngern geworden. Nun trugen sie ihn zu einem alten Haus mit safrangelben Galerien. Er schlief auf einer sauberen Matte, ein Kissen unter seinem Kopf.

Als er erwachte, fühlte er sich verwirrt.

»Meister«, nannten sie ihn.

Nur langsam, während der Tag fortschritt und sie

ihm weiter ihren Tribut zollten, begriff er, was er – unabsichtlich – getan hatte. Gegen Abend schwoll die Menge im Hof an, Touristen hatten sich hinzugestellt, und alles rief nach ihm. Nun erhielt er seinen alten Namen zurück: *Ramaji! Ramaji!*

Ram lachte. Immer noch war er verbittert und von Haß geschüttelt. Er würde ein grausames Spiel mit ihnen treiben! Er aß die guten Speisen, die man ihm reichte, und verlangte nach Opium. Es wurde gebracht und zubereitet, wie es sich gehört. Er rauchte es und kaute ein wenig gewürzten Betel. Dann ging er gemächlich hinaus zu der Menge. Sein Herz lachte, wie der Tiger lacht, wenn er an Bäume gebundene jungen Ziegen erblickt.

Es dauerte ein Jahr, bis er gelernt hatte, nicht mehr zu lachen.

Die Droge saß mittlerweile so tief in seinem Körper, daß er sie als Arznei nehmen mußte. Nur wenn er zu der Menge redete, nahm er kein Opium.

Manchmal fanden sich Musikanten ein, die seine Worte mit ihren Melodien aufgriffen und unterstützen. Ein junger Mann begann damit, die wilden, wundervollen Verse, die Ramajis Seele entströmten, aufzuschreiben. Sie wurden zu Liedern. Und die Musikanten des *Pathar-Kataal* nahm sie mit sich und trugen sie wie Samenkörner über das Land. Einmal kam jemand, um ihn in das Haus eines Ministers zu bitten, der von seiner Kunst gehört hatte. Ramaji lächelte nur. Es war nicht so, als ob er solches nicht zu schätzen gewußt hätte. Er wußte es durchaus zu schätzen! Ramaji meinte, daß wohl die Götter, verspielt genug, Sterne an den Himmel zu malen, grausam genug, Schönheit mit einer Handvoll zersplitterndem Glas zu zerstören, doch auch mächtig genug seien, sich der schwachen Stimme eines Sterblichen zu bedienen und ihre Weisheit durch seinen Mund zu verkünden, zu seinem und aller Erstaunen. Sie machten auf diese Weise deutlich, daß sie Schönheit nicht mutwillig zerstörten, sondern nur ihre Ausdrucksform änderten. Lächeln bedeutete also nur, daß für den, der von Gott auserwählt war, die von Menschen getroffenen Entscheidungen belanglos waren. Deshalb ging Ramaji nicht hin, um den Minister zu sehen. Und aus dem selben Grund wies er auch die Jünger ab, die in der Dunkelheit oder im Morgengrauen zu ihm kamen und weinend darum flehten, sich im Fleisch mit ihm vereinigen zu dürfen. »Ich bin verkrüppelt und häßlich«, sagte Ramaji. »In meinen Augen bist du schön und ohne Makel wie der Unendliche!«

»So strebe denn nach dem Unendlichen. Er kann dir mehr sein als ich.« Sie erinnerten sich daran, daß er sich selbst früher weder einer Frau noch einem Mann verbunden hatte; zu allen Zeiten war er keusch gewesen ... fürwahr ein Heiliger!

Er bat um nichts mehr. Sein Ruhm rang ihm nur ein Kopfschütteln ab. Die Worte legte ihm Gott in den Mund. Ein Dichter! Ein Heiliger! Auf einmal gab es für alles einen Namen, eine Begründung. Vielleicht aber war es doch nur dies eine: auf wunderbare Weise hatte er seine Unschuld wiedererlangt.

Wenn er durch das Viertel schritt, labte ihn seine verbliebene Sehkraft nun mit der Lieblichkeit und dem Glanz aller Dinge. Obwohl die Dinge nichts waren, weil nichts Materielles auf ewig bestehen kann, noch auf ewig bleiben will. Der *Pathar-Kataal* war ein Symbol, und auch die Welt war nur ein Spielfeld, eine Stätte der Unterhaltung, in der selbst das Leid einen dramatischen Wert hat und Verzweiflung als Lektion dienen mag.

Eine Frau, die ihr totgeborenes Kind beweinte, kam zu Ramaji und erbat Trost. Er tröstete sie und überzeugte sie davon, daß nichts jemals wirklich stirbt.

In jener Nacht träumte er von dem totgeborenen Kind. Aus einem Grund, den er nicht verstand, gab ihm dieser Traum, das Bild des Kindes, das nicht oder doch kaum gelebt hatte, Mut und Zuversicht.

Am nächsten Morgen fand man Ramaji sterbend auf seinem Lager. Menschenmassen sammelten sich um das Haus. Ramaji lächelte noch. Er vernahm die Geräusche wie das Schwärmen der Bienen im Bienenkorb. Er dachte an eine Hexe, die Süßigkeiten kaute und jungen Mädchen aus der Hand las. Und jählings *sah* er eine solche Hexe und auch ein junges Mädchen, das in einen Schleier aus indigofarbenem Haar gehüllt war und von einem Geliebten träumte. Und das Mädchen war sein Phantom – Leben und Liebe und Tod. Sie saß mit geschlossenen Augen auf dem Boden, zart und bezaubernd.

Ohne einen Blick zurück auf seine laut weinenden Anhänger zu werfen, trat Ramaji aus seinem Körper, um zu ihr zu gehen …

4.

Das Krankenhaus war ein entsetzlicher Ort, aus dem Sunita so rasch wie möglich wieder fortwollte. Sie bedauerte es, daß die Ärzte ihr das Leben gerettet hatte, wenngleich sie nicht recht wußte, warum sie eigentlich versucht hatte, ihm ein Ende zu machen. Sie hatte das Gift ohne klare Absicht gekauft, weil sie einmal von einer Frau gehört hatte, die einen schrecklichen, langsamen Tod gstorben war. Und sie dachte, daß sie es in einer solchen Situation vorziehen würde, sofort zu sterben. Dann hatte an jenem Tag irgend etwas sie so sehr erschreckt – der Geburtstag, das Kollier, der Bettler –, daß der Wunsch, sich zu befreien, übermächtig geworden war. Sie hatte keinerlei feste Vorstellungen von körperlicher Unsterblichkeit oder Vergänglichkeit. Kein religiöses Empfinden bewegte sie, als sie das Gift trank. Dann hatte ein grauenvoller Schmerz sie aufschreien lassen. Sie war so sehr bemüht gewesen stillzubleiben, aber als ihr Bewußtsein sich langsam trübte, begann sie zu schreien; sie schrie und schrie. Wie von weit her hörte sie ihre eigene Stimme und wußte, daß sie ihre Mutter und die Diener aufgeweckt hatte. Als man sie forttrug, war sie besinnungslos. Irgendwann später kam sie wieder zu sich und mußte heftige Vorwürfe über sich ergehen lassen. Wie schon einmal, als sie das Kind abgetrieben hatte, erklärte man ihr auch jetzt, daß sie ihre Gesundheit »ruiniert« habe – was immer das bedeuten mochte. Wäre es nicht besser gewesen, sie in Ruhe sterben zu lassen, wie sie es sich offenbar gewünscht hatte? Die beständige Übelkeit und die heftigen Magenschmerzen brachten sie so durcheinander, daß sie sich ohnedies halb tot fühlte.

Das Krankenhaus war eine nur zu bedrückende Wirklichkeit. Darius hatte dafür gesorgt, daß sie ein Zimmer ganz für sich allein hatte und alles bekam, was sie sich wünschte, aber hinter ihrer Station lag die große offene Abteilung, deren Gerüche und Geräusche durch alle Wände und Türen drangen. Jeden Tag kam Sunitas Mutter, saß an ihrem Bett und schluchzte. Genau wie die Ärzte hielt sie ihr lange Strafpredigten. Sicher würde Darius das gleiche tun, aber natürlich konnte er sie an einem solchen Ort nicht besuchen.

Eines Abends verlor Sunita die Nerven und begann wild zu schreien und um sich zu schlagen, bis ihre Mutter die Flucht ergriff. Später raffte sie sich verbissen auf, zog den Seidenmantel an, den Darius ihr geschickt hatte, und verließ ihr Zimmer, um frische Luft zu suchen.

Zuerst mußte sie den öffentlichen Saal durchqueren. Wie sehr war sie doch solcher Erbärmlichkeit entwachsen! Hier und da beugten sich Verwandte über die grauen Gestalten in den Betten und bemühten sich, sie zu beruhigen, zu füttern und ihnen etwas Kühlung zu verschaffen. Eine grauenvolle Kakophonie von Krankheit und Todesnähe erfüllte den Raum. An der Decke veranstalteten die unablässig laufenden Ventilatoren einen Lärm, der so unerträglich war, als wollten diese monströsen Insekten unterstreichen, daß alles und jedes im Leben unbarmherzig vorangetrieben wird, daß kein menschlicher Klagelaut, kein Atemzug jemals lauter sein oder länger andauern würde, obgleich alles, was ist, sich doch endlos und in Ewigkeit wiederholt.

Teilnahmslos durchquerte Sunita den Saal. Aber kurz bevor sie die Tür erreichte, kam sie an einer alten Frau vorüber, bei deren Anblick sie reglos verharrte. Warum sie stehenblieb, hätte sie nicht zu sagen vermocht. Vielleicht wegen der entspannten Bewegungslosigkeit der Frau. Unversehens begegneten ihre Augen dem Blick der Frau, die sie lächelnd betrachtete. Es war ein müdes, aber heiteres Lächeln. Die Frau wurde ganz davon in Anspruch genommen, zu sterben, und dennoch hatte sie offenbar noch Zeit übrig für jeden, der ihrer vielleicht bedurfte. So deutlich war diese Botschaft, daß Sunita sich unwiderstehlich angezogen fühlte und bei dem Lager niederkniete.

»Oh, du siehst aber gar nicht wohl aus!« sagte die alte Frau sanft und freundlich.

Ganz überwältigt davon, daß diese Kranke mitten in ihrem letzten Kampf ihren, Sunitas, kleinlichen Kummer bemerkte, vermochte sie kein Wort hervorzubringen. In Wahrheit schien die alte Frau gar nicht zu kämpfen, sondern vielmehr friedvoll den ihr bestimmten Weg zu gehen, den Weg, den sie angenommen, ja den sie mit gebahnt hatte. In diesem Augenblick fühlte Sunita ihren vergeblichen Selbstmordversuch, ihre Schwäche, ihr vergeudetes, unnützes Leben, ja seltsamerweise auch den Verlust der Fähigkeit, einem Kind das Leben zu schenken, die Widerhaken in ihrem Fleisch. Sie vergrub das Gesicht in den Händen und weinte.

»Still, still!« tröstete die alte Frau sie gütig. Ein klein wenig Spott lag in ihrer Stimme. Keine Bitterkeit, kein Groll, eher eine heitere Note. Auf einmal kam es Sunita in den Sinn, daß es so aussehen könnte, als weinte sie am Bett einer sterbenden Angehörigen, vielleicht gar an dem ihrer Mutter. Bei diesem Gedanken versiegten ihre Tränen. Aufmerksam hingen ihre Blicke an der alten Frau.

Im Antlitz der Sterbenden stand etwas geschrieben, was ein Zeichen, eine Ermahnung sein sollte, aber kein Wort kam mehr über ihre Lippen. Es war unübersehbar, daß sie in den letzten Zügen lag. Dennoch wanderte ihr Blick immer wieder zu Sunita, voller Mitleid und Geduld, und ganz offensichtlich unberührt von allem Elend, aller Hinfälligkeit, gleichgültig gegenüber Tod und Leben. Sunita nahm die Hand der alten Frau. Sie war so leicht, als ob sich in diesem Augenblick sogar das Fleisch auflöste. Unendlicher Trost ging von ihr aus. Niemals zuvor hatte irgend jemand Sunita getröstet. Jedermann hatte sie nur ausgescholten und mit Vorwürfen überhäuft, weil sie ihr Leben »ruiniert« hatte.

Wenig später starb die alte Frau friedlich. Widerstrebend ließ Sunita ihre Hand los. Selbst im Tod fühlte sie sich ihr nahe, und so blieb sie neben ihr sitzen, bis die Pflegerinnen sie fortscheuchten.

Am nächsten Morgen fühlte Sunita sich besser. Sie vermochte etwas Quark und Reis und Buttermilch zu sich zu nehmen. Und keine Übelkeit, keine Schmerzen plagten sie mehr.

Später brachte man ihr einen Brief. Er kam von Darius, ihrem Gönner, der ihr mitteilte, daß er in Geschäften verreisen müsse und sie wohl lange nicht wiedersehen werde. Natürlich gehöre ihr das Haus und alles, was er ihr geschenkt habe. Er füge eine Geldanweisung bei (sie belief sich auf eine großzügig bemessene Summe), die von seinen Mittelsleuten eingelöst werden würde. Er hoffte, daß ihre Mutter nicht allzu bestürzt sein werde und sich inzwischen von dem Schock über den Unfall ihrer Tochter erholt habe.

Sunita saß aufrecht in ihrem Bett. Sie hörte ihre Mutter schon jammern und zetern und Gottes Zorn auf ihre Tochter herabrufen, die sie im Stich gelassen hätte und mit der sie nun in Armut und Elend verkommen würde. Was nun? Sunita lachte laut auf. Sie war eine gute Tänzerin gewesen, und sie würde es wieder sein können. Sie war frei … Wieder lachte sie und wieder, bis ein Arzt hereingestürzt kam und sie zur Ordnung rief. Sein Krankenhaus war nicht der richtige Ort zum Lachen.

Sie überließ das Haus mitsamt der Dienerschaft ihrer Mutter und schenkte ihr auch das Kollier einer Königin. »Ich werde dir Geld schicken«, versprach Sunita. »Aber wohin …?« fragte ihre Mutter. Sunita zuckte die Achseln. »Ins Viertel.« Wohin wohl sonst?

So kehrte sie ins *Pathar-Kataal* zurück. Sie nahm zwei Zimmer, eines für sich allein, eines für ihre Kunden und ihre Schülerinnen. Für den Tanzunterricht, den sie jungen Mädchen erteilte, wurde sie zwar ein wenig aufs Geratewohl, aber doch gut genug bezahlt, daß sie davon leben konnte. Man hatte nicht vergessen, daß sie eine hervorragende Tänzerin gewesen war und einen reichen Gönner gehabt hatte. Sunita erzählte jedermann, ihr Gönner habe sie fortschicken müssen, weil ihm die Familie seiner Frau Schwierigkeiten gemacht habe. Dergleichen war zwar nicht üblich, aber auch nicht gerade ungewöhnlich, jedenfalls lieferte es eine annehmbare Erklärung.

Sunita nahm auch selbst wieder Tanzunterricht und arbeitete, von ihren Lehrern angetrieben, hart daran, das verlorene Können früherer Jahre zurückzugewinnen. Vieles lernte sie wieder. Nicht alles. Aber sie war immer noch schön. Viele Männer besuchten sie. Sie haßte ihre Aufmerksamkeiten nicht, wie sie die des unglückseligen Darius gehaßt hatte, denn sie gehörte diesen Männern nicht. Wenn sie wollte, konnte sie »*Nein*« sagen, und eben aus diesem Grund war es nicht nötig, tatsächlich »Nein« zu sagen. Im übrigen brachten die Männer außer sich selbst auch ihr Geld. So ging ein Jahr vorüber, und es mangelte Sunita und ihrer Mutter eigentlich an nichts.

»Ich bekomme dich nie zu sehen!« beklagte sich ihre Mutter, wenn Sunita sie in jeder zweiten Woche besuchte. »Was für ein Leben du führst! Wenn ich daran denke, was wir besaßen und wie es einmal war!« Sunita begnügte sich damit, Schachteln voll Süßigkeiten, Gläser mit Eingemachtem und Ballen von Seide vor ihr niederzulegen, die sie ihr zum Geschenk machte. Sie lächelte nur. Niemals verlor sie die Geduld mit der alten Frau, und das war eine weitere Fähigkeit ihrer Jugend, die sie zurückgewonnen hatte.

Eines Tages wusch Sunita sich am späten Nachmittag draußen auf dem Balkon die Haare und kämmte sie sorgfältig. Es schien ihr, als sei sie in ein Meer von sanften Farben getaucht: rundum die rosa-braunen Mauern des sonnenüberfluteten Bienenkorbs, die bunten Blumen in ihren Töpfen, der türkisfarbene Papagei, der von der Hitze ausgedörrt in seinem Käfig schlief, ein blauer Farbklecks. Ein scharfer Geruch von Staub und rotem Pfeffer und Orangen hing in der Luft und schien ein Versprechen zu bergen. Sunita warf einen Blick durch ihre Haarsträhnen und sah einen Mann, der durch das Zimmer auf sie zukam. Es war niemand, den sie kannte; als sie sich das Haar aus dem Gesicht strich und den Besucher genauer betrachtete, war sie allerdings nicht mehr ganz sicher. Er mochte etwa so alt wie sie sein, vielleicht ein wenig älter, ungewöhnlich gutaussehend, groß und kräftig, in tadelloser westlicher Kleidung, wie sie im Viertel unfehlbar großen Eindruck machte. Eine Erinnerung stieg in ihr auf: das Bild, das Bhutnais Zauber ihr gezeigt hatte. Dieser Mann sah wie der junge Bursche aus, der ein Trugbild gewesen war, während die Wirklichkeit in Darius bestanden hatte, die ständige enttäuschende Wirklichkeit ihres Lebens!

»Man sagte mir, daß ich Sunita hier finden würde«, sprach der Mann. »Sind Sie Sunita?«

»Ja«, antwortete sie freundlich, »aber es ist noch nicht …«

»Verzeihung, aber ich bin nicht in solcherlei Geschäften hier«, unterbrach sie der Fremde schroff. Dann wurden Züge und Stimme weicher, und er fuhr fort: »Waren Sie letztes Jahr im Krankenhaus?« Er nannte den Namen.

»O ja, in der Tat.« Überrascht ließ sie die Hände in den Schoß fallen, so daß aller Anflug von Koketterie verschwand. Der junge Mann setzte sich in seinen feinen Kleidern ihr gegenüber auf den Boden. Seine Geschichte war rasch erzählt.

Seine Familie war wohlhabend und lebte außerhalb der Stadt. Nach dem Tod seines Vaters und nachdem seine Schwestern verheiratet waren, hatte sich die Mutter des jungen Mannes von der Welt zurückgezogen. Ungeachtet aller Proteste war sie fortgegangen, gekleidet wie die Ärmsten der Armen. Ihre ruhige, aber entschiedene Absage hatte ihre Söhne sehr erzürnt. Monatelang hatten sie versucht, sie zu finden und in die Sicherheit ihres Hauses zurückzuholen. »Sie war uns teuer«, versicherte der junge Mann, »es kann keine bessere Frau geben als sie. Aber sie war davon überzeugt, ihr letztes Leben in der körperlichen Welt erreicht und nun, da alle ihre Pflichten anderen gegenüber erfüllt waren, das Recht zu haben, uns zu verlassen und wie eine Bettlerin umherzuziehen, um von der Welt endgültig Abschied zu nehmen. Ich bitte Sie! Lächerlich. Bei einer Frau sind solche Wünsche absurd, sie hatte noch soviel zu geben; es an Fremde zu verschwenden ...« Er beruhigte sich wieder und fuhr ergeben fort: »Natürlich ... es war nun einmal genau das, was sie wünschte.«

Fast vom ersten Augenblick an wußte Sunita, was kommen würde. Das Wunderbare daran ließ sie den Atem anhalten und still werden.

Er sprach davon, wie seine Mutter irgendwo in der Stadt zusammengebrochen war und man sie durch einen schieren Zufall noch ins Krankenhaus geschafft habe. Dort sei sie gestorben. Ganz allein, wie es schien. Da sie sich ganz in Anonymität geflüchtet hatte, war lange Zeit vergangen, bevor er in Erfahrung gebracht hatte, wo sie gestorben war und unter welchen Umständen. Zuletzt, so hatte man ihm gesagt, habe eine junge Frau bei seiner sterbenden Mutter gesessen und ihre Hand gehalten. Daraufhin hatte er sich aufgemacht, die Spur dieser Frau zu verfolgen. Er wollte ihr dafür danken, sagte er mit nassen Augen, daß sie einer alten Frau, die besser daran getan hätte, zu Hause bei ihren Söhnen zu bleiben, die sie liebten, in ihrer letzten Stunde Trost geschenkt habe.

Mit sanfter Stimme entgegnete Sunita: »Aber *sie* war es, die *mich* getröstet und *mir* Kraft gegeben hat, die *mich* der Finsternis meines Lebens entrissen hat.«

»Ja«, bestätigte er, »ja, das ist ganz sie.« Dann vergrub er sein Gesicht in den Händen, gerade so, wie es Sunita am Lager der Sterbenden getan hatte, und weinte.

Sunita erhob sich und trat zu ihm, um ihn zu trösten. Er war ihr so vertraut, als ob sie ihn schon lange gekannt hätte. Und auch sie schien ihm vertraut zu sein. Er legte seinen Kopf an ihre Brust. Nach einer Weile führte sie ihn in ihr eigenes Zimmer und ließ ihn sich auf weichen, duftenden Kissen niederlegen, während ihre Dienerin Tee zubereitete.

In dieser Nacht verschloß Sunita ihre Tür, aber sie war nicht allein. Es war eine vollkommene Nache, durchleuchtet von einem Licht, dessen Glanz unendlich viel strahlender war als der Glanz, den die Lampen im *Pathar-Kataal* verbreiteten.

Erst am nächsten Morgen verließ Sunitas Besucher das Haus. Keiner von ihnen wunderte sich darüber, daß ihre Verbindung voller Leidenschaft war und ihnen beiden höchste Lust schenkte. Es schien ihnen, als ob seine Mutter eben dies für sie bestimmt habe.

Natürlich war der junge Mann verheiratet, aber das stand seiner Entschlossenheit, in Zukunft Sunitas Gönner zu sein, nicht entgegen. Er wünschte, ihr alles zu geben, was sie erbitten mochte. Da sie es vorzog, im *Pathar-Kataal* zu bleiben, richtete er ihr im Viertel eine Wohnung ein und überhäufte sie mit Geschenken. Er stellte auch einen kräftigen Diener an, der über Sunita wachen sollte. Sie fuhr fort, junge Mädchen in der Kunst des Tanzens zu unterrichten, ihr zweites Gewerbe aber gab sie auf.

Sunita wurde zum Tagesgespräch des *Pathar-Kataal*. Ihr Gönner erschien allen wie ein Gott und weckte Hoffnung in den Herzen der jungen Mädchen des Viertels. Wenn sie nicht für den Film entdeckt werden konnten, so würden sie vielleicht auch jemanden finden wie Sunitas Sahib, der sich ihrer annehmen würde.

Ein oder zwei Mal war er in seiner Güte sogar bereit, Sunita zu ihrer Mutter zu begleiten. Nach ihrem ersten gemeinsamen Besuch warf Sunita sich ihrer Mutter zu Füßen und rief aus: »Schau, hast du nicht immer gesagt, es werde jemanden für mich geben, der hoch über allen anderen steht? Welch eine liebe, weise Mutter du bist!« Kein Spott lag in diesen Worten oder doch nur sehr, sehr wenig, denn Sunitas Herz war so übervoll von Glück, daß sie Mitleid mit der törichten alten Frau hatte. Aber die Mutter murmelte nur: »Es ist nicht mehr so wie früher!« Mit jedem verrinnenden Augenblick gewann Darius in ihrer Erinnerung an Wert. Und wer konnte es schon mit der Erinnerung aufnehmen?

Eines Nachts, als Sunita allein war, hatte sie einen seltsamen Traum, in dem die Straße vor ihrem Haus voller Menschen war, die den Namen eines Dichters oder *Sadhu* riefen. Am nächsten Morgen überkam sie das Gefühl, als sei es ihr eigener Name gewesen, den die Menge gerufen hatte. Eine seltsame Vorstellung! Seltsam war auch, daß dieser Traum ihr so sehr die Ruhe raubte, daß sie schließlich das Haus verließ und im Viertel umherwanderte. Ein Heißhunger nach Honig überfiel sie plötzlich, und sie befahl ihrer Dienerin, im Bazar Süßigkeiten zu kaufen. Dann trieb es sie zum Haus der Hexe Bhutnai.

Allein und langsam schritt sie unter ihrem flaschengrünen Sonnenschirm, geschmückt mit den flammenden Juwelen, die das letzte Geschenk ihres großherzigen Liebhabers waren, auf ihr Ziel zu. Heute lag der Hof vor dem gelben Haus verlassen da, und nur durch die Fenster drangen Flüche und Flötenklänge an ihr Ohr.

Ohne rechte Absicht kletterte sie die Treppe hinauf und betrat durch die offenstehende Tür Bhutnais Zimmer. Es war jetzt bis auf ein paar Schachteln und einen ausgetrockneten, gesprungenen Wasserkrug in der Ecke ganz leer. Die braune Blende hing noch vor dem Fenster. Der Raum roch nach Fäulnis und Elend, doch Sunita, plötzlich überwältigt von der Erinnerung an den Traum, an das verschwommene Sehnen nach Liebe, das dem Traum seine Rechtfertigung gegeben hatte, ließ sich auf dem schmutzigen Boden nieder, wie sie es an jenem Tag getan hatte, und schloß die Augen.

Den Europäer, der Sunita unbemerkt gefolgt war, hatte zuerst der Wunsch nach Erleuchtung ins Land geführt, dann aber, als er sich in seiner Hoffnung getäuscht sah, war er auf der Suche nach offenstehenden, gut gefüllten Taschen in den *Pathar-Kataal* gekommen. So wie ihn einst die Juwelen des Geistes angezogen hatten, reizte ihn nun der Glanz der Brillanten in Sunitas Ohren.

Er hätte ihr kein Leid zugefügt, wenn sie sich nicht gewehrt hätte. Sie aber war verwirrt und fürchtete sich, vielleicht vor dem Geist Bhutnais, der Hexe, die kommen mochte, um neuen Tribut von ihr zu verlangen. So setzte sie sich zur Wehr, und der Dieb stieß ihr ein Messer in den Leib, entriß ihr die Ohrringe und entfloh, lange bevor jemand kam und sie fand.

Kurze Zeit lag sie sterbend da. Halb betäubt, verstand sie kaum, was geschehen war. Benommen dachte sie, daß sie sich bald wieder besser fühlen werde. Dann sah sie einen einäugigen Mann, der im Halbdunkel des Zimmers saß und sie anschaute. Sein Gesicht war vernarbt und schrecklich anzusehen und dennoch durchglüht von einer süßen Freude. Mit einem Mal wußte Sunita, daß sie zu ihm gehen mußte. Und sie verließ ihren Körper, ohne zu zögern.

5

Als das Kind geboren war, lag die Mutter still da und wartete darauf, daß man ihr bestätigte, was sie schon wußte. »Es ist tot«, sagte die Hebamme bitter. Und weil sie um ihren guten Ruf fürchtete, begann sie, sich über die Rolle des Zufalls zu verbreiten und ihre Zuverlässigkeit zu rühmen. Die Mutter blieb stumm. Sie war zu erschöpft, um jetzt schon zu trauern.

Unsicher hing die Seele zwischen dem Körperlichen und dem Körperlosen zitternd, um Gleichgewicht ringend.

Sie hatte einen Blick getan auf ein Leben … oder genau genommen auf zwei Arten von Leben, je nach dem Geschlecht, das ihr mit der Geburt zuteil werden würde. Es schien ihr, als habe sie dieses Leben oder besser: diese beiden Leben tatsächlich erfahren – das eines hübschen jungen Mannes, der seine Schönheit verlor und ein Dichter wurde – und das eines Mädchens, einer Tänzerin, die an einen Mann gebunden war, ihre Freiheit erlangte und dann einen anderen, wunderbaren Geliebten fand …

Aber nein! Nichts war geschehen. Alles war nur Vorausschau. In jenen wenigen Sekunden, als das neugeborene Kind zwischen Empfindung und Tod schwebte, hatte die Seele ihre beiden Möglichkeiten und all ihre potentiellen Erfahrungen überschaut. So lebendig waren die Bilder gewesen, daß sie geglaubt hatte, sie wirklich zu durchleben. Aber die fleischliche Hülle war nicht stark genug gewesen, sie zu halten. Die Seele entfloh. Still trieb sie von der Welt fort, nicht Mann, nicht Frau, doch fähig, das eine wie das andere zu werden, auf der Suche nach einer Ruhe jenseits der Welt, an die sie sich nun ganz deutlich erinnerte.

Sie bedauerte nichts. Bald würde sie ein anderes Gefäß finden, um darin zu leben. So viele Kinder wurden geboren – *dort* …

Die fünfte Nacht müßte, nimmt man es genau, von den Geistern toter Elefanten heimgesucht werden, die man ihrer Stoßzähne beraubt hat. Sie ist der Schauplatz eines von tödlicher Eifersucht und Magie und vielleicht von Dämonen angestachelten Versteckspiels.

Die Elfenbeinhändler

Nun sitzen wir hier also bequem im Willington Club, bei eisgekühlten Getränken und umgeben von Bombays grünen, sanften Rasenflächen. Und so will ich denn beginnen. Aber ihr müßt sehr genau zuhören, meine Lieben, und euch aufs äußerste konzentrieren. Weil ich nämlich mit dem Ende anfangen werde.

Es war einmal ein großer Mann. Damit ihr mich recht versteht, betone ich ausdrücklich, daß ich nicht einen wohlbeleibten oder großgewachsenen Menschen meine, sondern einen Mann, der mit einem erleuchteten, bewundernswerten Geist ausgestattet war. Er war ein Schriftsteller, bis zu einem gewissen Grad ein Dichter und Essayist, hauptsächlich aber bekannt durch ganze Bände erstaunlich guter Kurzgeschichten, die von vielen Ländern und den verschiedensten Menschen handeln. Im allgemeinen betrachtete man ihn als ein Genie. Ich sage: im allgemeinen, denn es ist eine Tatsache, daß alles und jedes sowohl auf Zustimmung als auch auf Ablehnung zu stoßen pflegt. Laßt mich lediglich anmerken, daß, würde man genau abwägen, die Zustimmung die Ablehnung bei weitem überwiegen würde. Boshafterweise füge ich hinzu, daß, wie uns die ägyptische Mythologie lehrt, selbst ein Mißverhältnis vom Gewicht einer Feder tödlich sein kann.

Aber lassen wir die Ereignisse für sich selbst sprechen. Mit Ruhm bedeckt, von einer Woge der Bewunderung getragen, in Reichtum gebettet und genau an dem Morgen nach der in kleinem Kreis gefeierten Verleihung eines in der literarischen Welt wohlbekannten und hochgeschätzten Preises, lag dieser vom Glück begünstigte Mann mausetot in seinem Blut auf dem Boden seiner Wohnung. So lautete der Bericht: Gegen vier Uhr, als die Sonne sich glühend über den Horizont der Stadt schob, knallte ein Schuß, wie das für gewöhnlich der Fall ist, wenn eine Pistole abgefeuert wird. Als man Nachschau hielt, entdeckten die, denen es gelang, sich Zutritt zu verschaffen, den großen Mann – den ich diskret Roland Michael Smith nennen will – mit dem Revolver in der Hand und dicht neben ihm eine Notiz. Diese Notiz besagte nicht viel. Sie war im wesentlichen eine höfliche, kurzgefaßte Entschuldigung für die Unannehmlichkeiten, die seinen Anwälten und Freunden entstehen würden. Im übrigen waren seine Sachen sorgfältig, wenn auch mit einiger Hast in Ordnung gebracht worden.

Alles, was die nachfolgende Untersuchung zu Tage förderte, war das nur allzu Offensichtliche – der Spruch lautete auf Selbstmord –, und Mr. Smith wurde in gebührender Weise eingeäschert, eine Konzession an seine Sympathie für die religiösen Vorstellungen des Hinduismus. Danach wurde das unerwartete und unerklärliche Drama, das ein Geheimnis war und blieb, für lange Zeit zum zentralen Gesprächsthema. Auch ihr, meine Kinder, werdet die Angelegenheit diskutiert haben. Ah, euer leichtes Lächeln gibt mir in dieser Annahme recht. Dann werdet ihr auch die Vermutung gehört oder selbst geäußert haben, daß es möglicherweise Anzeichen einer ernsthaften, unheilbaren Krankheit gegeben haben mochte, die Mr. Smith rasch mit einer Kugel zu beenden sich entschlossen hatte. Alsdann erinnert ihr euch gewiß des Autopsieergebnisses, demzufolge Mr. Smith sich einer so hervorragenden Gesundheit erfreuen durfte, daß ein jüngerer Mann (er selbst war

42 Jahre alt) ihn wohl darum hätte beneiden können. Auf die erste Welle von Vermutungen folgten andere Gerüchte, absurde, wie es scheinen mochte, die besagten, daß Roland Smith ermordet worden sei. Der Beweis dafür war und ist schwerlich zu erbringen, bedenkt man die aufgefundene Mitteilung. Es kann, laßt euch das versichern, kein Zweifel daran bestehen, daß Mr. Smith den Revolver selbst gekauft und geladen hat, die Mündung in seinen Mund steckte und sich damit das Gehirn aus dem Kopf blies. Nicht der geringste Zweifel! Nachdem ich das klargestellt habe, will ich euch nun enthüllen, daß unser Genie in Wirklichkeit das Opfer eines unerhört kaltblütigen Mordes geworden ist. Ja, ja! Ich bitte euch, nehmt doch noch einen Schluck von eurem Eisgetränk. Ich werde jetzt zur zweiten entscheidenden Szene übergehen (die erste war die mit Mr. Smith' Leiche auf seinem Perserteppich). Jetzt dürfte noch größere Aufmerksamkeit geboten sein als bisher. Ich werde euch nämlich die Mörder zeigen.

Auf einem Hügel nicht ganz tausend Meilen von hier entfernt, gibt es eine kurvenreiche Straße mit viktorianischen Häusern, die ich, diesmal ohne diskret sein zu wollen, nur so zum Spaß, Bombenboulevard nennen möchte. Durch die hohen Schiebefenster, die nach Westen gehen, kann man von hier aus die Häuser an einem Hang sehen, der zum Arabischen Meer hinabfällt. Es gibt allerdings *ein* hohes Fenster am Bombenboulevard, vor dem eine gelbe Blende heruntergelassen ist. Der Raum dahinter ist schlecht erleuchtet. Daß er schlecht erleuchtet ist, ist beileibe kein Trick, mit dem ich es euch unmöglich machen will, die Mörder zu sehen, die sich darin aufhalten. Ich fürchte, es ist ihr ureigenster Kniff, Teil einer Abmachung unter den Partnern, mit der verhindert werden soll, daß einer zu genau das Aussehen des anderen erkennen kann.

Nun gut. In einer Ecke, die bestrumpften Beine übereinandergeschlagen, sitzt eine dunkel gekleidete Europäerin mit einem Strohhut auf dem Kopf. Sie raucht. Ihr könnt den Rauch aufsteigen sehen, blaß im Halbdunkel, dunkelblau über der gelben Sonnenblende. Das ist Exponat Nr. Eins. Nun öffnet sich die Tür und herein kommt Mörder Nr. Zwei.

Der zweite Mörder – wieder nehme ich meine Zuflucht zu einem erfundenen Namen – ist als Rakshas bekannt. In diesem Fall handelt es sich allerdings nicht um meine Erfindung, sondern um den Namen, den man der Frau, die Rakshas Kundin ist, als Kennwort vorgeschlagen hat, damit sie ihn zu sich rufen kann. Es gibt einen angemessenen Grund dafür, daß der zweite Mörder dieses Kennwort gewählt hat, wie ihr noch sehen werdet. Im übrigen gibt es in diesem Zusammenhang, abgesehen von dem Namen, noch eine Besonderheit.

Nr. Zwei war geräuschlos die knarrende Treppe heraufgekommen, und nun gleitet er ebenso geräuschlos durch das verhangene Licht. Man denkt an etwas, das durch den Dschungel schleicht, doch haftet seinen Bewegungen in Wirklichkeit nichts Animalisches, nichts Schlangenartiges an. Nein, nein, obwohl die Art, wie er sich bewegt, wie er *ist*, nichts eigentlich Menschliches hat. Er scheint aus keiner der vielen Regionen Indiens zu kommen, auch nicht aus den angrenzenden Gebieten. Er ist aber auch kein Europäer, obwohl seine Kleidung vielleicht einen wohlhabenden Franzosen vortäuschen soll. Es gibt da auch ein gewisses östliches Element … etwas … eine Bewegung der Hand, eine Drehung des Kopfes, auf dem das Haar wie angeklebt sitzt. Die Züge entziehen sich einer Beschreibung. Man vergißt sie sofort. Nicht hübsch, nicht häßlich, nicht schön, weder dünn noch unansehnlich. Einfach fade! Nichtssagend! Vielleicht scheint es aber auch nur so. Und doch ist es damit im Grunde wie mit der Blende am Fenster. Kleine Einzelheiten bleiben auf merkwürdige Weise verborgen. Es ist alles da, aber man bekommt es einfach nicht richtig in den Blick.

Die Frau spricht zuerst. Sie sagt: »Ich entnehme der einen oder anderen Schlagzeile, daß du Erfolg hattest. Mein lieber, trügerischer Rakshas, wie tüchtig du doch gewesen bist!«

Rakshas verbeugt sich. Nur das.

Die Frau steht auf. Wäre das Licht besser, könnte man sehen, daß sie attraktiv ist und helle, bösartige Augen hat. Diese Augen haben es in sich, meine Lieben. Sie ist keine nette Lady! Sie hat diesen Rakshas gedungen, um Roland Michael Smith aus dem Weg zu räumen. Deshalb gratuliert sie ihm jetzt.

»Wirklich brillant! Wie hast du das nur gemacht? Aber erzähl' es mir lieber nicht. Im übrigen würdest du es ja sowieso nicht tun!«

Die Gründe, warum sie den Tod des Genies wünschte, lagen nicht in einer stupiden, gesunden Leidenschaft (etwa einer altmodischen Blutfehde, unerwiderter oder zurückgewiesener Liebe für Mr. Smith). O nein, die Motive der Lady waren der Ausdruck blanker Bösartigkeit! Auch sie ist eine Schriftstellerin, und zwar eine recht gute. Aber sie ist Mr. Smith' müde, der um so vieles besser ist als sie und dem alle Auszeichnungen zufallen. Eifersucht ist ein schlimmer Wurm in einem menschlichen Herzen.

»Hier ist das Geld. In der Währung, die du verlangt hast. Alles genau abgezählt. Du hast mich eine Menge gekostet ... aber du bist deinen Preis wert. Bitte, zähle deinen Anteil. Nein? Ist alles zu deiner Zufriedenheit?«

Wieder verneigt sich Rakshas.

»Glaube nicht«, fährt die Frau fort, »daß ich keine Schritte zu meiner Sicherheit unternommen habe! Nur für den Fall, du könntest ... Gut, gut! Ich darf deinen Ruf nicht in Zweifel ziehen!«

Sie ist nicht ganz im Gleichgewicht, unsere attraktive, begabte, eifersüchtige Lady. Sie hat gerade angedeutet, wenn auch in scherzhaftem Ton, daß sie Rakshas entkommen könnte, falls er sich entschließen sollte, seine Aufmerksamkeit jetzt *ihr* zuzuwenden. Aber das wird er nicht tun. Es entspräche nicht Rakshas' Art, Geschäfte zu machen.

Er dreht sich um und verläßt schweigend das Zimmer. Erinnert euch. Wir haben ihn nicht sprechen hören (nicht, daß es einen Unterschied gemacht hätte, falls wir etwas von ihm gehört hätten!). Immerhin habt ihr jetzt, so weit es möglich ist, die Mörder gesehen, den Auftraggeber und den Auftragnehmer. Ihr kennt das Verbrechen, das Motiv und die Werkzeuge des Verbrechens; was euch noch fehlt, ist seine Aufklärung. Da ein Detektiv Anspruch auf eine Spur hat, werde ich euch jetzt eine solche liefern.

Es ist möglich, wenn ihr euch die Sache noch einmal ins Gedächtnis zurückruft – vielleicht ist es euch aber auch entgangen –, daß ihr unmittelbar vor Mr. Smith' Tod etwas bemerkt, das ein wenig ungewöhnlich ist. Und zwar an jenem Abend, an dem er den Ehrenpreis erhielt, von dem ich vorhin sprach, an dem Abend, bevor der Schuß im Morgengrauen die zwiegesichtige Heiterkeit Bombays erschütterte.

Als Mr. Smith das Grundstück des Gebäudes betrat, in dem ihm der Preis überreicht werden sollte, kamen bei Einbruch der Dämmerung während des üblichen Festgelages allerlei Leute hinter den gepflegten Büschen und Sträuchern hervor. Anfangs hielt man sie für eine normale Horde von Bettlern, die jeder neue Wagen, jeder Neuankömmling bei derlei Gelegenheiten wie Bodensatz hochkommen läßt. Aber statt des offenen Handtellers streckten diese Leute blaß schimmernde Gegenstände wie Geschenke aus. Diese ungewöhnliche Ouvertüre, die Mr. Smith und denen, die mit in seinem Wagen gekommen waren, zuerst überraschend, dann komisch erschien, nahm kein Ende. Bis sie den Eingang erreichten und ausstiegen, war die Menge angeschwollen; lächelnd streckten die Leute die farblosen Gegenstände in die Luft. Roland Smith lachte nur noch gezwungen. Überhaupt schien niemand so recht erfreut zu sein. Die Versammlung, obwohl sie lächelte und vergnügt war, hatte sich allmählich zu einem Tumult entwickelt, als Türhüter und schließlich auch Sicherheitspolizisten auf der Bildfläche auftauchten. Da verschwand die Menge plötzlich. Roland Smith, der schweißbedeckt und merklich erschüttert war und mit heiserer Stimme versuchte, die Sache als Scherz abzutun, wurde ins Haus begleitet. Der eigenartige Vorfall könnte in Vergessenheit geraten. Bitte, haltet fest: ich sagte »könnte«.

Die Feierlichkeiten begannen und gingen weiter, dann fingen die Reden an und, oh weh, hörten nicht mehr auf. Wie später berichtet wurde, meinte ein Freund des Genies damals, Mr. Smith sei nicht ganz er selbst, vielleicht habe er einen jener sommerlichen Fieberzustände, zu denen Europäer neigen. Aber Mr. Smith tat auch das mit einem Lachen ab und blieb mannhaft sitzen, bis der Augenblick kam, in dem seine Ehrung der Öffentlichkeit verkündet wurde, die Ruhmesfanfaren ertönten und er aufstand und den Mittelgang hinunterschritt, um die Siegespalme entgegenzunehmen.

»Das wahre Genie«, hatte die Lady auf dem Bombenboulevard gesagt, »wird niemals zu seinen Lebzeiten anerkannt.« (Es muß vermerkt werden, daß sie damit sich selbst meinte. Und ferner ist anzumerken, daß sie trotz ihrer persönlichen Präferenz im Großen und Ganzen mit dem, was sie sagte, recht hatte.) »Denken Sie an Mozart«, pflegte sie zu sagen, und ihre Worte wurden sogar gedruckt. »Ein Armengrab! Aber kaum liegt er unter der Erde, werden ihm Ovationen dargebracht. Er ist tot. Er ist sicher aufgehoben. Also kann man ihm nun unbesorgt Anerkennung zollen. Aber es gibt auch andere Leute«, pflegte sie finster hinzuzufügen, »Leute ohne Verdienst, die man wie Genies behandelt, während sie noch leben. Warum redet man von *ihnen?* Man weiß doch, wer *sie* sind! Während Menschen wie Mozart im Elend starben, sind *sie* die Lieblinge des reichen Pöbels. Es ist eine traurige Wahrheit, daß in dieser Welt Versagen der Stempel des Erfolgs ist.«

Als Mr. Smith seinem Lorbeerkranz entgegenschritt, standen die Leute auf und applaudierten ihm. Er erbleichte, wie einige von ihnen sehen konnten. Als er die Stufen hinaufstieg, stolperte er. Höflich, aber stockend, als sei er sehr nervös, ja beschämt, dankte er für die Ehrung. Dann wankte er von der Bühne und ging schnurstracks zu einem nicht lizensierten Waffenladen. Und am nächsten Tag wurde die silbrig schimmernde Morgenluft von einem Revolverschuß zerrissen.

Hier liegt nun der Schlüssel.

Mr. Smiths Freund, der sich während des Festes über die offensichtliche Schwäche des Genies geäußert hatte, hatte auch gesagt: »Ich habe niemals so viele Frauen auf einmal gesehen, die Elfenbeinschmuck trugen – Armreifen, Haarkämme, Ringe. In der Woche zuvor war eine ganze Lawine von diesem Zeug über die Stadt hereingebrochen – die Hälfte aller verdammten Elefanten im Dschungel muß ihre Stoßzähne weggeworfen haben!« Er hatte, so gab er zu, von dem Überangebot gewußt und war nur deshalb so stark beeindruckt gewesen, weil »das genau das war, was sie draußen in Händen gehalten hatten, wissen Sie. Stücke von Elfenbein. Phantastisch!«

Und so ist es.

Ein *Rakshas* ist ein Dämon, ein Gestaltwandler – jedoch nicht von der Art etwa der *Naga*, die menschlich oder eine Schlange oder eine Variation von beidem sein könnte. Nein. Ein *Rakshas* kann ganz nach Belieben jede Gestalt der menschlichen Spezies annehmen, männlich oder weiblich, jung oder alt, aber ebenso das Aussehen eines jeden Fisches, Vogels, Reptils oder Vierfüßers. Was einen zu der Annahme bringt, nicht wahr, daß ein *Rakshas* im Kern keine eigene Gestalt hat, daß er luftförmig, vielleicht unsichtbar ist – vielleicht überhaupt nicht existiert, wenn er nicht gerade ein anderes Wesen verkörpert. Außerdem ist der *Rakshas* durch das Gesetz des *Dharma* der Menschheit feindlich gesinnt. Obwohl beide, die *Naga* wie die *Rakshas*, Intrigen spinnen, tun es die *Rakshas* in einer niedrigeren, weniger klangvollen Tonart. Sie führen Krieg, versteht ihr? Und wie ich schon erwähnte, der angeheuerte Mann führte in jeder Hinsicht den richtigen Namen.

So weit ich weiß, ist nichts über ihn oder (nun komen wir zur Sache) sie oder es bekannt geworden. Nichts – das heißt, nichts außer dem, was ich euch jetzt erzählen will, meine Lieben. Unter der Annahme natürlich, daß diese neue Runde kühler Getränke euch wieder erfrischen wird und ihr keine dringenden Verabredungen habt.

Den Anteil des Mörders Rakshas bei dem Geschäft

können wir, so denke ich, selbst zu einem so frühen Zeitpunkt erraten. Er (es ist leichter, die männliche Form zu gebrauchen, jedenfalls für den Augenblick) – er war in den dunklen Kreisen, in denen er verkehrte, bekannt für seine Fähigkeit, auf eine Weise zu töten, daß auch nicht die Spur eines Verdachts weder auf den fallen konnte, der ihn gedungen hatte, noch auf ihn selbst. Wie ihr wißt, war in unserem Fall die Waffe des Mörders der Selbstmord.

Der Ausdruck »Mörder« läßt heute und in unserer Zeit an einen Mann oder eine Frau denken, die mit einem Revolver oder, brutaler noch, mit einer Bombe oder einem Messer umzugehen versteht. Es gibt aber auch eine anspruchsvollere Sorte von Killern, die ihre Anonymität wie eine Auszeichnung trägt (um keinen Irrtum aufkommen zu lassen: sie liegen wie die Dämonen mit uns übrigen im Krieg). Zu dieser Gilde gehören die *Rakshas*. Sie bevorzugen keinen bestimmten Schachzug und werden folglich auch nie durch ihn bekannt, wie etwa die großen Maler und die berühmtesten Mörder der Welt schließlich durch ihren Pinselstrich und ihre Signatur bekannt werden. Die Schlachthauselite arbeitet auf ganz andere Weise; sie paßt die Todesart immer der Lebensart ihrer Opfer an. Beispiele dafür gibt es genug. Ein Opfer, das auf Berge steigt, stürzt in den Bergen ab. Ein Flieger-As geht über dem Meer verloren.

Was also in dem ruhigen Leben unseres Genies brachte Rakhas auf die Idee eines nächtlichen Besuchs beim Waffenhändler und eines Exitus' durch einen Schuß in der Morgendämmerung? Und *wie* brachte er es zuwege?

Mr. Roland Michael Smith' Dasein war ein Muster an Unanfechtbarkeit. Er war ein reifer Mann, aber nicht alt; gesund, doch kein Gesundheitsfanatiker; nicht unattraktiv, ohne jedoch ausgesprochen gutaussehend zu sein; weltoffen und abenteuerlustig, aber nicht tollkühn. Bis zu einem gewissen Grade an allen Dingen interessiert, doch nie im Übermaß. Er trank, aber mäßig und nicht ständig. Er hatte weder homosexuelle noch irgendwelche sonstigen ausgefallenen Beziehungen, noch schien er den Wunsch danach zu hegen. Er war einmal verheiratet gewesen und wieder geschieden worden, von einer Frau, die immer noch lobende Worte für ihn fand und ihm durchaus freundlich gesinnt war. Er hatte niemanden beraubt, niemanden bestohlen, niemanden umgebracht. Er hatte nichts mit irgendwie verdächtigen oder illegalen Angelegenheiten zu tun und offensichtlich auch nie die Zeit gehabt, sich in einen Skandal oder auch nur in eine Exzentrizität verwickeln zu lassen, es sei denn in annehmbaren Grenzen. Vor allem aber wies ihn sein schriftstellerisches Werk als einen Mann von starkem Charakter und vorurteilsloser Meinung aus, der jedes Problem von allen Seiten zu betrachten pflegte und der, ungeachtet seines Verständnisses für viele Auffassungen, die er nicht teilte, selbst fest auf der Seite des Guten stand.

Es mag sein, meine Lieben, daß für die Killer-Elite Menschen wie Mr. Smith an sich schon eine Herausforderung darstellen. Wo, oh wo, befindet sich in diesem stillen Wasser, auf dem sich nur winzige unschuldige Wölkchen abzeichnen – eine ehrbare Scheidung, ein gelegentlicher »Kater« –, der stinkende Fisch, den man lachend an die Oberfläche ziehen könnte?

Aber es ist doch das Elfenbein, murmelt ihr. Du hast es uns gesagt. Das Elfenbein!

Ja, ich habe es euch erzählt, und es ist das Elfenbein. Aber ich habe euch nicht gesagt, wieso. Habt Geduld! Ihr werdet es erfahren.

'Ha, die Freude des Geschichtenerzählers! Ich drücke einen Knopf im Gehirn – *et voilà!* Wir sind durch die Zeit zurückgereist. Wir befinden uns jetzt dreieinhalb Monate vor dem Tod des Mr. Smith. Die erste Szene, die etwa zehn oder elf Tage zurücklag – die Anheuerung Rakshas' durch eine eifersüchtige Lady –, will ich übergehen. Sie wurde in der letzten bereits vorweggenommen.

Stellt euch, wenn es euch beliebt, eine Straße zu früher Morgenstunde in einer Stadt etwas weiter nördlich vor, denn das Genie hat mehr als einen Wohnsitz, und zwar sowohl in diesem Land als auch in anderen. Das Schicksal hat es bisher gut mit ihm gemeint.

Das Haus ist nicht prächtig, aber geschmackvoll. Draußen an der hohen Mauer wartet eine jener altmodischen Kutschen, die von einer bedächtigen Mähre gezogen werden, auf Mr. Smith. Eine Reise ist vorbereitet worden; der berühmte Mann wird etwa eine Woche an einem Zufluchtsort in den Bergen verbringen, den er besonders schätzt. Dort wird er, wenn er träumend über ein Nebelmeer zu den fernen Gipfeln hinüberblickt, die wie gefrorene Wolken auf ihm zu schwimmen scheinen, seine Gedanken und Sentenzen ordnen und, obwohl das erst wenige wissen, das letzte kurze Werk seines Lebens schreiben. Das Gepäck ist schon zum Bahnhof gebracht worden. Nun erscheint Mr. Smith, gesund, barhäuptig, weißgekleidet, mit dem gewohnten leichten Lächeln auf dem Gesicht, eine Aktenmappe (mit Notizbüchern und anderem wichtigen Material) und eine kleine Reisetasche tragend. Es ist die Art von Tasche, wie sie der erfahrene Nomade überallhin mit sich führt – ein Behältnis für das absolut Notwendige. Es enthält jene kleinen Dinge, von denen er sich nicht einmal eine einzige Stunde lang trennen kann oder trennen will.

Die Straße ist menschenleer; niemand ist zu sehen bis auf die unvermeidliche Kuh, die umherwandert und Früchte aus des Nachbars Garten frißt. Ach ja, und bis auf einen müßigen Bettler, der jetzt, wie es nicht anders sein kann, zu der Kutsche kommt und die Hand aufhält. Mr. Smith nickt dem Diener zu, der etwas Geld in den geöffneten Handteller legt. Die Kutsche fährt los und rattert davon, der Diener zieht sich zurück. Irgendwo im Garten versucht ein Vogel, seiner Kehle ein paar klare Töne zu entlocken, und der Bettler verschwindet. Die Szene ist beendet. Welche Bedeutung mag sie gehabt haben?

Der Bettler hatte nichts Ungewöhnliches an sich. Dunkelhäutig und schlank, einen Turban auf dem Kopf, verlaust und schmutzig, ein Stück Zitronenschale kauend. Nichts, woran man sich erinnern würde, und doch schlage ich vor, daß wir ihn im Gedächtnis behalten.

Seine Augen zum Beispiel, kalt und dunkel, unergründlich und seelenlos, schienen von Mr. Smith nichts wahrzunehmen außer dessen westlichen Wohlstand. Und doch! Der feste Griff der gepflegten Hand an der ledernen Reisetasche – er mochte selbst einem herumstreunenden Bettler auffallen. Es ist möglich, oder auch nicht, daß ein armer Mann, der den Bezirk schon früher einmal auf der Suche nach einem guten Fang durchstreifte, gewisse Dinge über das Haus und seine Bewohner in Erfahrung gebracht hat, nicht wahr? Vielleicht hatte er, während er in Begleitung von ein oder zwei Kumpanen geräuschlos Reste aus dem Abfallhaufen auflas, gesehen, wie die Lichter hinter den Vorhängen an und ausgingen – vielleicht waren die Vorhänge auch nicht vorgezogen gewesen. Und er mochte gesehen haben, wie die

Dinge, verschwommene winzige Schemen der menschlichen Natur, allmählich Form annahmen … Irgend etwas. Nehmen es nur einmal an. Und nehmen auch einmal an, daß da andere Bettler waren, andere Leute, die vorüberkamen und bis zur Stunde nichts von Interesse bemerkt haben.

So nimmt der Himalaya, dieser wunderbare, himmlische Traum, Roland Smith gefangen und bemächtigt sich des Künstlers ewigen Drangs, umzugestalten, was dessen gar nicht bedarf, ihm eine neue Form zu geben.

Spät in der Nacht kehrt das Genie in seine nördliche Stadtresidenz zurück, diesmal mit dem Wagen. Licht erhellt die Fenster. Auf der Rückreise ist nicht viel passiert. Lediglich, daß auf dem Gang des Zugs jemand gegen Mr. Smith stieß und dieser später feststellte, daß ihm ein Schreibstift, den er achtlos in die Jackentasche gesteckt hatte, fehlte. Der Stift war nicht sehr wertvoll. Mr. Smith verbuchte seinen Verlust als ein Dankgeschenk an die Götter. Denn er ist zufrieden mit seinem Ausflug und seiner Ernte. Man ist ihm an viele Orte hier im Norden gefolgt, und man wird ihm auch an die Westküste folgen, wenn er dorthin zurückkehrt. (Aber es gibt Gefolgsleute und Verfolger. Und es gibt überall Bettler!) Nein, auf der Rückreise war nichts Besonderes geschehen.

Am nächsten Tag spricht ein junger Schüler, hellhäutig, mit einem Anflug von Akne auf der Stirn und klugen, unschuldigen Augen im Hause vor und wünscht Mr. Smith zu sehen. Er wird in einen Raum geführt, der vollgestopft ist mit Büchern, Schreibmaschinen und Antiquitäten: Büro und Arbeitsraum des großen Mannes. Hier gibt ihm der Schüler in augenfälliger Ehrerbietung den im Zug abhandengekommenen Schreibstift zurück.

Wie es scheint, hatte er gesehen, wie der Stift auf

den Boden fiel, ihn aufgehoben und als willkommenen Vorwand benutzt, um seinem Idol zu begegnen, das er nach Fotographien auf Buchhüllen wiedererkannt hatte. Das Englisch des Schülers ist perfekt und seine Sprechweise hervorragend, wie die eines Schauspielers. Mr. Smith ist entzückt, wenn auch wachsam, wie es ein hohes Tier gegenüber seinen Anhängern sein muß. Sie unterhalten sich über Literatur im allgemeinen und Mr. Smith' Literatur im besonderen, und Mr. Smith, der wohl weiß, daß er gegen Schmeichelei nicht immun ist, gestattet dem jungen Mann, zum Kaffee zu bleiben, und zeigt ihm sogar einige interessante Dinge, einen Frühdruck von Shakespeare, einen Buddha aus Jade, ein Stück Rajput-Gold. Den Inhalt einer schwarzen Schachtel jedoch, die kaum größer ist als eine Konfektdose, bekommt der Besucher nicht zu Gesicht. Diese Schachtel hatten der Bettler und sein Kumpan am Vorabend der Reise in die Berge gesehen, als sie kurz vor Mitternacht in ein Stück Stoff gewickelt – als wäre sie heiß – von Mr. Smith persönlich in der Reisetasche verstaut worden war, die der Diener bereits vor Stunden gepackt hatte. In der Tat, ein Geheimnis. Daß die Schachtel mit Mr. Smith wieder zurückgekommen war, ist bekannt. Hatte sich Mr. Smith nicht einmal im Waschraum des Zuges eingeschlossen und einen Blick in die Schachtel geworfen? (Das Türschloß war defekt, und ein alter Mann war auf der Suche nach einer Ecke zum Schlafen hereingestolpert.) Und war die Schachtel nicht nach der Rückkehr wieder ausgepackt und im Schutz der Dunkelheit irgendwo versteckt worden?

Bitte, beachtet nun, wenn es euch beliebt, den netten Schüler, der allem seine größte Aufmerksamkeit schenkt: jedem Wort, jeder Geste, jedem Tropfen Kaffee. Hingerissen von unserem Genie, entgeht ihm jedoch nichts, nicht einmal die Richtung, in der sich die Fenster öffnen. Als er das Haus verläßt, glänzen seine Augen vor Liebe. Mr. Smith ist gerührt und glücklich, ihn so leicht und angenehm losgeworden zu sein.

Zwei Abende später gibt Roland Michael Smith ein Essen. Während die eine Hälfte des Hauses in helles Licht getaucht ist, liegt der Arbeitsraum im Dunkeln. Ein Schatten dringt ein. Samtweich, glatt wie Öl, gleitet er über die Möbel. Von seinem früheren Besuch weiß er, wo jedes Ding seinen Platz hat. Durch genaue Beobachtung weiß er außerdem, welche Teile des Raumes, der Schreibtisch, die Schubladen, das Regal, der Schrank, stets sorgsam gemieden worden waren.

So wendet der Schatten seine Aufmerksamkeit diesen Teilen zu. Und schließlich gräbt er, ohne die Manuskripte, die Jadefiguren und das Gold zu beachten, aus einer Truhe, in der sie sorgfältig unter unwichtigen Papieren und Akten versteckt war, die schwarze Schachtel aus. Nicht einmal jetzt wird ein Streichholz angezündet. Geschöpfe der Dunkelheit sehen im Dunkeln, meine Lieben.

Die Schachtel ist verhältnismäßig leicht, Zinn vielleicht, und mit schwarzem Filz überzogen. Nachdem Rakshas, der Schatten, den Verschluß geöffnet hat, findet er eine zweite Schachtel in der ersten, aus dünnem Holz und mit einem Vorhängeschloß versehen. Damit wird er schnell fertig. Und stößt auf eine dritte Schachtel. Ah, das ist wie ein Puzzle-Spiel. Oder gleicht es mehr den ineinander gestapelten bleivermantelten Kontainern, in denen radioaktive Isotopen aufbewahrt werden? So gefährlich? Rakshas überwindet einen dritten Verschluß und öffnet die innerste Schachtel, die nur aus Karton besteht. Jetzt muß er mit den Fingerspitzen sehen, nur durch Berührung und mit Katzenaugen und im hauchzarten Sternenschimmer, der durch den Fensterspalt dringt. Farblose Splitter liegen in der letzten Schachtel, klein und glatt. Man kann sie anfassen und in die Hand nehmen. Rakshas überprüft sie und legt sie dann wieder genauso hin, wie sie vorher gelegen haben. Dann schließt er jede Schachtel wieder, in der richtigen Reihenfolge. Er stellt das Ganze an seinen Platz zurück und häuft die Papiere wieder darüber. Offensichtlich sind sie schon oft so fortgenommen und wieder zurückgelegt worden und ordnen sich jetzt wie von selbst. Kein Zeichen bleibt, daß jemand daran gerührt haben könnte außer dem, der das Recht dazu hat.

Als vom Speisezimmer Gelächter und das helle Klingen feiner Gläser herüberdringen, schlüpft der Schatten aus dem Fenster in die Dunkelheit, und das Fenster schließt sich.

»Ich glaube, ich habe etwas in Ihrem Garten herumschleichen hören«, bemerkt einer der Gäste beim Nachtisch. »Schakale, fürchte ich.« Sonst nichts, und der Schatten gleitet davon.

Bei jedem wissenschaftlichen oder künstlerischen Bemühen sind viele Versuche, Beobachtungen, experimentelle Verfahren erforderlich; sie wiederholen sich ständig und bleiben unbelohnt. Ich nehme für mich das Privileg des Geschichtenerzählers in Anspruch und lasse dergleichen unerwähnt. Es mag genügen, daß sie durchgeführt wurden, diese auf gut Glück unternommenen Versuche, die fruchtlos blieben. Ich komme zu denen, die erfolgreich waren.

Auf dem Feld spielen ein Europäer und eine Dravida Tennis. Die Dravida gewinnt überlegen und erhält Applaus. Man hat Wetten abgeschlossen und beeilt sich jetzt, sie mit Getränken einzulösen. Der Verlierer ist entzückt, daß jemand den Wunsch äußert, *ihm* einen Drink zu spendieren.

»Diese Sitali ist ein Teufelsweib. Ich fange an, blind zu werden. Schlimm, wenn man mit fünfunddreißig blind wird!«

Der andere, der dänischer Abstammung zu sein scheint, blond, mit geröteter Haut und in der Hitze schwitzend, stimmt zu. Der Däne ist gut genug angezogen und erzogen, um in diesem privaten Klub zugelassen zu sein, aber auch nur gerade so. Er hat den Blick eines westlichen Suchers nach Erleuchtung, den viele wie den Biß eines tollwütigen Hundes fürchten gelernt haben. Der Europäer, der das eine Spur zu spät gemerkt hat, überlegt bereits, wie er entkommen kann, während er sein Freibier hinunterschüttet.

»Ich muß gehen und zusehen, daß ich ein Revanchespiel verabrede«, erklärt er, und um der Sache die Schärfe zu nehmen, fährt er fort: »Natürlich hätte sie den alten Rolling nicht schlagen können. O nein!«

»Rolling?« fragt der Däne.

»Ach, ein blöder Spitzname. Roland M. Smith.« Unseligerweise muß er jetzt seine Flucht hinauszögern. Ein Eigentor!

Der junge Däne schaut verständnislos.

»Ein Autor, Romane, Kurzgeschichten«, erklärt der Europäer und sieht ihn scharf an; der Versuch, Eindruck zu schinden, und damit keine Wirkung zu erzielen, kann manchmal peinlich sein. »Bin recht gut mit ihm bekannt.« Der Däne starrt. Der Mann, der Eindruck schinden wollte, kann es nicht dabei bewenden lassen, er zappelt am Haken.

Nach einer Pause sagt Rakshas, wie er es jetzt sicher schon dreißigmal auf dreißig verschiedenen

Tennisplätzen getan hat: »Ein Mr. Smith, der Elfenbein sammelt?«

Entgeistert sinkt der Tennisspieler wieder auf seinen Stuhl zurück. »Elfenbein? Rolling? Das hätte ich nie gedacht ... obwohl ...«

Für jemanden, der die Wege des Menschen im Hauptfach studiert, ist dies ein klassischer Fall. Der Tennisspieler ist gerade vor Zeugen von einer reizenden jungen Frau geschlagen worden, deren leibliche Vorfahren die Diener seiner Ahnen gewesen sind. Nun hat der Verlierer erklärt, eng mit einem großen Mann befreundet zu sein; sollte dieser verdammte, seinen Guru suchende Däne vielleicht etwas über Mr. Smith wissen, was dessen guter Bekannter nicht weiß? Er muß sofort beweisen, daß er über alles im Bilde ist.

»Nun ja, in aller Offenheit, ich habe nie Elfenbein in seiner Wohnung gesehen, weder hier noch in seinem Haus in Delhi oder in ... in ... Tja. Großer Mangel an Elfenbein zur Zeit. Ich dachte, er sei ein Liebhaber von Jade. Und er hat ein paar hübsche Stücke in Gold und ein oder zwei in Bronze. Andererseits erinnere ich mich, ihm einmal eine Elfenbeinschnitzerei gezeigt zu haben, die ich ergattert hatte. Er reagierte ziemlich eigenartig, muß ich sagen. Dachte mir, daß ich da wohl an ein besonders gutes Stück geraten war.«

Am anderen Ende der Bar wird Sitali gefeiert. Der Däne bestellt neue Getränke. Er glaubt, eine von Roland M. Smith' Geschichten gelesen zu haben. Leider hat er sie nicht verstanden.

»Oh, ein enorm tiefsinniger Mann, Rolls!«

Endlich zeigt sich der Däne beeindruckt. Washly, der Tennisspieler, geht zu Whisky über, und später, viel später, fahren die beiden in die wolkenlose, dunkelblaue Nacht hinaus, die mit grünlich leuchtenden

Straßenlampen wie mit glitzernden Perlenschnüren gesäumt ist.

Nachdem sie geräuschvoll Victoria Station bewundert, einen fragwürdigen Film angesehen und lauthals kritisiert haben und deshalb mit ein paar betelspuckenden Bengalen handgemein geworden sind, erreichen sie schließlich die Wohnung des Tennisspielers. Wie es zu alledem kam, darüber ist sich dieser nicht sicher. Immerhin hat sich der Däne im Sturm als kein schlechter Freund erwiesen. Als sie sich den Rest der Nacht um die Ohren schlagen, stößt der Tennisspieler auf die kleine Elfenbeinschnitzerei.

»Sehen Sie? *Sehen* Sie? Das war sie. Es gibt sie noch.«

Dann erzählt er die Geschichte bis ins kleinste Detail, und die lange vergeudete Nacht findet ihre Rechtfertigung.

Stolz auf seinen Fund (der in Wirklichkeit nicht besonders wertvoll ist, wie auch Mr. Smith' gutgehütete Sammlung ohne übermäßigen Wert ist), hatte der Tennisspieler seine Antiquität Rolls unter die Nase gehalten, sie ihm geradezu aufgedrängt, als Rolls zu zögern schien. »Was glauben Sie?« hatte ihn der Tennisspieler gefragt. Roland Smith hatte das Elfenbeinstück hingelegt und sich zurückgezogen. Blut war ihm in die Wangen gestiegen, nervös hatte er nach Worten gesucht und schließlich einen verbalen Angriff auf Artefakte gestartet, der mit Elfenbein nicht das Geringste zu tun hatte. »Er zitterte«, erzählte der Tennisspieler, noch in der Rückerinnerung fasziniert, »er zitterte am ganzen Körper wie das sprichwörtliche Espenlaub. Dann verließ er das Zimmer. Wie … wie … na, einfach so.« Verwundert und besorgt – »Dachte schon, er fühlte sich vielleicht nicht wohl!« – hatte der Tennisspieler vom Fenster aus zugesehen, wie Rolling die Straße überquerte. Es war Mittag gewesen und entsetzlich heiß. »Wie ein Hase lief er davon, erinnere ich mich. Da hinunter, sehen Sie! Da drüben hin.« Und sie blicken hinaus über das Lichtermeer der Stadt, hinüber zu drei eng beieinanderstehenden Türmen, die direkt aus New York importiert zu sein scheinen.

»Noch ein Schluck? Ich habe hier irgendwo noch einen Martell.«

Fünf Minuten später läßt Rakshas eine weinbrandgeschwängerte Rede über Transzendentalismus vom Stapel und wird vor die Tür gesetzt, als der Morgen graut.

Nebel und Schatten, Bettler und scherzende Straßendirnen, Moslems, die dem Schrei des Muezzin folgen – sie bleiben Mr. Smith auf der Spur, im Norden wie im Westen, ungesehen oder von ihm selbst nur nicht mit seiner Person in Verbindung gebracht. Und eines Tages sieht ein wohlbeleibter Brahmane, daß Mr. Smith ein bestimmtes Appartement in einem modernen vielstöckigen Häuserblock in der Nähe der Bucht betritt. Genau genommen in dem dritten der drei Häuserblocks, die man von der Wohnung des Tennisspielers aus sehen kann.

So fließen Honig und Gold ineinander, das Wasser der Flüsse ins Meer. Habt ihr euch nie an Geduldspielen ergötzt, meine Lieben, und das Vergnügen gekostet, das den logisch denkenden Geist überkommt, wenn zwei ungleiche Stücke sich plötzlich zu einem zusammenfügen? *Also!*

Das weiße Gebäude ist modern, das Appartement supermodern. Doch wenn sich die Tür öffnet, weist das Ambiente deutliche Anzeichen eines ausgeprägten Vatsyayanismus auf. Viele der ausgewählten Wenigen, die hier eintreten, kommen, weil sie Ausländer sind.

Die in einen fließenden Sari gehüllte Dienerin verneigt sich leicht, mit dem Stolz einer Prinzessin. »Sie haben keine Verabredung«, tadelt sie höflich auf Englisch. Der Ankömmling ist wahrscheinlich ein Aristokrat, reich, weltmännisch, in einem anderen Land erzogen und gutaussehend. In seinen schwarzen Augen flammen schwarze Lichter auf, und er murmelt in reinem Oxfordakzent: »Leider nicht. Aber ich bin durch einen Freund empfohlen.«

Wenig später nimmt der gutaussehende Radscha in einem Raum Platz, in dem er umgeben ist von traumhaften erotischen Figürchen, weichen Kissen und Weihrauch. Von einem Plattenspieler dringen die leisen, sanften Klänge eines *Sitar* herüber, doch als die Dame des Hauses eintritt, trägt sie westliche Kleidung, ist nach westlicher Art geschminkt und duftet sogar nach Chanel, um dem vermutlichen Geschmack des Gastes zu entsprechen.

»Und wer ist Ihr Freund, der mich Ihnen empfohlen hat?« fragt sie diskret lächelnd.

»Roland. Mein sehr lieber Freund Mr. Smith. Ich bin nur für einen Tag in der Stadt, dann muß ich weiter in den Süden. Es war ein plötzlicher Einfall. Wenn es nicht genehm ist ...«

»Oh, durchaus. Es ist mir ein großes Vergnügen.«

Die Schöne klatscht in die Hände, deren lange Nägel braun gefärbt sind. Eine winzige goldene Blume, kaum größer als eine Sommersprosse, glitzert an ihrem linken Nasenflügel. Ausgezeichnete Speisen werden serviert und starke Getränke. Als der Nachmittag zu Ende geht, ist die junge Lady, die sich Devadasi nennt, hoch zufrieden. Der neue Kunde ist zuvorkommend und aktiv, verlangt nichts

Abstoßendes oder allzu Zeitraubendes, und ist obendrein über alle Maßen großzügig. Sie hofft, daß er sie wieder beehren wird, und er scheint auch die Absicht zu haben. Er läßt durchblicken, daß er Beziehungen zur Filmindustrie hat. Obgleich das der älteste Trick der Welt ist oder doch der älteste seit Erfindung des Films, ist Devadasi in diesem Augenblick geneigt, ihm zu glauben. Sie hat alles in ihren Kräften Stehende getan, um ihn glücklich zu machen. Und er scheint glücklich zu sein. Die hingeworfene Fragen, die Roland Smith betrafen, den er offensichtlich gut kennt, hat sie beantwortet. Das war nicht weiter schwierig, denn Mr. Smith ist ein seltener Besucher, höflich, geradeheraus in seinen Bedürfnissen, ein großzügiger und geschätzter Kunde. Er hat sogar das Privileg, ohne Anmeldung zu kommen, ein Privileg, das Devadasi klugerweise nur selten gewährt und das Mr. Smith nicht oft in Anspruch genommen hat. Ja, natürlich, es ist bloß, daß der Radscha aus Hollywood sehr besorgt um die Gesundheit seines Freundes ist. Der junge Mann vertraut darauf, daß sie seinem lieben Freund nicht erzählen wird, daß er sich nach ihm erkundigt hat, das würde ihn nur beunruhigen ... Es mit guter Kundschaft zu verderben, ist etwas, das Devadasi sorgsam vermeidet. Sie nimmt taktvoll eine Extrabelohnung entgegen und wird schweigen. Wenn sie einen gutaussehenden vornehmen Liebhaber ihres eigenen Blutes höher einschätzt als einen nur literarisch bedeutenden Fremden, so kann man ihr daraus keinen Vorwurf machen.

Nun, all dies ist schön und gut, eine außerordentlich ansprechende Szene, die wir heimlich mitangesehen haben: die hübsche Lady in ihrem weißen Turm und die *Koftas* und Wohlgerüche und die Vereinigung des Löwen mit der Schlange auf einem weichen

Lager. Aber was soll das Ganze bedeuten? Was haben wir erfahren? Was hat der scheußliche Rakshas erfahren? Versuche ich lediglich, euch zu verwirren, euch hinzuhalten und zur Verzweiflung zu treiben, meine Lieben? Ganz und gar nicht!

Mr. Smith war nach seiner überraschenden Reaktion auf das Stück Elfenbein zu Devadasi geeilt. Und doch ist es für jemanden, der sich mit Menschen auskennt, offensichtlich, daß die charmante Hetäre nichts Schlimmes oder Gesetzloses in ihrer Verbindung zu Mr. Smith sieht. Seine Bedürfnisse in der Liebe sind »geradeheraus« – er langweilt, aber beleidigt nicht. Es scheint keine anderen Bindungen zu geben, kein verbrecherisches Element aus der Vergangenheit, das mit Elfenbein zusammenhängt und ihn in ihren weißen Turm treiben könnte. Welche Absicht auch immer der Verbindung zwischen Roland Smith und Devadasi zugrunde liegen mag, sie weiß davon offenkundig nichts.

Was den betreffenden Tag angeht, ja, sie erinnert sich an seinen Besuch und hat Rakshas davon erzählt, ihren hübschen neuen Kunden. Aber nein. Mr. Smith war nicht krank gewesen. Aber nein, er schlug sich mit keinerlei Ängsten herum, von denen sie etwas bemerkt hätte. Und während sie sprach, gab sie sich zu erkennen, wie die meisten von uns es tun. Rakshas erkannte, daß sie wirklich keinerlei Befürchtungen im Hinblick auf jenes Zusammentreffen hegte. Rakshas hat oft mit listigen und verschlagenen Menschen zu tun, und er weiß, daß dieses »Tempelmädchen« nicht dazu gehört.

Nachdem er sie freigiebig mit dem Geld der anderen Lady, jener eifersüchtigen Lady vom Bombenboulevard, bezahlt hat, verwandelt er sich in einen häßlichen Menschen ohne materiellen Wohlstand, streift umher und erfährt von denen, die sie kennen, viel über Devadasi. Allerdings ist nichts davon besonders nützlich. Bis dann endlich doch ein winziger Aspekt des Spiels den Kreis schließt. Einer der Informanten, der unter einem schattigen Baum hockt und Pan kaut, bemerkt nebenbei: »Die Kleine hat jetzt großes Glück. Ein berühmter Meister im Filmgeschäft! Und nun wird sie die Rote Mutter befragen, wie sie es stets tut, wenn Glück oder Unglück sie trifft.«

Wie es scheint, ist Devadasi abergläubisch. Anscheinend hat die vorgetäuschte Person, die sie besuchte, der hübsche junge Herr, der in Wahrheit Rakshas der Gestaltwandler war, sie in einen Rausch von Optimismus gestürzt. Und jetzt wird sie mit dem Bus hinaus in die Wildnis fahren und zu einem Dorf gehen, das ich Niedertür nennen will (genau so nannte es der Informant durch die betelkauenden Zähne hindurch), um dort eine Hexe zu befragen.

Hier muß ich eine Pause einlegen, um euch etwas zu erzählen, was möglicherweise den Klugen unter euch offenkundig ist. Rakshas, der einen großen Teil dieser Geschichte damit zugebracht hat, sich wie ein Chamäleon zu verwandeln, herumzuspionieren und zu verfolgen, um die Mittel in die Hand zu bekommen, mit denen Roland M. Smith vernichtet werden kann, hat noch etwas anderes fertiggebracht. Es ist eine Binsenwahrheit, daß ein Schriftsteller in seinem Werk viel von sich selbst preisgibt, und je besser der Schriftsteller, so wird behauptet, desto mehr gibt er preis. Das geschieht unbewußt, wenngleich bewußte Gedanken manchmal der *Verschleierung* dienen. Ihr werdet zum Beispiel in den Büchern von Mr. Smith vergeblich nach einem Wort über Elfenbein suchen. Andererseits tauchen darin regelmäßig Einzelheiten aus seinem Leben auf, wenn auch hin und wieder getarnt. Devadasi tritt darin sogar in den Rollen drei verschiedener und, oberflächlich gesehen, einander ganz unähnlicher Hindu- und Urdu-Frauen auf, von denen jede mehr oder weniger in einem hohen weißen Turm lebt, und rein wie ein *Lingam* ist. Natürlich hat Rakshas Mr. Smith' Werke mit großer Aufmerksamkeit gelesen. So war er imstande, jede Art von Schlußfolgerung sehr viel rascher zu ziehen, als es sonst möglich gewesen wäre – bis hin zu der Geschichte, die er zu erzählen gedachte, wenn sich ihm die Tür des weißen Appartements öffnen würde.

Nun weiß er noch etwas anderes. Da er eine sehr berühmte Geschichte gelesen hat, deren Titel ich nicht zu nennen brauche, weiß er, daß Roland Michael Smith die Hexe von Niedertür kennt, zu der Devadasi sich gerade so eilig begibt. Die Hexe hat einen Tropfen irisches Blut und ihr Haar ist rot. Deshalb und wegen ihrer Künste wird sie Laal Ma – die Rote Mutter – genannt. Sie lebt, zugleich gemieden und angesehen, auf einem Hügel eine halbe Meile vom Dorf entfernt. Ja, ja, wieder dieses kleine Lächeln! Einige von euch verbindet, wie ich bemerke, eine literarische Bekanntschaft mit ihr.

Devadasi, die sich selbst gewissermaßen ebenfalls als Chamäleon erweist, besteigt in einem billigen Baumwollkleid den Bus und unternimmt ihre Reise zwischen Bettlern und Körben voller Hühner.

Rakshas folgt ihr in aller Ruhe. Der Informant unter dem Baum hat genügend Hinweise gegeben.

Die Kurtisane der Götter wird am Nachmittag bei Laal Ma vorgelassen, nachdem sie ihre Gabe ausgehändigt hat. Stellt euch jetzt die Hütte auf dem Hügel vor – von der man sich denken könnte, sie sei der Rest eines versunkenen *Stupa* (aber wer würde es schon wagen, die Hexe zu verjagen, um das herauszufinden?). Rundum zieht sich das Land wellenförmig hin, und in den Baumkronen zwitschern Scharen von Vögeln. Auch ein stetiges Klopf-Klopf ist zu hören, wie von einem fremden Vogel, doch ist es nur das Geräusch, das die Frauen des Dorfes machen, die an einem schmalen Wasserlauf ihre Wäsche auf den Steinen schlagen. Aus der Hütte dringen andere Laute: Töpfe, die klappern und scheppern, das Geräusch flatternder Flügel, ab und zu der Singsang der alten Frau und das Gegacker von Hennen, die wie betrunken erscheinen.

Dann kommt Devadasi heraus. Tiefe Ränder liegen um ihre Augen, sie wankt leicht hin und her, noch benommen vom *Bhang.* Sie eilt den von Laal Mas Kunden ausgetretenen Pfad hinunter, um den nächsten lärmenden Bus zurück in die Stadt zu erreichen. Es muß angemerkt werden, daß die junge Frau über die Neuigkeiten, die ihr die Hexe mitgeteilt hat, nicht glücklich zu sein scheint. Das läßt bereits jetzt vermuten, daß das rothaarige alte Weib, das Mr. Smith in seiner Geschichte als eine gewöhnliche Betrügerin hinstellt, doch über einige Fähigkeiten verfügt.

Nachdem die zarte Devadasi verschwunden ist, herrscht Stille in der Hütte. Eine halbe Meile entfernt geht das Klopf-Klopf weiter, und manchmal ist das Bellen eines Hundes zu vernehmen. Auch den Bus hört man; zu einer Miniatur zusammengeschrumpft, wird er in der Ferne sichtbar, ein weißer Kometenschweif aus Staub.

Dann leuchtet mit einemmal die Abendsonne topasfarben auf, um alsbald in der Dunkelheit zu versinken.

Nach einer Weile tritt die Rote Mutter aus ihrer Hütte und zündet zu beiden Seiten des Hügelkamms Fackeln an. Die hell lodernden Flammen zeigen, daß sie zu ihrem nächtlichen Tun bereit ist. Manchmal trägt es Früchte. Einmal, so wird erzählt, blieben junge Leute, die von einer Hochzeitsfeier zurückkamen, auf dem erleuchteten Pfad stehen und riefen ihr Schimpfworte zu; da erschien Laal Ma und verfluchte sie. Keiner von ihnen war am Ende des Jahres noch am Leben; sie starben während der wilden Regennächte oder bei Autounfällen. Man muß immer wissen, wen man beschimpft! Jetzt steht die Rote Mutter allein im Licht der Fackeln unter den Bäumen und schaut in das klare Dunkel vor Mondaufgang hinaus. Anscheinend erwartet sie, daß die Schatten zum Leben erwachen. Aber nur ein Schakal heult, dann ein zweiter. Vielleicht weil sie der Hexe ansichtig geworden sind.

Sie bietet ein interessantes Schauspiel. Gedrungen wie ein Frosch, in verfilzte Lumpen gehüllt, aber mit Goldschmuck behangen, den zu stehlen niemand den Mut aufbringen würde. Gold auf den dicken Brüsten, an den Armen und Fingern, Gold an den Ohren. Ihre Haut ist hell, Anteil ihres irischen Erbes, aber ihr rotes Haar ist das Produkt eines Färbemittels. Um ihre wilden Augen, halb irre, halb durchdringend, sind schwarze Kreise gezogen. Sie bleckt die schadhaften Zähne. Und spricht in die Nacht hinaus: »Komm, wenn du bereit bist.« Dann zieht sie sich aus dem Schein der Fackeln in ihre Hütte zurück. Und wieder ist das Schlagen der Karten zu hören. Sie benutzt nicht das aus dem Westen importierte Blatt. Die Rote Mutter hält es mit den *Khavtis*, jenem hybriden griechisch-ägyptischen Spiel, vor dem sich zu fürchten geraten ist. Ja, sie ist genau, wie Roland Smith sie beschrieben hat, nicht wahr? Und auch die Hütte mit der viktorianischen Öllampe, der aufgestauten Düsternis und den schlechten Gerüchen, die sich mit dem Dunst des *Bhang* mischen, den sie trinkt. Bis hin zu dem seltsamen Vogel, der in seinem

Käfig über ihrem Lager hockt, manchmal mit den Flügeln schlägt und damit seine kleine Welt in Schwingung versetzt, aber nie ein Wort spricht. Der Vogel heißt Siva, wegen der blauen Ringe um seinen Hals, ein Name, den Mr. Smith geändert oder falsch verstanden hat, meine Lieben, denn er nannte ihn beziehungsvoll *Nilakantha!*

Nun erinnert euch daran, daß Laal Ma die Dunkelheit beschworen hat: *Komm, wenn du bereit bist.* Und jetzt kommt etwas herbei. Schatten durchdringt den Schatten, gleitet zwischen den Fackeln herauf, schreitet die Flanke des *Stupa*-Hügels empor. Steht auf der Schwelle.

Es ist aber nur die Silhouette eines jungen Mädchens; sie ist fast noch ein Kind, wie Devadasi in billige Baumwolle gekleidet, das lange Haar fällt ihr tief über den Rücken.

Laal Ma schaut sie an. Nur ein einziges Mal. Dann wendet sie den Blick ab und betrachtet die Karten auf dem Lehmboden.

»Du bist es also.«

»Ja, ich«, bestätigt Rakshas und setzt sich vor sie auf den Boden.

Laal Ma kennt Rakshas nicht; weiß sie etwas über ihn? (Über sie, über es?) Und wenn, in welchem Zusammenhang steht dieses Wissen? Denn die Hexe, die davon überzeugt ist, daß sie mit bösen Geistern kommuniziert, glaubt, daß jetzt einer von ihnen bei ihr ist. Gegen die Lampe zeichnet sich das Mädchen nur als ein Schatten ab. Aber Laal Ma kann, wenn sie hinschaut, den Schein der Lampe auf einem Gesicht erkennen. Deshalb schaut sie nicht hin.

Die Karten fallen. Es trifft den Betrachter wie ein Schlag von einer unheildrohenden Hand: hier ein Engel der Finsternis, dort einer aus den Tiefen, zwischen ihnen die Wilden Tänzer und ein Turm, der zusammenstürzt.

»Ich habe dir etwas mitgebracht«, sagt Rakshas und hält ihr Geld hin.

»Nein. Nichts, nichts ...!« zischt Laal Ma und starrt auf ihre Karten.

»Nimm!«

Da sie es nicht tut, wird die Gabe neben sie auf ihr Lager gelegt. Dann läßt der Vogel seinen Käfig ausschwingen und Laal Ma sagt: »Ich werde dir dienen. Was willst du?«

»Ein reicher Europäer kam zu dir, erinnerst du dich? Devadasi hatte ihm von dir erzählt.«

»Manchmal kommen welche.« Laal Ma lacht in sich hinein und greift nach einem Schluck *Bhang*, nimmt ihn dann aber doch nicht.

»Er sah so aus«, fährt Rakshas fort und beschreibt Roland Smith so genau, wie man es von ihm ... von ihr erwartet. Dann weiter: »Hatte seine Frage mit Elfenbein zu tun?«

»Aber das ...«, erwiderte Laal Ma rasch, »das sollte ich eigentlich nicht wissen!«

»Wie hast du es angestellt? Wie mit der Hure?«

»Ja. Hast du es gesehen?«

Ob er (oder sie) es nun gesehen hat oder nicht, jedenfalls weiß Rakshas Bescheid. Der Vorgang wird in Mr. Smith' Kurzgeschichte beschrieben. An jener Stelle geht es um eine Europäerin, die ihr verlorenes Kind sucht. An jener Stelle wird auch berichtet, daß es der Roten Mutter an jeder wirklichen Fähigkeit gebrach, daß sie eine miserable Geschichte erfand und daß ihr Versagen auf seltsame Weise Bestätigung fand. Ich möchte aber für diejenigen unter euch, die diese grausige kleine Geschichte nicht gelesen haben, hinzufügen, daß das verlorene Kind, das die Frau suchte, in einem früheren Leben gestorben war.

»Endlos beweine ich ein Kind, das dahingegangen ist und das ich doch nie geboren, nie empfangen habe.« Denn Laal Ma legt nicht nur die Karten, sondern beschwört auch Bilder und Zeichen vergangener Leben. Es ist möglich, daß manche Ängste und Sorgen ihre Wurzeln nicht im gegenwärtigen Körper haben, sondern in einer früheren Existenz, zwei oder vier Jahrhunderte zuvor: *Karma.* Obwohl Mr. Smith die Hexe verdammt, respektiert er doch die Achtbarkeit einer solchen Annahme und schreibt alles genau nieder. Dadurch läßt er sie in einem noch schlechteren Licht erscheinen, denn er stellt sie als eine Schwindlerin dar, die sich der Mittel einer Wahrheitskosmetik bedient, um daran zu verdienen. Er war zweifellos sicher, daß Laal Ma nie erfahren würde, was er geschrieben hatte. Sie spricht zwar stümperhaft Englisch, kann aber nicht einmal in ihrer Muttersprache Hindi lesen, geschweige in einer anderen.

Jedenfalls ist seine Attacke auf die Dorfhexe vernichtend. Das Gift, das er verspritzt, läßt selbst uns vermuten, daß er ihr eine Frage gestellt und eine Antwort erhalten hat. Hier liegt das Problem seines Lebens, das Elfenbeinproblem, wenn wir es auch noch nicht erklären können. Es scheint, daß er in seinem Glauben an die Wiedergeburt, dem er bekanntlich huldigte, über sich hinaus forschte, über Roland Michael Smith hinaus, nach denen, die er einmal *gewesen* war. Nach einem, der vielleicht den Schlüssel besaß. Seine Suche muß etwas Verzweifeltes an sich gehabt haben. Seine Geschichte ist ganz durchtränkt von dieser Verzweiflung, auch wenn sie darin einer anderen Ursache, nämlich einer jungen Frau zugeschrieben wird, die in ihrer Not zu der Hexe kommt.

Ja, man darf wohl sagen, daß die Sache mit dem Elfenbein eine tiefgreifende Wirkung auf die scheinbar ruhigen Tage und Nächte des Genies gehabt hat.

Und auch, daß er selbst sie eigenartigerweise *nicht verstanden* hat. Daß er eine Antwort erhielt, steht fest, und zwar eine Antwort, die den Kern traf. Warum hätte er sich sonst hinterher veranlaßt sehen sollen, seine Spur zu verwischen, indem er die Sybille in zweifelhaftem Licht erscheinen läßt, selbst vor denen, die niemals erfahren werden, daß sie wirklich existiert?

Jetzt erzählt Laal Ma, immer noch unverwandt auf die *Karthis* auf dem Boden starrend, ihre Geschichte von Mr. Smith.

Anscheinend kam er mitten in der Nacht, nachdem er den langen Weg mit dem Wagen gemacht hatte. Er war ziemlich betrunken und außer sich, völlig außer sich, wie nur Abendländer außer sich geraten können, als ob er gegen eine Fessel ankämpfe. Devadasi hatte ihm einmal von der Roten Mutter und ihrem Gewerbe erzählt. Jetzt will er sich ihrer Macht anvertrauen, wie wir uns dem Chirurgen anvertrauen müssen, der unseren Körper öffnet.

Er überschüttete sie mit Geld und dann mit einer verworrenen Rede, die ihm Gewißheit darüber verschaffen sollte, daß er ihren Geistern, ihren Göttern oder wer immer es sein mochte, der ihm Antwort gebe, seine Frage *wortlos* stellen konnte.

Für dergleichen hat Laal Ma ihre besonderen Methoden. Die geheime Frage wird niedergeschrieben – die Sprache spielt dabei keine Rolle, es kann auch in Bildern sein –, und dann wird das Papier (manchmal ist es nur eine leere Zigarettenschachtel oder ein welkes Blatt) verbrannt.

Man kann sagen, sie greift die Frage durch Telepathie auf. Irgendwer oder irgend etwas tut das jedenfalls.

Sie reicht ihrem Besucher einen Zaubertrank und läßt dann Siva aus ihrem Käfig. Während der Vogel in der Hütte herumflattert, scheint sich die Vision einzustellen. Vielleicht sieht der Bittsteller auch einfach nur, was er zu sehen wünscht. Oder er sieht, was Laal Ma und andere ihrer Art aus der Schatzkammer der vergangenen Inkarnationen heraufbeschwören. Das Schlimme daran ist, und ihre Kunden wissen das nicht, daß sie die Vision, die in der verpesteten Luft der Hütte auftaucht, gleichfalls sieht.

Roland Smith war bereits betrunken, als er kam, und als er das flüssige Haschisch nimmt, sinkt er zu Boden. Auf diese Weise gibt es keine Ablenkungen. Die Rote Mutter sieht eine Folge von Ereignissen, alle in harten Farben, die einen klaren Sinn ergeben. So erfährt sie die Antwort, obwohl sie die Frage, die Roland Smith gestellt hat, nicht kennt. Und die Antwort gibt sie nun an Rakshas weiter.

Als sie geendet hat, erhebt sich Rakshas (Laal Ma blickt nicht auf). Bevor der Schatten die Tür erreicht, sagt Laal Ma: »Nimm das Geld zurück!«

»Nein«, sagt Rakshas. Und ist verschwunden.

Nun ist es nicht so, daß Laal Ma, die Priesterin, die gegen das Gebot der Unverletzbarkeit des Berufsgeheimnisses gesündigt hat, sich dessen geschämt hätte. Sie hat Rakshas ohne Zögern alles erzählt, weil sie ihn fürchtet, und derselben Furcht entspringt auch der Wunsch, nichts von dem zu behalten, was er ihr gegeben hat. So sitzt sie jetzt da, mischt ihre Karten, und Siva hüpft freiwillig in ihren Käfig zurück, um zu schlafen. Kurz vor Morgengrauen rafft die Hexe das Bündel Banknoten vom Boden auf und watschelt ins Freie. Hinter dem Hügelkamm vergräbt sie es, leise vor sich hinmurmelnd, in der Erde, dann geht sie zurück. Die verlöschende Fackel wirft den schwarzen Schatten der Alten durch die Hüttentür. Vergeßt nicht, jeder hat seinen Schatten. Und nur wenige leben, ohne ein Geheimnis vor dem Licht zu verbergen.

Es war in den letzten Tagen vor der Preisverleihung, als eine Flut von Elfenbein die Stadt überschwemmte. Es schien, als sei die Ware auf illegalem Weg hereingekommen, denn alle Stücke waren von bester Qualität und doch billig. Aber es lagen keine Berichte über einschlägige kriminelle Handlungen in diesem Zusammenhang vor, und die Schnitzereien wurden von Elfenbeinliebhabern und Leuten, die gerne Geschäfte machen, rasch weggeschnappt. Meist kamen die Verkäufer an die Haustüren. Manchmal war es ein gutaussehender Junge oder ein hübsches Mädchen, die sich an den Sekretär oder den Diener oder auch an die Dame oder die Tochter des Hauses heranmachten oder sich an unabhängige Frauen wandten, die alleine lebten. Dann wieder war es ein stattlicher Brahmane, der das Elfenbein durch einen Mittelsmann auf der Straße anbieten ließ. Sogar schlecht beleumundete Possenreißer boten die Ware an ihren Ständen an. In den Eisenbahnen ließen Reisende Elfenbeinschnitzereien achtlos auf den Sitzen liegen.

Gerede kam auf über die Flut von Elfenbein. Daß sich die Diskussion ausweitete, lag daran, daß alle Käufer oder Empfänger, wie sich später herausstellte, dem großen Kreis derer angehörte, die Mr. Smith kannten. Manche Leute kannten ihn sogar sehr gut. Hier und da sprach man auch mit ihm über den Elfenbeinhandel, so zum Beispiel an einem bestimmten Abend während des Dinners in einem Hotel. Aber anscheinend war er der einzige, der von dem plötzlichen Überfluß nichts gehört hatte und dem auch nichts davon angeboten worden war. Da ihn die

Sache augenscheinlich bis zum Überdruß langweilte, ging man zu einem anderen Thema über. Tatsächlich war Mr. Smith aber keineswegs übersehen worden. Ein kleines Stück Elfenbein war ihm mit der Post zugegangen. Der Absender blieb ungenannt. Alle, die einen Talismann, einen Reifen, Anhänger oder Ohrring – mit größtem Vergnügen – in Empfang genommen hatten, wären höchst erstaunt gewesen, wenn sie Mr. Smith' offenes Unbehagen miterlebt hätten, als er die Verpackung öffnete. Ein Unbehagen, das sich zu maßlosem Entsetzen steigerte und dann nur mit Mühe unter Kontrolle gebracht wurde.

Das verdammte Elfenbein fand aber seinen Weg nicht nur in die erfolgreichen literarischen Kreise, zu den Sprachprofessoren und den Radschas, die sich an Shakespeare berauschten. Auch kleine Leute machen bereitwillig mit, wenn es etwas zu verdienen gibt. Ganze Schwadronen wurden zusammengetrommelt, instruiert und mit allerlei Elfenbeinscherben und -splittern und -stücken versehen, gut bezahlt und mit dem Versprechen einer weiteren Zahlung losgeschickt. Wir wissen, nicht wahr, wie sie am Abend der Preisverleihung eingesetzt wurden. Wir denken zurück und erinnern uns der geräuschvollen Menge im Gebüsch und rund um Mr. Smith' Wagen. Was die Freigeister in der Halle anbelangt, die sich mit so viel Elfenbein behangen hatten – nun, was war das anderes als eine Zurschaustellung, ein Instinkt, der dem Menschen von seinen animalischen Ursprüngen geblieben ist.

Und als jedes Stück Elfenbein seinen stumpfen hellen Glanz entfaltete, wird Mr. Smith aufmerksam. Nach einer Woche fürchterlichen Argwohns, als um ihn herum jedermann, mit Nachdruck, wie es schien, von Elfenbein sprach, und nach der geheimnisvollen Übersendung der kleinen Elfenbeinfigur, die ihn so in Schrecken versetzt hat, muß er nun durch die Horde hindurch, die das Elfenbein vor seinen Augen schwenkt, und sich dann zwischen anderen bewegen, die er schon kennt, seit er in Indien lebt, und die sich lächelnd in ihrem Elfenbeinprunk zur Schau stellen ... Gehirn und Herz können die Erkenntnis nicht mehr verdrängen, daß *sie es wissen*. Sie kennen sein Geheimnis und stehen nun da, um ihm zu zeigen, daß sie es kennen, und sie lachen über ihn und über seine schreckliche, unerträgliche Schande. In feuchtkalten Schweiß gebadet, zitternd vor Furcht und vor dem, was schlimmer ist als Furcht, nämlich seiner greifbaren Scham, nimmt er den Preis entgegen und spricht seinen Dank aus, nackt und ungeschützt dem Hohn ausgesetzt, mit dem sie ihm ironisch Beifall klatschen und ihn anlächeln.

Blind und taub vor Scham eilt er dann zu dem Waffenhändler, der seine Geschäfte in einer Mauerhöhle betreibt, und weiter nach Hause und in seinen Tod. Denn die Welt ist zu einem Ort geworden, an dem er nicht länger leben kann: sie hat ihn am Pranger gesehen, mit einem Schild um den Hals und dem Schandmal auf der Stirn, jetzt und für alle Zeiten. Das Ende durch die Kugel, das russische Roulette, mit dem er das Überleben seiner Seele erprobt – das ist allem anderen vorzuziehen.

Natürlich wußte niemand auch nur das Geringste. Die Schwärmer mit ihrem Elfenbeintand ahnten nicht, daß sie ihn vernichteten, selbst dann noch nicht, als er, so merkwürdig aus dem Gleichgewicht gebracht, bei ihnen stand. Und nichts wußte die Menge, die verschwunden war, um von dem dicken, spanisch aussehenden Mann, der sie angeheuert hatte, ihre zweite Lohnrate zu holen. Hunderte waren, ohne es zu wissen, zu einer Mordwaffe geworden. Selbst die Lady vom Bombenboulevard, selbst sie weiß nicht, wie es gemacht wurde. Und auch Devadasi nicht, die ahnungslose Komplizin. Für Laal Ma hat das Gerücht, das ihr zu Ohren kommt, seinen Ursprung in einer anderen Sphäre. Nur Rakshas weiß es. Und vielleicht bereitet sie ihm ein gewisses Vergnügen, diese erfolgreiche Schlacht im endlosen Kampf gegen die Menschheit. Ihm mag die Befriedigung des großen Künstlers zuteil werden, der nun von dem vollendeten Gemälde zurücktritt, das er, wie es seine Gewohnheit ist, nicht signiert.

Und nun will ich die Geschichte zu Ende erzählen, bevor ihr euch auf mich stürzt, was dem Willington Club einen schlechten Ruf verschaffen würde.

Es gab einmal, in jener Zeit, als ein anderer Schriftsteller mit Namen Rudyard Kipling lebte, einen indischen Prinzen. Ich will euch nicht mit seinem Namen langweilen, obwohl er bekannt ist. Er besaß beachtliche Reichtümer und einen herrlichen Palast voller schöner Frauen, deren einzige Aufgabe darin bestand, ihm zu gefallen und ihm Söhne zu schenken. Es sickerte jedoch durch, daß der junge Prinz, obwohl gesund und auf dem Höhepunkt seiner Kraft und vollkommen in jeder anderen Hinsicht, gänzlich unfähig zu fleischlicher Lust war. Trotz des Diensteifers seiner Frauen und Mägde, denen es gelang, den Beweis zu erbringen, daß er körperlich durchaus tauglich war, zeigte es sich, daß seine Tauglichkeit nicht genügte, um künftigen Generationen das Dasein zu sichern. Man darf annehmen, daß manche Dinge wirklich höchst problematisch sind, wenn eine Dynastie bedroht ist.

Ärzte und Joga-Heilkundige, Priester und Zauberer werden bemüht, aber vergebens. *Tantras* helfen nichts, Liebestränke und heilkräftige Aufgüsse erweisen sich als nutzlos.

Schließlich findet sich aber jemand, der mächtiger und größer ist als alle anderen. Und wer ist dieses staunenerregende Wesen? Nun, meine Kinder, niemand anderes als der Meisterzauberer Liebe. Unser Prinz erblickt eines Tages ein junges Mädchen, das auf dem mit einem Mosaik geschmückten Fußboden des Speisesaals tanzt, das sich auf den Zehen dreht, dessen Finger mit kleinen Glöckchen spielen, dessen Haar wie Wasser unter dem Wind wogt. Solche Anmut! Solche Kunst! Solche Jugend, rein wie eine eben erblühte Blume! Er ist wie von einem fliegenden Pfeil getroffen. Als er sie zu sich ruft, kommt sie scheu wie ein Reh und zugleich vertrauensvoll wie ein zahmer Vogel. Noch bevor die Nacht vorüber ist, liegen sie beieinander in einem Pavillon am See, und er weiß nun, daß er, zu ihrer beider Lust, ein Mann ist wie andere auch. Und als er jene Augenblicke erreicht, die in ihrer unaussprechlichen Süßigkeit alle Tore der Seele und des Geistes öffnen und den Blick freigeben auf das All um uns, da fällt in die Hand des Prinzen ein kleiner elfenbeinerner Schmuck, der das duftende Haar seiner Geliebten zierte.

Stellt euch vor – schwer ist es wahrlich nicht! – welche Wirkung all das auf einen Mann haben muß, der an seiner Männlichkeit verzweifelte. Nicht nur wird das Mädchen, das ihn gerettet hat, für ihn zu einer Göttin und, weil sie einer passenden Kaste angehört, seine Frau, sondern alle Einzelheiten ihrer Vereinigung nehmen eine besondere Qualität an. So wird der Pavillon zum Palast. Das Wasser des Sees erhält liebesfördernde Heilkraft. Und glattes, gelbliches Elfenbein schenkt Ekstase. Die neue Gemahlin des Prinzen aber wird von ihrem liebenden Gatten mit Schmuck aus *Hathi Dant* überschüttet. In späteren

Jahren (leider sucht selbst wahre Liebe manchmal nach Abwechslung!) schenkt er auch seinen Kurtisanen Schmuck aus Elfenbein. Kaufleute kommen aus den Königreichen und bringen Stücke aus Elfenbein, damit der Prinz glücklich ist und seine Familie wächst. Darum gibt es keine Geheimnisse. Das Recht des Herrn auf seine Lust steht niemals in Frage. Geschlechtliche Liebe ist eine Form der Schöpfung. Wer von uns wäre geboren worden ohne die Glut von *Yoni* und *Lingam*. Sie ist das Tor, durch das die Seele eintritt, so wie sie durch die Glut des Feuerofens diese Welt wieder verläßt. Nein, nein, kein Stigma über des Prinzen Leben oder Bett! Die Kaufleute bringen ihre Waren und lächeln. Seine Tage gehen in Ruhe und Sorglosigkeit vorüber. Seine Söhne folgen ihm. Elfenbeinkinder!

All dies sah Laal Ma in der Luft, und all dies sah Roland Michael Smith irgendwo in seinem alkohol- und *Bhang*-benebelten Geist. Er erkannte den Segen, der in seinem gegenwärtigen Leben, im Leben eines ebenso gehemmten wie klugen Engländers, zu einem Fluch geworden war. Denn für Mr. Smith gibt es keine religiöse Sublimierung und keine Reinheit im Geschlechtlichen. Für ihn ist Sex eine unsaubere Angelegenheit, die er hastig erledigt und deren er sich schämt. Er bringt sie hinter sich, wie er seine Ehe hinter sich gebracht hat, höflich, freundlich; Geschlechtlichkeit muß sich einen anderen, tieferen Weg bahnen.

Ist es möglich, daß seine Rückkehr nach Indien, der Bühne jenes früheren Lebens, zum Katalysator geworden ist, der ihm das heftig auflodernde Atom liefert, in dem alles zusammenläuft – der Elfenbeinfetisch? Ob ihr nun an die Wiedergeburt glaubt oder nicht, meine Lieben, glaubt wenigstens, daß Mr. Smith daran wie an alles übrige glaubte. Er weiß, daß ein Stück Elfenbein in seiner Hand ihn schwach werden läßt, ihn ins Delirium treibt, ihn in einer Woge nicht zu unterdrückender Begierde fortreißt. Er darf es nur berühren, wenn er alleine ist; mit leeren Händen, es nur in Gedanken festhaltend, eilt er zu der gedungenen Gefährtin, um Erlösung zu finden. Kein Glück liegt für ihn im Besitz des Fetischs. Nichts weiter ist er als Quelle der Besessenheit, Auftakt zu kurzen, hastigen Entladungen. Zurück bleibt die Scham über so brutale Ausbrüche eines animalischen Triebs, die ihn so quält, daß er auf Monate hinaus keusch lebt, Monate, in denen der Fetisch weggeschlossen und vergraben bleibt. Und natürlich hat Mr. Smith auch Angst. Und deshalb muß er die Schachtel mitnehmen, wohin immer er auch reist, so wie er Rasierseife und Zahnbürste immer bei sich hat. Das aber kann wiederum dazu führen, daß er die Schachtel öffnet, der Macht des Fetischs erliegt, zur Explosion getrieben wird – und in die eisige, niederdrückende Scham, die ihr folgt.

Mr. Smith hat keinen Anteil am Lächeln der Händler, deren Kamele mit allem beladen sind, was den Zugang zum Tor des Lebens zu öffnen vermag. Er hat keinen Anteil an der Verzückung der Frauen, die ihn lieben. Er kennt keine Verzückung. Keine Liebe. Nur Scham und Angst vor der Entdeckung. Und am Ende bleibt nur die Entdeckung, bleiben die grotesken Gegenbilder der Händler, die ihre Waren in dunklen Händen halten, und der Haremsfrauen, die das Aphrodisiakum um Nacken und Brüste tragen.

So rückt der Abgrund näher, die Kugel, die bei Sonnenaufgang in seinen berstenden Schädel dringt.

Scheint sie uns nun so schrecklich zu sein, jene Sache, die bekannt gemacht zu wissen er nicht ertragen konnte? Ein wenig belustigend vielleicht, exzentrisch, originell. Wenn wir davon erfahren hätten, wenn er uns davon erzählt hätte, würden wir ihn gehaßt oder verachtet haben, hätten wir vor ihm ausgespuckt, ihn beschimpt und seinen Genius (den der Fetisch nicht berührt) zum Gespött gemacht – oder den Mann, auf den der Fetisch keinen Schatten wirft?

Nein, nein! Nur in der Vorstellung dieses ausgezeichneten Geistes, der von seinem lächerlichen kleinen Geheimnis nicht loskam, schienen wir all das zu tun. Und nun ist dieser Geist erloschen, und sein Leben, was immer wir glauben mögen, treibt im Irgendwo.

Ach ja, nehmt auf alle Fälle einen letzten kühlen Schluck, auch wenn, wie ich sehe, das Lächeln von euren Gesichtern verschwunden ist. Meine Lieben, ich bitte euch, wendet euch nun nicht eurem Innern zu, um nach euren eigenen Schatten zu forschen, sie zu analysieren und die Schlösser zu prüfen, mit denen ihr sie verschlossen haltet, damit niemand sie freisetzen kann. Denkt daran, daß wir alle nackt und bloß sind, daß wir allem geöffnet und ganz durchschaubar sind. Deshalb ist es unvernünftig, sich zu fürchten. Wir wollen einen Ausrufer mieten und hoch über die Stadt hinaufsteigen und in nördlicher Richtung zum Connaught Circus von Delhi wandern und dort in vielen Sprachen unsere tiefste Scham hinausschreien, damit der Schmutz und die Finsternis, unter denen wir sie verbergen, vergehen mögen. Dann wollen wir die Elfenbeinhändler zusammentrommeln und sie kühn und ehrlich und lächelnd grüßen – oder sie werden, kaum bemerkt, im Dunkeln kommen, wenn die Schakale heulen und die Sonne erlischt, und drohend unseren Schatten in ihren Händen schwingen!

Die sechste Nacht führt in die Zukunft, einige Zeit über morgen hinaus, und hat mit dem magischen Phänomen zu tun, das als Film bekannt ist. Schaut aufmerksam auf das Flackern der glänzenden Leinwand in Millionen gieriger Augen …

Strahlender Stern

1.

Dort oben, auf der Dunkelheit treibend, öffnet die Göttin weit ihre Augen, und zwei glitzernde Tränen rinnen nieder. Um so vieles größer als in Wirklichkeit, müssen die Augen der Göttin vollkommen sein, und sie sind vollkommen, weißer Onyx und schwarzer. Ihre Haut ist glatt wie polierter Marmor. Und die Tränen fließen so wunderbar über die glatte Haut. Sie singt traurig wie ein Vogel beim Sonnenuntergang. Ein Liebeslied, wie es stets so beliebt ist.

»Ich habe deinen Monitorbericht vor mir«, sagte Mhal, »er zeigt, daß du deine Wohnung nicht verlassen hast, bis ich dich hierher gerufen habe. Das sind drei aufeinanderfolgende Tage, vier aufeinanderfolgende Nächte!«

»Ich war erschöpft. Der letzte Film ...«

»Ja, ja, schön und gut. Aber du weißt, wie der Vertrag lautet.«

»Natürlich weiß ich das!« Indu sprang ärgerlich auf. »Wenn ich es nicht wüßte ... Sie sagen es mir oft genug. Nicht mehr als zwei Tage jeden Monat in den eigenen vier Wänden – das ist unmenschlich, Mhal!«

»Nein, es ist richtig.«

Indu lief im Hauptraum der Bürosuite hin und her. Er war groß und erlesen eingerichtet wie alles in der Taja. Während sie sich bewegte, klirrten die Reifen aus massivem Gold über ihren zehn Zentimeter hohen Absätzen, auf denen sie seit nunmehr zweieinhalb Jahren exakt zu gehen, zu stehen und zu tanzen gewöhnt war. »*Wie* kann das richtig sein? Ich bin so müde. Wollen Sie, daß sie mich mit Ringen unter den Augen sehen?«

»Sie würden das romantisch finden. Rührend … Ja, ich möchte, daß sie dich so sehen!«

»Ich mag mir so etwas nicht mehr anhören!«

»Schweig, Indu! Das ist keine Art. Du warst stets ein musterhaftes Beispiel für unsere Wertvorstellungen. Warum willst du auf einmal etwas anderes sein?«

Indu schwieg. Sie war schön, ihr Gesicht elfenbeinfarben, umrahmt von tiefschwarzem Haar, das lang und dicht auf ihre schmale, biegsame Taille herunterfiel – Haar, das sie ohne die Erlaubnis der Taja weder schneiden noch anders friesieren durfte.

»Anfangs war es aufregend. Ich hatte alles, was ich wollte, und wurde bewundert. Jetzt bin ich am Ende. Ich muß hart arbeiten. Und sie … sie beobachten mich Tag und Nacht. Ich kann es *fühlen*. Wenn ich probe. Wenn ich esse. Wohin ich meine Augen auch wende. Wenn mir ein Staubkorn ins Auge fliegt, wissen sie es. Es ist grausam, Mhal.«

»Es ist der Preis des Ruhmes«, entgegnete Mhal, »bezahle ihn!«

»Ich zahle wahrhaftig teuer genug!«

»Und ›sie‹, sagst du. Du warst einmal eine von ihnen. Kannst du nicht ein bißchen Verständnis aufbringen?«

Indus Augen wurden weit wie in ihrem Film und wie seither Tag für Tag, Nacht für Nacht auf vielen tausend Bildschirmen im ganzen Land. Aber diesmal rannen keine Tränen, kein trauriges Lied erklang. Nichts geschah. Langsam entspannte sie sich und ließ sich in den Sessel zurücksinken, der sich ihrer Form anpaßte, bis sie ganz bequem saß.

»Gut!«, sagte Mhal. »Du fängst also an, dir die Sache noch einmal zu überlegen. Dann kann ich endlich zu wichtigeren Dingen kommen.« Indu schwieg. Mhal fuhr fort: »Nach dem Erfolg des Filmes ›Der Prinz und die Sklavin‹ wird dich die Taja befördern und der *Sundah-Sona* eingliedern. Du wirst automatisch dreimal soviel verdienen wie bisher, sobald du bei der ›Gold‹ bist. In Rose Dawn gibt es übrigens eine neue Zwanzig-Zimmer-Wohnung auf dem Dach. Vielleicht willst du sie dir einmal ansehen?«

»Ja«, antwortete Indu mit flacher Stimme.

»Und Vashari wird in den nächsten fünf Filmen dein Hauptpartner sein.«

»Ja. Ich verstehe.«

»Wirklich? Ich hatte mir vorgestellt, daß deine Begeisterung darüber etwas größer sein würde. Die meisten Schauspielerinnen der Gold liegen auf den Knien, um mit Vashari arbeiten zu können. Und draußen reißen sich die Frauen die Haare samt Wurzeln aus, wenn sie ihn sehen. Und vor drei Jahren, als du hierherkamst ...«

»Als ich hierherkam, war ich Vasharis wegen liebeskrank wie alle anderen auch. Ja, ja. Aber ich bin noch nie mit ihm zusammengetroffen.«

»Heute abend wirst du ihn kennenlernen.« Mhal stand auf. Die mit elektronischen Augen versehenen Türen nahmen seine Absicht vorweg und glitten auseinander. »So, jetzt geh und lauf durch Park. Schau dir die neue Wohnung an. Schwimme! Reite!«

»Während sie mir zusehen.«

»Während sie dir zusehen. Ach ja, Indu, eins noch: bitte, für eine Weile keine Mahlzeiten mehr in deiner Wohnung. Frühstück auf dem Balkon oder auf der Terrasse. Lunch ... wo immer du willst – draußen!

Denke daran, ich verlange nicht, daß du die Taja verläßt, aber irgendwann wird ein Gespräch über deinen Wechsel zur Sona stattfinden. Und über deine Vorstellungen von einer Zusammenarbeit mit Vashari.« Die Türen waren jetzt weit geöffnet. »Und zeige bei diesem Gespräch etwas mehr Begeisterung als heute bei der Unterhaltung mit mir!«

»Ja.« Indu verließ den Raum und schritt den hell erleuchteten Gang hinunter.

Die Taja erhob sich inmitten einer flachen braunen Ebene. Ihre riesigen Türme, weiß wie der Schnee im Himalaya, zeichneten sich gegen einen Tageshimmel ab, der beständig in leuchtendem Kobaltblau erstrahlte.

Die Taja war ihr Traum gewesen, seit sie sehen und denken konnte. Eine ihrer frühesten Erinnerungen ging in die Zeit zurück, als sie, noch ganz klein, in ihrem Dorf im Staub spielte, die Hand ihrer Mutter auf ihrer Schulter fühlte und die leise geflüsterten Worte hörte: »Sie ist so hübsch, vielleicht hübsch genug, um ihr Glück bei der Taja zu versuchen.« Hier lag auch der Grund dafür, daß man ihr später alle harten Arbeiten ersparte. Sie war es, die mit dem roten Krug auf dem Kopf zum Brunnen ging; sie war es, die die *Bajava* bereitete und den Reis rührte und ermuntert wurde, dabei zu singen. Niemals mußte sie gebückt auf den Feldern arbeiten oder beim Bau des neuen Highway Eimer voll Zement schleppen. Und die Familie verzichtete regelmäßig auf ihr Essen, damit Indu jede Woche zwei- bis dreimal ins Kino gehen konnte. Sie kannte alle Lieder, die sie dort hörte. »Sing, Indu!« – und das Stereoradio, der Stolz ihrer Hütte, spielte den ganzen Tag, damit Indu mitsingen konnte.

Wenn ihre Schwestern, die Indu bald zu hassen begannen, ihrem Haß mit Schlägen Luft zu machen versuchten, kam der Vater mit einem Stock gelaufen. Wie gut sie sich auch daran erinnerte: an die schreienden Mädchen, die im Kreis über den Hof gejagt wurden, bis sie hinfielen und noch lauter schrien, und die man weinend liegen ließ.

Als Indu fünfzehn Jahre alt wurde, war die Zeit gekommen. Wieder hatte sich die Familie fast zu Tode gehungert, um zwei Fahrkarten für den *Jagenden Hund* kaufen zu können, den Luftkissenzug, den schnellsten aller Züge in Azadi Asia. Trotzdem dauerte die Reise 25 Stunden. Während die anderen Reisenden, eng zusammengepfercht in der fünften Klasse, sich so gut es ging einrichteten, schliefen und schnarchten, saß Indu, von Unsicherheit und Furcht wachgehalten, aufrecht neben ihrer Mutter. Böse Zungen hatten (obwohl offiziell niemand von Indus Reiseziel wußte) im Dorf die Geschichte von einem Mädchen in Umlauf gebracht, das auch die weite Reise nach Osten unternommen hatte, aber von der Taja weggeschickt worden war. Danach hatte die Mutter des Mädchens ihrer Tochter einen Dolch in die Hand gedrückt, und gehorsam hatte sich das Mädchen getötet. Würde Indus Mutter ihrer Tochter auch einen Dolch geben?

In der Stadt kauften sie sich einen Platz unter einer Plane und schliefen auf der Straße. Am folgenden Tag blieb ihnen keine Zeit, die hohen Häuser und den rasenden Verkehr anzusehen. In vieler Hinsicht war die Stadt wie ihr Dorf. Grauweiße Kühe zogen durch die Straßen, Frauen unterhielten sich an den öffentlichen Brunnen und Wasserleitungen, und zwischen den Häusern hingen Wäschestücke wie Fahnen. Aber da waren auch riesige Wände aus Stahl, Beton und Glas, die nichts mit menschlichem Leben zu tun zu haben schienen. Fast an jeder Ecke war eine Art Kasten mit einem Einwurf für Münzen angebracht, um den sich scharenweise Männer und Frauen drängten, wie Fliegen um ein Stück Fleisch. Und überall gab es Bettler. Indus Mutter wies nach oben auf die glitzernden Fassaden der Filmpaläste, die das Bild der Stadt beherrschten. In der Mittagshitze traten sie ihren zwölf Meilen weiten Weg über die Ebene an.

Lange bevor sie die Vorstädte hinter sich hatten, türmte sich am Horizont die Taja auf. Andere Wanderer zogen gleich ihnen über die staubige Straße. Manche beteten, während sie dahinschritten, andere klingelten mit kleinen Glöckchen. Eine ganze Anzahl von ihnen ging schweigend des Weges. Anfangs kamen sie an kleinen Gruppen von Menschen vorüber, die am Straßenrand Rast machten. Hin und wieder hörte man Flüche, Segensworte oder Bemerkungen über die Vorbeiziehenden. Hier und da ließen Leute aus der Stadt ihre Kinder auf der Straße herumlaufen und spielen, fütterten sie mit Süßigkeiten oder kauften ihnen Milch von den Händlern, die, überwacht von Polizisten, ihre Ware feilboten.

Indu hörte einige der jüngeren Mädchen nicht Gebete, sondern den Namen ihrer Lieblingsschauspieler, vor allem den Namen Vasharis murmeln; dann und wann stimmte die Menge in diese Litanei ein. Als Indu an den goldfarbenen Vashari dachte, der seit einem Jahr der König des Films und der Phantasie aller Frauen war, konnte sie sich nicht vorstellen, daß auch er einmal mit bloßen Füßen über diese harte Straße gewandert war. Obwohl das behauptet wurde. In der Reklame, die man für ihn machte, hieß es, er sei der Sohn eines Schlangenbeschwörers aus dem Norden. Er war von zu Hause fortgelaufen, hatte sich mogelnd und bettelnd in den

Süden durchgeschlagen und war schließlich ganz allein, anmaßend und ängstlich zugleich, durch die Tore der Taja getreten. Vashari war zwanzig Jahre alt gewesen. Ein Jahr später war er das Idol des ganzen Volkes und wurde zur *Sundah-Sona* zugelassen, der höchsten Kaste der Schauspieler. Die Taja mußte ihn sehr gut erzogen haben. Wenn die Bildstreifen, die manchmal vor den großen Filmen vorgeführt wurden, ihn bei der Arbeit oder in seiner Freizeit oder beim Autogrammgeben zeigten, schien er ganz und gar nicht der Sohn eines Schlangenbeschwörers aus einem Bazar zu sein. Und obwohl Indu ihn ebenso anbetete wie die übrigen, bedeutete der Gedanke an ihn für sie an diesem Tag, da sie ihrem Schicksal entgegenging, keine Ermutigung.

Die Tage des *Sandama* kamen jedes Jahr mit dem großen Regen, wenn auch auf die Taja unter ihrem Schutzschirm, der das Wetter kontrollierte, kein Regen fiel. Die elektronisch bewachten Tore waren bereits für die erschöpften Ankömmlinge geöffnet.

Staunend und ängstlich torkelte die Menge über die goldgleißenden Straßen zwischen den phantastisch verzierten schneeweißen Türmen dahin, die wie Säulen aus Hisbiskusstämmen zum kobaltblauen Himmel aufragten. Manche dieser Türme hatten drei- bis vierhundert Stockwerke; verglichen mit ihnen waren die großen eckigen sterilen Wohnblocks der Stadt ein Nichts.

In einem dieser Hibiskustürme fand die Auswahl statt. In einer weiträumigen Halle, deren Boden wie Wasser schimmerte, wurde die durcheinandergewürfelte Menge von Bewerbern unversehens auseinandergerissen und eilig in verschiedene Richtungen gelenkt. Indu fand sich von ihrer Mutter getrennt und wurde in einem Lift himmelwärts getragen. Ein anderer Raum. Sie erhielt Anweisungen von einer

Stimme, die aus der Wand kam: Geh dorthin, tu dies, laufe, setz dich, knie nieder. Dann kamen zwei wundervoll gekleidete Frauen. Ein anderer Raum: mit einem Wasserfall als Bad und großen Spiegeln, die Indu verlegen machten. Sie wurde gebadet, gesalbt, geschminkt. Ihre Augen wurden mit Kohle nachgezeichnet und waren plötzlich wie die Augen einer Antilope. Auch sie wurde nun in herrliche, fremdartige Gewänder gekleidet. Im nächsten Raum fielen Balken von blendendem Licht über sie, bald von der einen, bald von der anderen Seite, und wieder mußte sie gehen, sitzen, niederknien, dies und das tun.

Du siehst einen blühenden Baum, sagte die körperlose Stimme, und jetzt klang sie leicht verändert, gezielter. *Pflücke eine der Blüten, als ob du an deinen Geliebten dächtest*. Indu errötete, tat, wie ihr befohlen, und dachte an Vashari ... an wen wohl sonst? Ob sie das Lied »Chamakata Tara« kenne, fragte die Stimme. Natürlich kannte sie es. Es war der Hit des Monats, in Vasharis letztem Film von einer goldenen Göttin in einer Schaukel gesungen.

Musik erklang. Indu erstarrte. Aber Singen war ihr beim Bajarastampfen neben dem Radio so selbstverständlich geworden, daß ihre Stimme plötzlich aus ihr heraussprang, wild und süß, und mit dem Klang der *Sitar-Maya* verschmolz.

Er ist mir Licht, Sonne und Mond;
Licht, ohne das meine Augen blind wären.
Und er sagt, daß ich sein Licht bin,
sein strahlender Stern.
Oh, Sonne und Mond, mein Gebieter.
Oh, strahlender Stern!

In diesem Jahr wählte man zwei Mädchen aus. Die erste trat nur in einem einzigen Film auf, der ein Mißerfolg wurde. Man hörte nie mehr etwas von ihr. Indu aber, das andere Mädchen, war ein Erfolg. Sie spielte eine Tänzerin, einen bösen Geist, eine Prinzessin. Sie drehte einen Film nach dem anderen, immer vollkommener werdend in dem Maße, in dem ihr Talent sich entwickelte.

Innerhalb eines halben Jahres war ihre Familie in eine schöne Wohnung in der Stadt gezogen. Sie besaß eine Klimaanlage, einen Kühlschrank, ein Radio von der Größe einer ganzen Wand und einen Bildschirm, der eine andere Wand einnahm. Und sie besaß Freikarten für die besten Plätze in allen Kinos des Landes.

Indu sah ihre Familie nur selten und nur auf Verabredung. Niemand erwartete etwas anderes. Sie stand im Dienste der Taja. Männer sahen sie Tag und Nacht auf dem Bildschirm, sahen sie und verliebten sich in sie und kauften sich Radioapparate, um in ihren Hütten Indus Lieder zu hören. Frauen beneideten sie, versuchten ihren Gang, ihr Lächeln nachzuahmen, versuchten, wie sie zu lachen und zu weinen.

Wenn sie mit ihrer Familie zusammentraf, vergoß ihr Vater Tränen der Dankbarkeit und ihre Mutter erinnerte sich der langen Bahnreise und des heißen Weges zur Taja. Ihre Schwestern scharwenzelten um sie herum, mit kalten Augen. Nach Ablauf des ersten Jahres sah Indu nichts mehr von ihrer Familie.

Sie hatte viel zu tun. In ihrem ersten Jahr hatte sie zehn Filme gedreht, im folgenden sollten es sechzehn sein. Sie war ein Star, und das nicht nur in einem Lied. Sterne aber müssen Licht spenden.

»Du siehst«, sagte Mhal zu Beginn des zweiten Jahres, »wie die Menschen auf dich reagieren, wie du ihre Wünsche, ihre Bedürfnisse erfüllst.«

Sie gingen durch die Parklandschaft der Taja. Ein Tiger strich durch den silbernen Bambus an ihnen vorbei. Die Tiere im Park wurden durch Drogen zahm und zutraulich gehalten, und dieser Tiger kam und fraß Indu aus der Hand. Mhal und Indu hatten sich unter einem riesigen Bo-Baum niedergelassen, der hundert Fuß hoch emporwuchs und seinen Schatten über einen halben Morgen Land warf. Sie blickten zu dem Blätterdach hinauf; ein fliegender Pfau spreizte sein Rad über ihren Köpfen. Es war sehr schmeichelhaft für eine junge Schauspielerin, die noch nicht zur *Sona* gehörte, daß ein Funktionär vom Range Mhals sich die Zeit nahm, mit ihr über ihre Arbeit zu sprechen.

»Dies hier ist dein Zuhause«, sagte Mhal. »Bist du glücklich hier? Hast du alles, was du möchtest?«

»O ja, o ja!« rief Indu aus.

Ein Springbrunnen benetzte mit seinen Tropfen die Eukalyptusbäume, aber niemals fiel Regen vom Himmel über der Taja. In der Ferne verbarg ein Vorhang aus dichtem Regen die Stadt. Im Norden hatte es Überschwemmungen gegeben, Ernten waren zerstört und Leben vernichtet worden. Aber das war dort, nicht hier.

»In harten Zeiten«, sagte Mhal, »werden wir am meisten gebraucht. Verstehst du das? Sie haben nur noch eine Handvoll Bohnen, und doch stehen sie in der glühenden Hitze stundenlang vor den Filmtheatern Schlange. Wir können ihnen etwas Schönes geben und damit das Elend ihres Lebens mildern. Wir können ihnen die Hoffnung geben, daß in einem kommenden Leben, bei der nächsten Drehung des Großen Rads ein Leben wie dieses auch ihnen zuteil wird.«

Er sprach mit solchem Respekt von der Wiedergeburt, daß Indu merkte, Mhal hatte keine Religion.

Der Schock traf sie unerwartet, ging aber rasch vorüber. Die Taja war nicht ihr Dorf, das hatte sie bald gelernt.

Mhal fuhr fort: »Willst du noch mehr tun, um ihnen zu helfen, Indu? Etwas, das eine große Wohltat für die Massen wäre, die dich schon jetzt anbeten; etwas, das die Zahl deiner Anbeter noch wachsen lassen wird und dadurch auch dein Einkommen?«

»Wenn Sie meinen ...«

»Ja, Indu. Ich rate zu diesem Zeitpunkt immer dazu.«

Es war ganz einfach, wie Mhal versicherte. Noch am gleichen Abend würde man ihr in der Abgeschiedenheit ihrer Wohnung ein kleines Gerät – »Sehr klein, etwa von der Größe eines Muskatnußkörnchens« – schmerzlos in ihr linkes Ohrläppchen einpflanzen.

»Es ist nicht im geringsten unangenehm. Glaubst du, wir ließen eines von euch, unseren kostbaren Kindern, leiden?«

»Was wird es bewirken?«

»Es wird dich den Menschen, die dich lieben und derem hartem Leben nur du Glanz geben kannst, noch näherbringen.«

Das Gerät war ein Relaismonitor. War es einmal angebracht, konnten ihr Bild und ihre Stimme an jedem Ort im Land empfangen werden, wenn man den entsprechenden Kanal einschaltete. Hatte Indu selbst nicht in der Stadt die öffentlichen Bildschirme gesehen, auf denen man für eine Münze seinen Lieblingsschauspieler zehn Minuten lang life sehen konnte? »Deine Familie hat doch einen großen privaten Bildschirm, nicht wahr? Denk nur, welche Freude es ihnen bereiten wird, wenn sie dich jetzt sehen können, wann immer sie wollen!« Erinnerte sie sich nicht auch an die Bildstreifen, die in den Kinos häufig vor den großen Filmen gezeigt wurden? Viele von ihnen waren über diese Monitore aufgenommen worden. »Natürlich gibt es Orte, an denen dein Monitor nicht in Betrieb ist – die Ankleideräume, die Kabine am Swimming-Pool zum Beispiel. Und in deiner eigenen Wohnung ist das Relais ebenfalls ausgeschaltet.«

Indu, sechzehn Jahre alt und auf dem Höhepunkt ihrer Karriere, spielte mit den Silberglöckchen an ihrem Armreif. »Aber ich werde Angst haben, etwas zu sagen oder zu tun ...«

»Nicht doch! Mach dir deswegen keine Sorgen. Die Tajamonitore arbeiten nach einem Verzögerungsprinzip und streichen automatisch alles, was deine Fans – sagen wir: *überraschen* könnte. Eine Indiskretion, ein häßliches Wort ... Die Tajagötter sind schließlich auch nur Menschen, nicht wahr? Nein, nein, nichts, was dir schaden könnte, wird man sehen oder hören können. Und denke daran«, fügte Mhal hinzu, »du kannst dich in deine Wohnung zurückziehen, wann immer du das Bedürfnis danach hast. Du wirst deine Privatsphäre behalten.«

Indu dachte an die Elenden, deren Augen verzweifelt ihren Anblick suchten.

»Du hast in eurem Dorfkino die Bildstreifen von Anba-Jeet und Vashari gesehen«, sprach Mhal weiter. »Du wirst bemerkt haben, daß die Gesichter anderer Schauspieler verdeckt oder verdunkelt waren – durch Gräser, Schleier, einen Schatten. Das waren die Künstler, die man des öffentlichen Interesses nicht für wert erachtet, die Schauspieler ohne Monitore.«

Eine ungiftige Schlange tanzte im Gras vor einem bemalten Schlangenbeschwörer.

»Siehst du, Indu«, schloß Mhal, »als Privilegierte kannst du Millionen von Menschen Freude bringen, nur indem du lebst.«

Eine Welle unsagbarer Erregung ergriff sie, als sie seinem Vorschlag zustimmte.

Ja, anfangs war es erregend.

Man hatte ihr beigebracht, sich mit Grazie zu bewegen und zu sprechen. Ob ihr Körper sich spannte oder entspannte, immer hatten seine Linien anmutig und schön zu sein. Vor den Kameras war das eine Selbstverständlichkeit. In der übrigen Zeit verlieh es ihrem Leben einen zusätzlichen Reiz, zu wissen, daß die Kameras ständig weiterliefen. Selbst wenn sie probte, wurde ein Teil ihrer Arbeit festgehalten. Der Augenblick, so dachte sie, in dem man ihr eine Rolle genau auseinandersetzte, in dem die Stimme des Aufnahmeleiters sie zurückrief – auch dieser Augenblick war nicht verloren.

Es war ihr bereits zur Gewohnheit geworden, selbst wenn sie es noch immer in Entzücken versetzte, als man sie aufforderte, eine Mission außerhalb des sicheren Hafens der Taja zu erfüllen. Die Tage für solche Ausflüge in die Stadt oder die Umgebung wurden von den Computern sorgfältig ausgewählt, so daß das Wetter schön war und die Fahrt ohne Unterbrechung verlaufen konnte. Polizei hielt die Menge in Schach, als sie mit Anba-Jeet in der geschlossenen, klimatisierten Limousine durch die Stadt fuhr. Wenn der Wagen anhielt, drängten die Menschen dicht heran, preßten ihre Hände gegen die Fenster und zeichneten die Gesichter der Stars hinter den unzerstörbaren Scheiben mit ihren Fingern nach. Anba-Jeet war *Sona* und nur wenig älter als Indu. Ihre runden Arme von der Farbe dunklen Honigs waren mit einem hauchfeinen Geflecht aus Goldperlen bedeckt. Sie lächelte und nickte der Menge zu und zeigte Indu, wie man bezaubernd und doch zurückhaltend, wie man eine echte Göttin sein konnte. Es gab keine Rivalität zwischen ihnen. In der Taja wurde erwartet, daß die Beziehungen untereinander den Gesetzen einer fleckenlosen Moral und einem strengen ethischen Kodex entsprachen.

»Siehst du, das mußt du so machen.«

Indu tat, was Anba-Jeet ihr vorschlug und vormachte. Eine Woge von grinsenden, gierigen Gesichtern löste die andere ab, erstarrte einen Augenblick und glitt fort, um einer neuen Woge Platz zu machen. Manchmal war die Menschenmenge so groß, daß der Wagen sich nicht mehr weiterbewegen konnte. Dann drückte der Fahrer ruhig auf einen Knopf, und die Außenwände der Limousine wurden eiskalt. Im nächsten Augenblick stoben die Menschen schreiend auseinander, wütend und erschrocken und manchmal auch mit einem seltsamen, hämischen Lachen.

Sie kamen zu einem Tausend-Geschichten-Laden in einer der Hauptstraßen der Stadt und fuhren in eine Privatgarage. Eskortiert von einer untadeligen Polizeiwache, wurden die Göttinnen mit dem Lift zum fünfzehnten Stockwerk gebracht. Hier verkaufte man Ton- und Filmbänder an Leute, denen es irgendwie gelungen war, in den Besitz eines eigenen Vorführgeräts zu kommen. Außerdem wurden Filmplakate angeboten, zehn, elf Fuß hoch, und ausgezeichnete Farbfotografien der Stars.

Die beiden Göttinnen setzten sich in eine mit künstlichem Blumenduft erfüllte Nische und nahmen eisgekühlte Getränke zu sich. Nacheinander traten die Leute heran, die im Erdgeschoß seit Tagen und Nächten gewartet hatten, passierten die elektronische Wache und legten die von ihnen erworbenen Gegenstände, die Radios, Plakate, Fotografien und Bänder, mit unsicheren Gebärden auf den Tisch. Die Göttinnen signierten jeden Gegenstand, nicht mit ihrem Namen, weil das viel zu lange gedauert hätte, sondern mit dem persönlichen Siegel, das die Taja den einzelnen Schauspielern als Markenzeichen verlieh. Anba-Jeets Siegel war eine Hummel, Indus Markenzeichen eine Glocke.

Tausende hatten gewartet. Die Sitzung, von der Polizei und den Wachen exakt gesteuert, zog sich in die Länge. Zu lächeln wurde allmählich mühsam.

Ein junger Mann warf sich Anba-Jeet zu Füßen. Polizisten zogen ihn hoch. »Ich liebe dich«, rief er aus. Anba-Jeet lächelte ihn versonnen an. »Es ist solche Liebe, die mir Leben verleiht.«

Er begann zu schreien und wurde hinausgebracht; sein Tonband blieb unsigniert. Indu hatte keinen Grund zur Eifersucht. Ein wenig später fiel ein junger Mann ihr zu Füßen und sprach ähnliche Worte.

»Du siehst blaß aus«, meinte Anba-Jeet. »Und ich bin müde.« Und zur Wache gewandt: »Wie viele sind noch im Vestibül? Sechs? Gut, das reicht.«

Indu war überrascht. »Aber ...«

»Liebes Kind, Hunderte warten noch. Wenn du erst einmal so viele Autogramme gegeben hast wie ich, wirst du verstehen, daß es einfach unmöglich ist, sie alle zufriedenzustellen. Die Taja erwartet, daß keine Sitzung weniger als drei Stunden dauert. Die drei Stunden sind vorbei!« Die Monitoren waren während der Autogrammstunden zwar auf Sendung, aber man würde natürlich streichen, was Anba-Jeet gerade gesagt hatte.

Nachdem die letzten glücklichen Fans gegangen waren, begaben sich die Göttinnen zu ihrem Wagen zurück. Die kein Glück gehabt hatten, so erklärte Anba-Jeet, würden noch eine Viertelstunde im Erdgeschoß randalieren, dann aber aufgeben und sich in alle Winde verstreuen.

Indu war erschöpft. Der Pöbel, der gegen die

Wagenfenster drängte, begann sie zu ängstigen. »Aber, aber«, beruhigte Anba-Jeet sie und klopfte ihr freundlich auf die Schulter, als die Monitore ausgeschaltet wurden. (Wenn eine längere Sendung ausgestrahlt worden war, hieß es auf den Bildschirmen für einige Zeit »Störung«. Waren die Münzen der Zuschauer dann vergeudet, dieses Geld, mit dem sie sich lebensnotwendige Dinge hätten kaufen können – Kleidung, Nahrung?)

Wieder in der Taja, fühlte Indu sich zum erstenmal schuldig und mutlos. Es dauerte einen Monat, bis sie sich von diesen Gefühlen freigemacht hatte. Und drei Monate, bevor die Taja sie die gleiche Aufgabe noch einmal übernehmen ließ.

Sie tat, was von ihr verlangt wurde, weil es eine Anordnung der Taja war und weil sie es immer noch liebte, geliebt zu werden.

Die freundlichen Schauspielerinnen, die ihres Standes waren, stimmten mit Indu überein. Es war eine schwere Last, dem Volk Trost zu schenken. Keine von ihnen aber weigerte sich jemals. Es wäre undenkbar gewesen.

Eines Tages brach Indu nach der Sitzung vor dem Monitor in Tränen aus. Der Aufnahmeleiter, der sehr grob werden konnte, schimpfte jedoch nicht mit ihr, sondern schickte sie in den Ankleideraum, wo die Monitore nicht in Funktion waren.

Nach einer Weile erschien Mhal, und Indus Personal verließ den Raum. Mhal erklärte ihr, daß die Zuschauer, die sie weinen gesehen hatten, mitleidig und gerührt sein würden. Es war keine so schlechte Sache. Aber die Taja verstand, daß die Sitzungen sie anstrengten. Sie würden deshalb eingeschränkt werden, bis sie in die *Sundah-Sona* eingetreten und etwas älter, belastbarer und an ihre Aufgabe besser gewöhnt sei.

Damals hatte sie Mhal noch vertraut.

Indu fuhr hoch; sie war auf ihrer Sonnebank aus Sandelholz eingeschlafen und hatte von Millionen starrender Augen geträumt. Sie beobachteten sie natürlich auch jetzt, diese Augen, sahen ihrem Erwachen zu. Sie hatten sie beobachtet, während sie schlief. Wie viele Männer, die ihre Münzen in den Einwurf eines Straßenbildschirms geworfen und den mit ihrem Glockenzeichen markierten Kanal gewählt hatten, hatten sich in dieser Zeit vorgestellt, daß sie so in ihren Armen und auf ihren fadenscheinigen Matten schliefe?

Sie wollte nicht daran denken. Sie durfte es nicht. Das war der Rat gewesen, den Mhal ihr Monate nach ihrem Tränenausbrach gegeben hatte. Sie war zu ihm gegangen und hatte gesagt: »Ich finde keine Ruhe mehr. Ich kann mich nicht konzentrieren. Ich denke daran, wie sie sich während der Sitzungen verhalten und auf den Straßen. Und jetzt fühle ich sie, immer und immer wieder – wie sie mich *ansehen!*« Mhal hatte entgegnet: »Natürlich fühlst du das, Indu. Aber das geht vorüber. Jede sensible Schauspielerin durchlebt solche Augenblicke. Was du tun mußt, wenn der Gedanke an deine Zuschauer dich beunruhigt, ist, sie zu *vergessen*. Vertraue dem Monitor und verbanne alles aus deinem Denken. Du bist liebenswert, bescheiden, sehr begabt und wunderschön. Du hast nichts zu fürchten, wenn man dich beobachtet.« Und immer noch schien Mhal ihr Freund zu sein, obgleich sie ihm nicht mehr voll vertraute.

Wie hatten sich die Dinge bis zu diesem unerträglichen Punkt entwickeln können? Sollte sie sich in ihrer Wohnung verstecken, wenn sie draußen Angst hatte – Angst zu gähnen, Angst mit einer Kollegin zu sprechen – und hatte die Kollegin auch Angst? Nein! Sie war in einer neurotischen Phase. Mhal hatte recht – wenn sie ihm nun auch nicht mehr traute, ihn nicht mehr mochte. Sie erinnerte sich an einen einarmigen Mann im Dorf, der auf ihre kindlichen Fragen geantwortet hatte: *Dharma*. Ich bin daran gewöhnt.«

2.

Vashari traf mit einigen Stunden Verspätung ein. Seine Haut war wie das dunkle Gold der Abenddämmerung. Hier und da standen auf den Terrassen die Menschen von ihren im Kerzenlicht schimmernden Tischen auf, als er sich näherte, applaudierten und riefen seinen Namen. Er verneigte sich im Vorbeigehen und kam lachend die Treppe hinaufgelaufen.

»Verzeiht mir, daß ich zu spät komme … was soll ich anderes sagen?« Sein dichtes, glänzendes Haar fiel ihm wie schwarzes Wasser über die linke Augenbraue ins Gesicht.

Die Taja-Direktoren, die am Tisch saßen, stimmten in sein Lachen ein. »Zu spät – wie gewöhnlich! Was sollte er auch schon anderes sagen?«

»Nimm Platz«, lud ihn eine goldbraune Schauspielerin ein. »Willst du dich nicht zu mir setzen?«

Aber Vashari brachte es irgendwie fertig, wenigstens einen Augenblick lang neben jedem zu sitzen; schließlich machte er es sich neben Indu bequem.

»Willkommen bei der *Sona*.«

Sie dankte ihm und wandte ihre Augen von seiner Schönheit ab, auf die sie nicht vorbereitet war. Bisher hatte sie ihn nur auf dem Bildschirm gesehen.

»Warum wendest du dich ab? Schau mich an, schöne Indu. Ich habe deine letzten Filme gesehen.«

Sie hatte gedacht: *Die Leute sehen zu*. Jenseits des

Lichtes, hinter den schlanken Pinien, die sich im leichten Windhauch bogen – Augen. *Wie die Augen von Schakalen um das Feuer des Jägers.* Aber im nächsten Augenblick hatte er ihre Aufmerksamkeit geweckt, und sie vergaß.

»Meine Filme? Willst du sagen ...«

»Ich bin einer deiner treuesten Fans«, erklärte Vashari, der Hohe Fürst der Taja.

»Meine Filme?« wiederholte sie ungläubig.

»Deine Filme. Und in ... wieviel Tage sind es? – werden wir zusammen einen Film drehen. Deine letzte Rolle paßte nicht zu dir!« (Sendete der Monitor das?) »Diese wird besser sein. Ich werde dir helfen. Meine Kritik: du scheinst dir der Kamera zu sehr bewußt zu sein. Locke sie, flirte mit ihr, aber nicht so augenfällig, bitte.«

Sie dachte, daß er natürlich genau wußte, wie man es machen mußte, und er wußte es in diesem Augenblick auch. *Bewußt ... unbewußt ...* Sie mußte ihr Gleichgewicht wiederfinden. Aber seine Augen hielten ihren Blick fest. Das Unsichtbare, das zuschaute, verschwand.

»Du wirst dich daran gewöhnen«, sagte er, als habe er ihre Gedanken gelesen, jetzt und vorher. Indu errötete; schon seit er die Terrasse betreten hatte, drängte ihr Blut von den Sohlen durch die Wirbelsäule bis hinauf in ihre Kehle.

»Oh!« sagte er. »Ich dachte, du könntest mich nicht leiden.«

»Alle Frauen mögen dich.«

»Oh nein«, gab er zurück, »nicht alle, aber genug. Und es tut gut, geliebt zu werden, kleine Indu. Liebe ist die Nahrung der *Sona.«* Er war bescheiden, er hatte nicht gesagt »die Nahrung der Götter«.

Ein paar Minuten sprach er mit den anderen, eine triviale Unterhaltung, doch ließ er sie nicht allein. In ihrer Nähe spielte ein Angehöriger der Musikerkaste die *Sitar-Maya.* Vashari drehte Indus Kopf leicht zur Seite, damit sie den Mann sehen konnte. »Um spielen zu können, müssen die Finger bluten und Schwielen bilden, und die Schwielen müssen an den Saiten zerreißen, wieder und wieder, bis die Fingerspitzen am Ende hart genug sind, um die Griffe zu meistern. Dann erst entsteht Musik.«

Er sah sie an. Solange seine Augen auf ihr ruhten, hatten andere Augen keine Bedeutung mehr. Ruhig sagte sie: »Bist du wirklich der Sohn eines Schlangenbeschwörers?«

»Ja, und einmal wurde ich von einer Kobra gebissen.«

Indus Augen weiteten sich. Er lachte wieder – es war diese Geste, durch die sie bekannt geworden war.

»Komm, geh mit mir spazieren!« forderte er sie auf. »Ich werde es dir erzählen.«

Sie erhoben sich und verließen die Tafelrunde, und die Goldenen winkten ihnen belustigt nach. Als sie die Terrassen hinunterschritten, versank einer der schimmernden Tische nach dem anderen in der Dunkelheit. Sie tauchten in den Schatten der Pinien ein, zwischen denen kristallklares Wasser rieselte. Der Mond war aufgegangen, und der Wetterschild ließ sein Licht verschwimmen. Die weißen Türme waren wie Geistergestalten, von der Farbe des Mondes und ebenso weit weg wie er. Im Schatten wurde Vasharis Goldfarbe zu Bronze. Es war nicht schwer zu glauben, daß sie alleine waren.

Er erzählte ihr von dem Biß der Kobra, von dem wandernden Schlangendoktor und seinen Heilmitteln. Eine alte Frau mit herrlichen Augen hatte ihn schließlich gerettet, erzählte er, durch ein Zauberlied. Indus eigene herrliche Augen füllten sich mit Tränen.

(Tausende von Frauen mochten jetzt weinen, als sie ihn hörten, ihn sahen, wie er seine Geschichte erzählte. Es machte nichts.) Sie gingen lange Zeit, sprachen miteinander, schwiegen still, dann lachten sie, wurden wieder ernst. Sie dachte: *Ich bin mit Vashari zusammen. Wie ist das möglich?*

Wo der große Elephant aus Elfenbein am Seeufer stand, half er ihr die Stufen hinauf; sie setzten sich zusammen auf den *Haudā* und schauten auf das Wasser, in dem sich der Mond spiegelte. Als sie aufseufzte, sprach er: »Ruh dich aus, Indu, wenn du möchtest. Ich bin bei dir«, und er legte seinen Arm um sie. Still blieb sie sitzen, den Kopf an seiner Brust, und die Welt war nur Vashari und Indu und der träumende See und der Mond.

Lange verharrten sie so in Stille miteinander, dann kletterten sie wieder von dem Elephanten herunter. Als sie durch den Park zurückkehrten, lagen schwarze Panther lang ausgestreckt auf den Ästen über ihnen, Vögel zwitscherten und der Morgen dämmerte. Vashari brach eine Blüte von einem Strauch. Langsam grub er seine weißen Zähne in ihren Stiel und legte sie wortlos in Indus Hand. Und wortlos nahm sie seine Gabe entgegen.

Was wissen Dichter und Drehbuchschreiber schon von der Liebe? dachte sie. *Ich liebe Vashari.* Glücklich sprach sie die Worte in sich hinein. Denn jetzt war es nicht mehr die Liebe eines heranwachsenden Mädchens zu einem Bild, das in der Dunkelheit schwimmt, es war die Liebe einer Frau zu einem Mann.

Gegen Mittag erreichte sie sein erster Brief. Sie las ihn in der Intimität ihrer Wohnung im Rose Dawn-Distrikt. Doch sie dachte in diesem Augenblick nicht an das Problem ihrer Privatsphäre. Sie stand am Fenster und las und konnte somit vielleicht gesehen werden. In seinem ersten Brief schrieb er von ihrer Schönheit, mit der sie ihn verzaubert habe. Der Brief war ganz gewöhnlich, fast förmlich, und sie fühlte sich enttäuscht. Dennoch wählte sie sorgfältig ein neues Gewand aus, von zartem Stoff und mit schönen Farben. Am späten Nachmittag stand Vashari vor ihrer Tür. Sie ritten über die höher gelegenen Teile der Taja. Sie saßen beisammen, schwiegen miteinander. Niemand kam und störte sie.

Als die Nacht anbrach, erstrahlte der märchenhafte Makrokosmos der Taja wie ein gestirnter Teppich zu ihren Füßen, zugleich aber schienen noch immer einige der weißen Türme die Sterne am Himmel zu berühren. Indu und ihr Geliebter blickten zu ihnen auf. Er sprach: »Es gibt nur dich. Nichts sonst. Sie sagen, daß sich die Wahrheit aller Dinge in der Liebe findet.«

Erst als er Mond aufging, trennten sie sich. Am nächsten Morgen trat ihr Bild seine gnadenlose Reise an.

Sein zweiter Brief kam bei Sonnenaufgang, einen Augenblick bevor sie ihre Wohnung verließ. Sein zweiter Brief war sehr kurz, doch war Indu diesmal nicht enttäuscht. Nur ein einziges Wort stand auf dem Papier: *Karma.*

Der erste Film, den Vashari und Indu zusammen drehten, wurde rasch fertig. Elektrische Spannung schien in der Luft zu liegen. Vor der Kamera begegneten sich die Gestalten, denen sie Leben gaben, und verfielen einander in Liebe. Und auch in der Wirklichkeit war es so. Jedesmal, wenn sie sich trafen, verliebten sie sich aufs neue ineinander. Daß die ganze Welt von ihrer Liebe wußte, schien Indu ganz richtig. Und offensichtlich wurde diese Liebe von der Taja begünstigt. Wohin immer sie gingen, wurden sie mit spontanen guten Wünschen überschüttet, mit Blumen, Licht und Gesang. Und es gab – natürlich – keinerlei Eifersucht. Der Kodex der Taja gestattete keine Eifersucht.

Ein zweiter Film folgte dem ersten, ein dritter dem zweiten. Inzwischen brach der erste Film in der Stadt einen Rekord nach dem anderen, und es bestand Grund zu der Annahme, daß es in anderen Städten und überall auf dem Land genauso sein würde. Ohne Zweifel hatten Life-Übertragungen von den Begegnungen der beiden Liebenden den Hunger der Zuschauer ins Unersättliche wachsen lassen.

Vashari, das Idol, der Fürst der Bildschirme, und die keusche, geheimnisvolle Indu ... Überall strahlten sie einem von den Plakaten entgegen: der Gott und die Göttin in ihren historischen Filmgewändern; sie lächelten und warfen den Glanz ihres Glückes über die fleckigen Mauern der Metropole und den Verkehrslärm auf den Highways, über den gelben Staub der Pfade hoch in den Bergen.

Zahllose Interviews mußten gegeben werden, aber sie beunruhigten Indu nicht länger. Sie brauchte nichts anderes zu sagen als die Wahrheit. Sie liebte ihn. Und er, der unter so vielen wählen konnte, hatte sie erwählt.

Daß sie heiraten würden, stand außer Frage. Sie gehörten der selben Künstlerkaste an. Ihre berufliche Zusammenarbeit war sensationell. Die Taja gab ihre Zustimmung. Es würde eine der glanzvollsten und schönsten Hochzeiten in der Geschichte des Films sein.

»Aber du mußt dir den Segen deiner Familie holen!« erklärte Mhal.

»Ach, meine Familie! Warum sollte sie etwas dagegen haben? Ich habe meiner Mutter einen Brief geschrieben, sie wird ihn sich vorlesen lassen und ...«

»Aber nein, Indu! Du bist doch sonst nicht so gefühllos. Du darfst nicht zulassen, daß dein Glück dich deine Pflichten vergessen läßt!«

Sie standen in einem Pavillon am See. Eine Mitternachtsparty war rund um das kleine Fleckchen Stille im Gange. Wann immer sich Mhal ihr jetzt näherte (sie hatte seit zwei Monaten alle Einschränkungen ertragen, immer seit sie Vashari begegnet war; es hatte deshalb keinen Grund gegeben, sie noch einmal in Mhals Büro zu rufen), entstand diese kleine, beängstigende Stille zwischen ihnen. Indu stand im Innern des Pavillons und sah Vashari im Freien stehen, mit Blumen bekränzt. Er sang, und der lachende Trommler schlug den Takt dazu. Sie war zu weit fort, um seine Stimme oder die Worte seines Liedes zu hören.

»Also, was muß ich tun?« fragte sie Mhal.

»Mußt du mich das erst fragen? Du wirst mit Vashari zum Haus deines Vaters fahren. Vashari weiß, was zu tun ist. Du brauchst nur eine gehorsame Tochter zu sein.«

Sie erinnerte sich – wie sie sich jetzt nur noch in wenigen vagen Augenblicken erinnerte –, daß man ihnen zuschaute und zuhörte. Diese Unterhaltung würde ausgestrahlt werden. Es würde ihrer Karriere nicht dienlich sein, wenn man sie so lau in ihrer Kindespflicht sähe, falls Kindespflicht das war, was die Taja verlangte.

»Und Vasharis Vater?« fragte sie, um die beunruhigende Verwirrung zu überspielen.

»Vasharis Eltern sind tot und seine Verwandten spurlos in aller Welt verstreut. Die Taja ist Vasharis

Vater; sie hat eure Vereinigung geplant und gebilligt.«

»Geplant ... Die Taja hat geplant ...?«

»Natürlich, Indu, was denn sonst? Ihr seid alle die Kinder der Taja. Wir ermuntern euch, zusammenzukommen und euch miteinander zu verbinden, die von euch, die zueinander passen. Das Programm ist flexibel. Schon vor langer Zeit kam die Taja zu der Überzeugung, daß Vashari und du gut zueinander passen würdet. Seine Anziehungskraft, deine Lieblichkeit. Du wurdest für ihn erzogen und er für dich bewahrt. Und wie klug die Taja euch beide ausgewählt hat, findest du nicht? Schau dich an! Ein Liebespaar wie es ...«

»Halt!« unterbrach sie ihn heftig. Sie atmete mühsam. »Ich war so glücklich ... Wie können Sie mein Glück so zerstören? Oh, warum zerstören Sie es?«

»Du mußte den Tatsachen ins Auge sehen!«

»Oh, ich weiß, ich habe keine Wahl ... Verabscheut er mich?«

Mhal lächelte. »Du weißt sehr gut, daß er dich liebt und anbetet. Im Vertrauen: Von dem Augenblick an, als er dich zum erstenmal auf dem Bildschirm sah, war es um ihn geschehen.«

»Dann haben Sie Vashari auch zum Narren gehalten!«

»Aber ganz und gar nicht. Vashari versteht unser System. Unausweichlicher Zufall mag die Welt regieren, nicht aber die Taja, Indu. In deinem Dorf hättest du deinen Bräutigam nicht vor dem Hochzeitstag gesehen!«

Mhals Gesicht kreiselte und verschwamm vor ihren Augen; im nächsten Moment war er fort, und Vashari stand vor ihr.

»Was gibt es, Indu? Sag's mir!«

Sie schaute ihn an, ohne zu wissen, was sie sagen sollte. Wenn er sie nicht liebte, war ihr Leben sinnlos.

»Mhal ist ein Gauner und Halunke«, brachte sie schließlich heraus. Vashari lachte: »Bedeutet das etwas?«

»Das ist kein Scherz! Wie viele Lügen sind hier umgegangen?«

»Eine ganze Menge wahrscheinlich. Aber nicht durch mich!« sagte er und nahm ihre Hand. »Ich kann dir keinen Beweis dafür geben, außer in unserem gemeinsamen zukünftigen Leben. Dann kann und werde ich dir alle Beweise geben.«

Sie gingen auf eine Brücke hinaus, die vom Pavillon zum Seeufer führte, und blieben am Wasser stehen. Strahlte der Monitor ihr Bild immer noch aus? eine »Störung« von dieser Länge ... Wie viele unentbehrliche Münzen waren schon wieder verloren?

Der Ärger fiel von ihr ab. Sie weinte bitterlich. Vashari hielt sie fest in seinen Armen. Jede Faser seines Leibes ließ sie spüren, daß er sie liebte. Tränen konnten aus so vielen unschuldigen Gründen vergossen werden, und deshalb würde man sie doch senden.

Sie sah sie deutlich vor sich, die Augen, die sie in Vasharis Armen weinen sahen.

3.

Der Wagen wurde von einer Polizeieskorte begleitet. Trotzdem drängte die Menge bei jedem Halt nach vorn. Indu lächelte; ihre Augen glitten dabei rastlos weiter, niemals blieben sie länger als einen Moment auf demselben Gesicht haften ... ein Spiel, das Anba-Jeet sie gelehrt hatte. Während der Fahrt hielt sie Vasharis Hand, und er streichelte ihre Finger. Seine Berührung sagte: *Still, Indu, alles ist gut. Ich bin ja hier,* während sein Lächeln die Menge wie Blitze blendete; Frauen brachen neben dem Wagen bewußtlos zusammen. Indu dachte: *Ohne die Kälte in den Außenteilen des Wagens würden sie aufs Dach klettern.* Die Menge würde die Limousine überfluten, sich auf ihr türmen. Und dann ... Ein Junge klammerte sich, als der Wagen weiterfuhr, für einen Augenblick an das Fenster auf ihrer Seite und leckte mit der Zunge über die Scheibe. Sie dachte: *Sie würden sich hineinfressen!*

Als sie den Block erreichten, in dem sich die Wohnung ihrer Eltern befand, sah sie die auf den Straßen gehißten Fahnen, scharlachrot und purpurrot, orangegelb und goldfarben. Die Menschen hingen in den Fenstern und Türen. Polizeisirenen gellten auf, und sie rollten in die Tiefgarage, deren Türen sich automatisch hinter ihnen schlossen.

Der Lift war freigehalten worden, aber viele Leute hatten sich das Vorrecht erkauft, in der Halle auf sie zu warten. Sie näherten sich ihnen ruhig, fast scheu, aber beharrlich. Indu und Vashari signierten Bänder, Fotos, Kleidungsstücke.

Die Wohnung lag im Dachgeschoß. Die Zimmer waren um einen schönen Innehof mit einem geschmackvoll verzierten Brunnen geordnet. Wäsche war zum Trocknen aufgehängt, mit Absicht, denn die Kleidungsstücke waren von guter Qualität und modernem Zuschnitt, und vor der Wäsche aufgereiht, standen Indus Angehörige, steif wie Puppen.

Die Begrüßung verlief förmlich und höflich. Indu sah Schweißtropfen auf dem Gesicht ihres Vaters; sie sah, wie ihre Schwestern rasch und schwer atmeten, die Blicke gierig auf Vashari gerichtet.

Dann begaben sich die Männer in den Hauptraum, um Tee zu trinken. Die Schwestern drückten sich im

Hof an die offene Tür. Ihre Mutter zeigte Indu einen riesigen neuen Kühlschrank, vollgepfropft mit Vorräten, die Hunderte von Menschen mehrere Wochen lang hätten ernähren können. Voller Stolz wählte die Mutter gefrorene Nahrungsmittel in leuchtend bunten Dosen aus und trug sie von der Küche bis in die äußerste Ecke des Hofes. Dort ließ sie Indu den großartigen »Atom-Herd« – wie die Mutter sich ausdrückte – bewundern, dann alle neuen Errungenschaften, deren die Familie sich rühmen konnte: die Ausstattung der Zimmer ihrer Schwestern, einen neuen Teppich, ein neues elektronisches Ton- und Bildgerät. Indu war noch nie in der Wohnung gewesen, denn ihre Familie war zu ihr in die Taja gekommen, solange sie sich noch auf Verabredung hin zu sehen pflegten. Es wurde ihr bewußt, daß sie hier nur zu Besuch war. Ihre Mutter wagte nicht, sie zu berühren, und wenn es einmal zufällig geschah, bat sie stammelnd um Verzeihung. Indu wünschte auch gar nicht, berührt zu werden. Höflich schaute sie sich um; unsicher bemühte sie sich, eine Rolle zu spielen, die ihr fremd war.

Dann und wann hörte man aus dem Hauptraum, wo sich die Männer aufhielten, lautes Lachen. Niemand kam heraus. Indus Schwestern gaben schließlich auf und stahlen sich in die Küche. Wie Katzen schlichen sie sich heran, schnupperten an ihrem parfümierten Körper und fingerten an ihrem Gewand herum – Indu geriet darüber beinahe in Panik. Die Mädchen hielten ihre Augen gesenkt, Augen, in denen blanker Haß stand. Ununterbrochen redeten sie von Vashari. »Wie schön er ist!« »Schöner als im Film!« Eine von ihnen fragte herausfordernd: »Wenn er mein Schwager ist, wird er dann einen Mann für mich suchen, der so gut aussieht wie er?« »Still!« rief Indus Mutter gereizt und erschrocken. Die Schwestern zogen sich schmollend wieder in den Hof zurück. Ein Außenradio war beim Brunnen installiert. Sie drehten es auf volle Lautstärke, und plötzlich, unvermutet, drang Indus klare, glockenreine Stimme aus dem Lautsprecher; sie sang ein Liebeslied aus ihrem zweiten Film mit Vashari.

»Oh«, rief ihre Mutter aus, »erinnerst du dich ...« Bedenken überkamen sie, und sie schwieg. Eifrig öffnete sie einen Schrank, um Indu zum dritten Mal ihre kulinarischen Schätze zu zeigen.

Später, als der Himmel sich zu schimmernder Bronze verdunkelte, trugen Indus Mutter und ihre Schwestern gebackene Süßspeisen in den Hauptraum; Männer und Frauen blieben jetzt zusammen. Indu setzte sich neben Vashari, weil man das von ihr erwartete. An diesem Ort, umgeben von ihrer Familie, kam kein Gefühl der Verbundenheit mit ihm auf, ja sie schien geradezu Abneigung ihm gegenüber zu empfinden, obwohl sie die tiefen Ränder äußerster Anstrengung um seine Augen sah. Er schien so unbeschwert und vergnügt, aß *Laddu*, erzählte von Filmen, gestattete den Männern darüber zu diskutieren, als ob ihre Meinung für ihn von Belang sein könnte. Er half den anderen, ihre Scheu zu überwinden – wozu Indu nicht fähig gewesen war –, und das verbrauchte seine Kräfte bis zur Erschöpfung.

Sie gingen auf den Innenhof hinaus und schauten auf die dunstverhangene Stadt hinunter. Indus Vater machte die Übergabe seiner Tochter an Vashari zu einer wahren Show, die alle Anwesenden in Verlegenheit brachte. Unter ihnen überdeckte das Summen der Menge, die auf die Rückkehr der Stars wartete, alle anderen Geräusche. Und unablässig saugten die Monitore das geisterhafte Geschehen in sich ein und strahlten selbst Szenen aus wie die, als ihre Mutter um Verzeihung dafür bat, sie berührt zu haben, als ihre Schwestern Vasharis Arm gepackt hatten und ihr Vater sie auszankte.

Die Sonne stand jetzt auf gleicher Höhe mit den Dächern des Wohnblocks. Ein Vogelschwarm zog darüber hinweg, und Indu wußte, daß die Bildschirme alles zeigten: sie selbst, Vashari, ihren Vater, der Vashari die Hand schüttelte, ihre Mutter, deren Gesicht nervös zuckte, als sie krampfhaft zu lachen versuchte – auf dem romantischen Hintergrund der Vogelschwingen vor der sinkenden Sonne. Endlich durften sie gehen. Mhal würde sagen: »Es hat zu viele Bildschnitte gegeben, Indu. Du hättest deine Mutter umarmen müssen!« Aber Indu und ihre Mutter konnten daran nichts ändern.

Das verlobte Paar betrat die Eingangshalle, lächelte, signierte Fotographien und Kleidungsstücke und kehrte mit dem Aufzug zum Wagen zurück.

»Vashari«, sagte Indu, »warum haben wir das getan? Es war entsetzlich!« (Schnitt) Indu dachte: *All unsere Gespräche könnten privat sein, wenn wir immer Dinge sagten, die nicht gesagt werden sollten.*

»Ach Indu!« brauste Vashari auf; seine Nerven waren zum Zerreißen gespannt. Er rückte von ihr ab; schaute liebevoll in die Menge, nicht auf sie.

»Es war nicht mein Fehler«, brachte sie heraus.

»Natürlich nicht«, entgegnete er brüsk. »Es mußte getan werden. Und jetzt ist es getan.«

»Aber warum?« fragte sie wieder. »Es gibt uns keinen Frieden. So vor aller Augen ...«

»Vergiß es. Wenn wir verheiratet sind, werden wir unsere Privatsphäre haben.«

»In unserer Wohnung, für zwei Tage im Monat!«

»Und alle Nächte.«

Zornig stieß sie hervor: »Wie können wir das wissen?«

»Sei nicht albern!«

»Gesetzt den Fall, die Politik der Taja ändert sich eines Tages. Gesetzt den Fall, Mhal kommt zu uns und sagt: Laßt sie euch zusehen, in eurer Wohnung, Mann und Frau, wie ihr euch küßt und …«

»Aber Indu, die Taja würde so etwas nie verlangen. Benimm dich nicht wie ein kleines Kind!«

Das Meer von Gesichtern wogte vor den Scheiben auf und ab. Zum dreiunddreißigsten Mal drückte der Chauffeur auf den Kälteknopf, um weiterfahren zu können. Schreiend und häßlich lachend fiel die Menge zurück.

Indu sagte: »Ich verstehe das alles nicht. Selbst du …«

»Was ist mit mir?«

»Kann ich dir vertrauen, Vashari?«

»Ja«, antwortete er kurz.

»Ja? Aber du bist ein Teil dessen, was sie wollen. In deinem zweiten Brief schriebst du, wir seien durch die Handlungen anderer Menschen für ein gemeinsames Leben bestimmt. Es war so wundervoll zu lesen, Vashari. Und so einfach niederzuschreiben.«

Vashari verlor die Nerven. »Sei still, Indu!« schrie er sie an.

Die Menge glitt an ihrem Wagen vorbei; sie war zu einem gesichtslosen Schatten geworden. Dunkelheit senkte sich auf die Stadt herab. Riesige Neonlampen leuchteten über den Straßen auf und weiter oben das gleißende Licht der Filmtheater, in dem er und sie in ungetrübter Glückseligkeit auf ihren Plakaten in die Nacht hinausschauten.

Indu hielt ihre Tränen zurück.

»Verzeih!« bat sie.

»Ja, ja, natürlich, Indu.« Der Wagen wurde wieder

langsamer. Ein erneuter Halt. Dunkelheit lag hinter den Schatten, nur Augen und Zähne blitzten auf. Durch das dicke Glas hindurch war das Geräusch kratzender Nägel zu hören. »Lächle ihnen zu, Indu. Sie haben wenig genug. Und laß uns über etwas anderes sprechen, oder unser Kanal auf den Bildschirmen wird die ganze Nacht dunkel bleiben.«

So betrieben sie also Konversation, spielten Theater, wie sie es gewöhnt waren. Und die Außenbezirke der Stadt glitten vorbei. Die Menge wurde kleiner und kleiner, schwand dahin wie die Kornhalme auf einem sterbenden Feld.

Auf halbem Weg durch die Ebene drehte die Polizeieskorte ab und kehrte in die Stadt zurück. Niemand kam der Taja zu nahe, ohne eingeladen zu sein. Vor dem Gott und der Göttin lag jetzt nur die Straße, auf der sie einst barfuß ihrem Schicksal entgegengegangen waren. Der Glanz der Krone aus Türmen stieg immer höher in den Himmel hinauf.

»Noch nicht!« sagte Indu. Vashari sah sie an. »Befiehl ihm weiterzufahren in die Hügel. Nur ein kurzes Stück.«

»Das ist nicht üblich.«

»Das ist mir gleich.« Beide lachten laut und unbeschwert; sie spielten immer noch Theater, um im Bild zu bleiben. Einfach irgendwohin zu fahren, war etwas, was die Kinder der Taja nicht taten, außer wenn man es von ihnen verlangte. »Bitte, Vashari! Die Sterne ... Ich möchte die Sterne von den Hügeln aus sehen.«

Vashari klopfte an die Zwischenscheibe und befahl dem Fahrer, sie zu den Hügeln zu bringen. Der Mann zögerte, gab dann aber nach. Vielleicht hatte man ihm über Funk Angaben über die endlose Zahl von Schnitten gemacht, zu denen der Monitor bereits gezwungen gewesen war und die bei einer weiteren Auseinandersetzung noch anwachsen würde.

Langsam verließ die Limousine die große Straße und glitt auf einem ansteigenden Pfad in die Dunkelheit.

Bald waren sie von undurchdringlicher Schwärze umgeben. Die Lichter der Taja und der Stadt verschwammen in der Ferne weit unter ihnen. Hoch oben am ebenholzfarbenen Himmel gleißten Sterne, und die Wagenscheinwerfer schnitten eine Schneise auf dem dunklen Pfad; hinter ihren Fenstern aber war nichts, nur Nacht. Und niemand kam aus der Nacht, um sie anzustarren oder sie zu berühren.

Zehn Minuten später verlangsamte der Wagen.

»Sag ihm, er soll schneller fahren, bitte!« flehte Indu.

»Ich glaube, er möchte umkehren.«

»Noch nicht«, beharrte Indu.

Vashari zuckte die Achseln. Er klopfte an die Scheibe.

»Fahren Sie weiter. Und schneller.«

Der Fahrer sagte nichts. Nach einer kurzen Pause heulte der Motor auf. Der Wagen machte einen Satz voran; seine Stabilisatoren trugen ihn leicht über den holprigen, felsigen Boden.

Vashari lehnte sich in seinen weichen Sitz zurück. Er sah sie nicht an. Sein Gesicht war müde und leer; das Profil eines wunderschönen Fremden.

Sie fuhren etwa eine halbe Stunde, vielleicht siebzig Meilen weit. Keiner von ihnen wußte, wo sie sich befanden, und der Fahrer bestand darauf anzuhalten. Er wollte endlich wissen, wohin sie wollten. »Ich will einfach weiter!« erklärte Indu. Vashari schaltete das Sendegerät aus und drehte sich wie ein wütender

Tiger nach ihr um. »Du willst fliehen, aber es gibt keine Flucht. Willst du alles verlieren, was du hast? Ziehst du es vor, von der Taja ausgeschlossen zu werden? Keine Arbeit, kein Geld, keinen Ort zum Leben? Ohne Komfort, ohne …«

»Ohne dich?« ergänzte sie fragend.

»Ja, und ohne mich. Dieses Leben ist das Leben, das ich gewählt habe. Ich will es! Ach, Indu, mach dich frei von diesen Wahnideen. Werde meine Frau. Laß mich dich beschützen. Ich liebe dich, ich bete dich an, ich brauche dich. Aber ich kann für dich nicht wieder zum Bettler werden.«

Indu öffnete die Wagentür und stieg aus. Nur mit den Sternen als Wegweiser schritt sie hinaus in die Finsternis. Vashari verharrte einen Augenblick reglos. Mit beiden Händen fuhr er sich über Gesicht und Haare. Der Fahrer wartete, begann aber bald, hastig auf Vashari einzureden.

»Ja, ist schon recht. Ich werde gehen und sie zurückholen. Warte mit dem Wagen hier.«

Vashari stieg aus und folgte Indu, aber sie war schon hinter einem Hügel verschwunden.

Indu hörte ihn hinter sich in der Dunkelheit rufen. Auf ihren hochhackigen Schuhen stolperte sie blindlings weiter, eine Hand tastend ausgestreckt, die andere über die Augen gelegt, um ihre Tränen abzuwischen. Als er sie eingeholt hatte, flüsterte sie seinen Namen, bereit, seinen Ärger über sich ergehen zu lassen. Er aber legte nur stumm seine Arme um sie, und sie fühlte das wilde Pochen seines Herzens.

»Komm zurück zum Wagen«, bat er schließlich.

»Selbst hier beobachten sie uns«, sprach sie. »Kannst du ihre Augen fühlen, Vashari? Selbst hier. Aber sie können nicht hören, wenn ich sage: Kannst du ihre Augen fühlen, Vashari. Dann nicht!«

»Indu, Indu!«

»Sobald wir verheiratet und allein in unserer Wohnung in der Taja sind, werde ich fühlen, daß sie uns beobachten, uns und alles, was wir tun. Sie *sehen* alles. Und wenn sie uns nicht sehen können, stellen sie sich uns vor. Sie denken immer an uns. Sie haben kein anderes Leben. Sie haben nur *unser* Leben. Und auch wir haben kein Leben, weil unser Leben *ihnen* gehört.«

Er hielt sie fest, und sie vergrub ihr Gesicht an seiner Brust, sich der Blicke bewußt, die das Licht ihres Glanzes und ihres Ruhmes umkreisten, die Blicke von Schakalen neben dem Feuer des Jägers.

Plötzlich spürte sie, wie er zusammenschrak. Sie wandte sich um und sah ein Licht, dann noch eines und noch eines, in der Dunkelheit auftauchen.

Anscheinend war sie in ein Dorf geraten, das so armselig, so grau und verfallen war, daß sie es vor dem felsigen Hintergrund nicht ausgemacht hatte. Und die Gerüche dieser tiefstehenden menschlichen Gemeinschaft waren ihr entgangen: der Geruch von Rauch und Gewürzen und Ziegen, von Dung, Fleisch und Benzin. Jetzt aber, als das Licht in den Hütten aufflammte, die Öllampen und die eine oder andere Glühbirne, sah sie wie auf einem surrealistischen Bild die Szenen ihrer Kindheit wiederauferstehen. Dort der Brunnen, von einer Baumkrone überwölbt, und dahinter die Lehmhütten mit ihren höhlenartigen Eingängen, die sie noch vor einer Minute für Löcher in den Hügeln gehalten hatte. Und dort, ja selbst mitten in dieser tiefen Armut, leuchtete am Ende der festgetretenen Straße über allem das Gebäude, das dem Dorf als Kino diente, mit verblaßten Postern an seinen Wänden.

Indu kicherte. »Schau mal, Vashari!« Sie wies mit dem Finger daraus. Gerade noch erkennbar schimmerten die vollkommenen Gesichter des Gottes und der Göttin, ihre eigenen Gesichter, über den verfallenen, armseligen Hütten.

Vashari aber sah gebannt auf die Menschen, die sich ihnen von allen Seiten näherten. Einige hatten Lampen bei sich. Das Licht der Lampen brach sich in ihren Augen, die Lampen selbst waren wie Augen, und die Augen-die-Lampen-waren formten einen Kreis, dessen Mittelpunkt Vashari und Indu bildeten.

Niemand unter den Dorfleuten zeigte sich überrascht, und es war offensichtlich, daß alle wußten, wer der Mann und die Frau waren ... so als ob sie selbst jetzt noch Bilder auf der Wand wären, hineinprojiziert in die Dunkelheit.

Erst bewegte sich der Kreis nicht. Dann begann er, sich langsam enger zu ziehen.

»Was wollen sie?« flüsterte Indu.

»Geld vielleicht«, erwiderte Vashari, aber er machte keine Anstalten, ihnen Geld zu geben. Er stand ganz still, und auch Indu neben ihm regte sich nicht.

Und wieder schloß sich der Kreis ein wenig enger um sie, hielt zitternd inne, verengte sich aufs neue. Manche Leute grinsten mit einem Ausdruck, der Freude bedeuten mochte, aber im Licht der Lampen bekam der Ausdruck etwas Beängstigendes. Eine Hand näherte sich sachte Indus Ärmel, ihrer Haut. Heftig riß sie sich frei. Sie war zu Tode erschrocken. Kaum hatte die eine Hand ihren Arm losgelassen, legte sich eine andere sanft auf ihr Haar. Indu begann unbeherrscht zu schreien. Entsetzt blickte sie zu Vashari auf, der der Menge zunickte.

Indu fest an sich gepreßt, begann er vorwärts zu schreiten, und wie als Antwort auf seine zur Schau getragene Unbeschwertheit – Indu fühlte, daß er ebenso zitterte wie sie selbst – teilte sich die menschliche Barriere vor ihnen, als wollte sie ihnen den Weg freigeben. Aber plötzlich stand eine Frau direkt vor ihnen, die nicht bereit war, sie durchzulassen. Sie war hager und häßlich, ihre Hände streckten sich nach Vashari aus, und als ihre Finger ihn streiften, stieß sie ein lautes *Aah!* aus. Und ihr Schrei schien die namenlose, grenzenlose Gier freizusetzen, von der die Menge erfüllt war.

Vashari gab den Versuch auf, sich einen Weg zu erzwingen. Immer noch hielt er Indu fest umschlungen, um sie zu schützen, und sie klammerte sich an ihn, während der endlose Regen ihrer Berührungen auf sie niederging. Berührungen, die zuerst wie rauhe, scheue Liebkosungen waren, dann aber immer härter, immer besitzergreifender, immer sicherer wurden.

Als das erste kleine Stück aus ihrem Gewand gerissen wurde, begriff Indu. Einen verlorenen Augenblick lang ging ihr Grauen in dem wilden Verlangen unter, gegen alle Übermacht des sich drehenden Großen Rades ein unauslöschliches Zeichen ihrer Liebe zu Vashari zu setzen, damit wenigstens dieses erhalten bliebe.

Aber sie konnten nur noch gellend seinen Namen schreien, dann wurden sie auseinandergerissen, und über sein Gesicht fiel ein Vorhang aus Verzweiflung und Todesfurcht, als habe er sie bereits vergessen.

Einzig von dem Plakat über ihren Köpfen konnte sie noch einen letzten Blick auf den wirklichen Vashari und die wirkliche Indu werfen, unverwundbar und herrlich, eine Göttin, die durch die Finsternis auf das Dorf herabschaute.

Die Einäscherung fand innerhalb der Taja statt. Sie wurde zu einem spektakulären Ereignis, das auf alle Bildschirme im Land übertragen und immer wieder in den Filmtheatern gezeigt wurde. Ein hundertachtzig Fuß hohes, bemaltes, vergoldetes, geschnitztes und mit bunten Tüchern aus kostbarem Material drapiertes Gerüst aus Holz ging in Rauch und Flammen auf und zeichnete eine düstere Wolke an den Himmel, die über die Türme empostieg und weit über die Ebene bis zur Stadt hin sichtbar war. In der Mitte des hölzernen Bauwerks verbrannten Vashari und Indu. Es war nicht möglich gewesen, ihre toten Körper zu filmen. Der Autounfall, bei dem sie ums Leben gekommen waren, hatte zu schwere Verletzungen verursacht.

Über die Doppeltragödie war breit berichtet worden. 36 Stunden lang übertrugen die Lautsprecher kaum etwas anderes. Was geschehen war, stand noch nicht völlig fest. Wie die, deren Bildschirme auf den Indu- und Vashari-Kanal eingestellt gewesen waren, gesehen hatten, war das junge Paar zu den Hügeln hinaufgefahren. Bald darauf waren Störungen angezeigt worden, und die Bildschirme blieben leer. Man vermutete, daß an dem Wagen ein Defekt aufgetreten war. Der Fahrer, der herausgeschleudert worden war, hatte Wunden am Kopf davongetragen und konnte sich an nichts erinnern. Die Taja hatte nicht verlangt, daß er Rede und Antwort stand.

Nach der ersten Todesnachricht ergossen sich Scharen von Fans der beiden Stars aus der Stadt in die Ebene; überall standen oder hockten sie in fassungsloser Trauer. Als der nächste Morgen anbrach, kamen Trauernde zu Fuß und mit der Bahn aus allen Teilen des Landes. Ein Riesenaufgebot an Polizisten überwachte die Menschenmassen. Eingeschlossen in ihre Mauern und elektronischen Kontrollen blieb die Taja unzugänglich und ruhig.

Am Tag der Einäscherung spielten sich Szenen maßloser Hysterie in der Ebene ab. Als der hölzerne

Sarkophag in Flammen aufging, ein kolossales Feuerwerk am dunklen Abendhimmel, wählten zahllose Frauen und auch viele Männer den Freitod; manche von ihnen übergossen sich mit Benzin und setzten sich selbst in Brand.

Der zweite und der dritte Film, den Indu und Vashari zusammen gedreht hatten, wurden drei Tage nach ihrem Tod freigegeben; sie brachen bald alle früheren Besucherrekorde.

In Mhals Bürosuite wurde diese Tatsache registriert und zu den Akten genommen, wie alle – oder fast alle – Ereignisse registriert und zu den Akten genommen wurden. Aus dieser Suite waren auch die Geschichte über den Unfall und die Einzelheiten, die sie stützen sollten, gekommen sowie die Erlaubnis, bei einem Angehörigen der Transportkaste der Taja einen Gedächtnisschwund herbeizuführen. Der Bericht des Monitors, den nur einige wenige ausgewählte interne Bildschirme der Taja hatten empfangen und ungeschnitten aufzeichnen können, wurde bis zu seiner Vernichtung in Mhals Suite unter Verschluß gehalten.

Die dafür von der Taja verpflichteten Leute fanden das Dorf ruhig und gelassen vor. Es würde in nicht allzu langer Zeit durch eine vorhersehbare Hungersnot oder eine Seuche vom Angesicht der Erde getilgt werden. Was gewisse Dokumente »die Reste« nannten, war in eine Schlucht geworfen worden; die Taja hatte ihre Bergung veranlaßt.

Viel war von den Körpern nicht übriggeblieben. Wie die Filmbänder, die kurz darauf in Säure aufgelöst wurden, enthüllten, waren sie buchstäblich in Stücke gerissen worden. Wie sich aus den Bildaufzeichnungen außerdem ergab, war es nicht eigentlich ein Ausbruch kollektiven Wahnsinns, ja nicht einmal ein bestialischer Akt der Befreiung gewesen. Es schien sich weniger um Hunger als um Liebe gehandelt zu haben.

Hoch oben, in der Dunkelheit treibend, öffnet die liebliche Göttin weit ihre Augen, und der Gott nimmt ihre Hand und führt sie durch den Schatten eines Waldes, aus dem Vögel auffliegen. Obwohl sie nur noch Asche sind, kann man sie sehen, diese großen Liebenden, nach wie vor kann man sie in der Dunkelheit auf der Leinwand betrachten, makellos, wunderbar und strahlend. Denn wie alle Sterne bestrahlen auch sie die Welt selbst dann noch mit ihrem Licht, wenn sie längst tot und kalt sind.

Die siebte Nacht liegt weit in der Zukunft. Der Heilige Fluß ist zu Gold geworden. Hoch oben in der Luft überblicken riesige Maschinen das Schicksal der Menschen. Die siebte Nacht ist die Nacht der Seele …

Tamastara

Auftakt

Die Sonne ging unter. Es versetzte ihm einen Schock.

Natürliche Vorgänge versetzten Renard manchmal einen Schock. Das kam daher, weil er so lange Zeit in künstlichen Umgebungen verbracht hatte – in nicht unbedingt geordneten, wenig überschaubaren, aber doch stark vereinfachenden Umgebungen. Vielleicht kam es auch daher, daß er so viel Zeit in der Welt seiner eigenen Gedanken verbracht hatte.

Die Sonne war schon fast verschwunden, als etwas geschah, was den Anschein erweckte, als hätten sich plötzlich gewaltige Tore geöffnet. Eine Flut von goldgleißendem Licht ergoß sich aus dem Himmel wie eine Wasserwand aus einem gebrochenen Damm. Alles ging in Flammen auf, ertrank darin. Die Ruinen schienen aus geschmolzenem Honig zu sein. Aus dem Dschungel flog ein Schwarm von Papageien auf und tauchte in der lodernden Glut zu den Nestern zwischen den Mauerspalten hinab. Und dann verblaßte das Licht wieder, erlosch, der Tag starb, und innerhalb weniger Sekunden herrschte völlige Finsternis, und Ruhe kehrte ein. Das unaufhörliche Klin-*k*-*k* eines Goldbartvogels Meilen entfernt in einem der Täler, das ihn den ganzen Nachmittag über an den Rand des Wahnsinns getrieben hatte, verstummte endlich. Nur der Abendwind und die Tiere im Unterholz bewegten sich noch, so daß es überall raschelte und atmete.

Renard hatte die zehn Fuß hohe Raumfähre zwischen den Dächern der Tempelruinen aufgesetzt und dann vorwärts rollen lassen, bis sie tief unter wildwucherndem Grün verborgen lag. Sie war nun weder von oben noch von unten zu sehen. Außerdem hatte er die Kontrollgeräte zerstört, alles, was von Sensoren erfaßt werden konnte. Nur Wärmespürgeräte waren jetzt noch eine Gefahr. Aber schließlich gab es rings um ihn her eine Menge wärmeausstrahlender Lebewesen auf dem asiatischen Kontinent.

Alles weitere war jetzt ganz einfach. Er würde ein paar Tage hierbleiben für den Fall, daß einer der anderen zu ihm stoßen würde. Dann wollte er sich auf den Weg zur Grenze machen. Aber obwohl alles klar zu sein schien, wanderte sein Geist hartnäckig zurück, und er ballte die Fäuste. Die Strato-Station, die das Wetter über der Hälfte der nördlichen Staaten von Azad kontrollierte, war ein Preis, den sie des Einsatzes für wert erachtet hatten. Aber sie waren daran gescheitert. Die rohe Gewalt, die Panik und die Verwirrung der fehlgeschlagenen Mission erfüllte ihn aufs neue mit Wut und Angst. Er war mit anderen aus seiner Gruppe entkommen, während die Sirenen aufheulten und die Wächter mit ihren Maschinengewehren herbeigestürmt kamen. Die Rettungsfähre war in der Schleusenkammer steckengeblieben, als die Computer versucht hatten, den Ausgang zu blokkieren. Aber er hatte gekämpft, geflucht, gebrüllt und die Maschine schließlich mit purer Willenskraft freibekommen. Die Schleusenkammer war hinter ihm in die Luft geflogen; er hatte sie explodieren hören, eine Folge schwacher, dumpfer Geräusche.

Renard erschauerte trotz der nächtlichen Hitze und schlang die Arme um seinen schmächtigen Körper. Selbst wenn sie Erfolg hatten, wurde er hinterher immer von Alpträumen gequält, in denen sich die

Katastrophen ereigneten, die nicht stattgefunden hatten. Dieses Mal war die Katastrophe eingetreten. (Denk nicht daran, Renard, wenn es dich beunruhigt. Schmiede Pläne! Blick nach vorn!) Es war finster jetzt, der Tempel wie aus schwarzem Ebenholz. Die in den Bodenplatten wurzelnden Bäume ächzten, und wo ihre Kronen sich durch die gespaltenen Decken der runden Ecktürme zwängten, ächzte und knackte es auch dort, wo die Raumfähre versteckt war. Hansjosch hatte ebenfalls eine Rettungsfähre erwischt; er war hinter ihm in die Schleusenkammer eingedrungen. War Hansjosch freigekommen, bevor die Druckwelle hereinbrach? Oh Gott …! (Warum sprach er so etwas aus, wenn er doch nicht an Gott und dergleichen glaubte?) Sie hatten alles verpfuscht. Und wozu das Ganze?

Irgend etwas an diesem Äonen Jahre alten Tempel lastete schlimmer auf ihm als Hitze und Kälte und Angst. Das unbarmherzige Klopfen des Goldbartvogels, der im Dschungel seine ewige Folge von Schlägen tat, hatte seine Ohren gemartert wie heiße Wassertropfen. Dann der bestürzende Sonnenuntergang, die flammende Glut … Immer hatte es Zweifel gegeben, immer unausweichliche Depressionen nach den Höhepunkten von Zorn und Gewalt. Aber die Zweifel, die ihn jetzt quälten, waren um vieles schlimmer. Denn plötzlich sah er in nichts mehr einen Sinn. Die Politik, der er sein Leben geweiht hatte, für die er, in Augenblicken äußerster Leidenschaft, bereit gewesen war, sein Leben zu opfern … Was hatte er getan? Warum hatte er es getan? Wie war es gekommen, daß er sich dazu berufen gefühlt hatte? Alles war sinnlos! Durch nichts, was er getan hatte, war je irgend etwas erreicht worden. An allem, was er getan hatte, klebte Blut; alles hatte über die gesichtslosen Massen, die zu befreien und zu retten sie angetreten waren, nur

Elend gebracht. Wer war er, und welche Rolle spielten die Dinge, die er mutwillig oder unsinnigerweise oder aus bloßem Irrtum heraus begangen hatte, und was würde am Ende aus ihm werden?

Finsternis

Seit einem Vierteljahrhundert flossen die Wasser der Mutter Ganges nicht mehr an der Heiligen Stadt vorüber; die *Ghats* führten jetzt zu einem safrangelben Sumpf hinab. Aber immer noch versuchten Pilger, zwischen dem Schlamm und dem Riedgras in Tümpeln, die Blasen warfen wie frischer Sekt, die rituellen Waschungen vorzunehmen. Wenn die Sonne aufging, wurde ihre Aufmerksamkeit manchmal abgelenkt. Eine Meile unterhalb des Sumpfes und der ehemaligen Vorstädte wurde verschwommen *High-Varanasi* sichtbar, eine Wolke, die im frühen Morgenlicht schwamm, eine Insel auf langen Stelzen über dem Fluß.

High-Varanasi kopierte nicht die islamische Architektur der alten Stadt. Auf seinen hohen, milchigweißen Stützen hatte es sich in den blütengleichen Formen der frühen Königreiche Indiens entfaltet, erbaut aus dem Material der Zukunft. Bei Sonnenaufgang leuchtete die Wolkeninsel. Nach Anbruch der Nacht aber war ihr Glitzern und Glänzen traumhaft. Jede Nacht war *Divali* für High-Varanasi, ein Festival des Lichts hoch oben in der Luft.

Leicht genug zu erreichen, war auch High-Varanasi das Ziel von Pilgern. Wie der Ganges im Dienst der Seelen stand, so stand die Wolkeninsel im Dienst des Intellekts. Eher esoterisch, weniger abhängig vom Glauben als von der Technologie, bildete sie eine Sphäre der Geheimnisse. Da Religion die Quelle von Idealen ist, hatte sie eine perfekte Tarnung gegenüber dem neugierigen Interesse weltlicher Machthaber abgegeben. High-Varanasi barg eine ganze Reihe von Geheimnissen, die allerdings jedermann unbekannt blieben mit Ausnahme derer, die äußerste Not blind auf ihre Spuren trieb. Letzten Endes also doch eine Art von Glaube.

Als die junge Frau im geheimnisvollen High-Varanasi zu schreien begann, fing das Computerrelais im angrenzenden Raum an zu dröhnen; es verstummte erst wieder, als sie still wurde.

»Du siehst es, Meister«, sprach der Pandit.

Ruhig fragte der Meister: »Sie ist eine *Ksha-Triya?*«

»Ja, durch Geburt und Kaste.«

»Krieger sind von allen noch am auffälligsten, oder nicht? Und gelegentlich auch die priesterlichen *Brahma.* Die gelehrten *Brahma* hingegen bleiben immun, so viel wir wissen.«

»Aber da war der als *Brahma* geborene Sklave, der zu uns kam!«

»Ach ja, das hatte ich vergessen. Aber die Sklaven sind die künftigen Heiligen. Unglück wird für sie oft zum Tor der Erkenntnis. Irre ich mich, oder hat sich der Sklave nicht befreit?«

»Ja, Meister.«

»Aber die *Ksha-triya* wird dazu nicht fähig sein. Wir werden kämpfen müssen, nicht wahr, mein Pandit?«

Der Pandit lächelte. »Heute erklärte sie mir, daß wir sie nur zu unserem Vergnügen folterten.«

»Nun, sie leidet jetzt schon seit einigen Monaten. Ich glaube, ich sollte zu ihr gehen.«

Sie schritten zusammen den Gang hinunter, langsam, bedächtig, zwei schlanke, aufrechte alte Männer, wie aus einem *Stupa*-Relief herausgetreten. Die Augen in den alten Köpfen waren sehr jung, der langsame Gang locker.

An der Zellentür klopften sie an und warteten, bis sie eingelassen wurden.

Es war ein kleiner Raum, der sich an einer Seite zu den Sternen oben und den Lichterketten unten und zu dem geisterhaften Schimmer der alten Stadt am Fluß noch weiter unten öffnete. Ein junges Mädchen stand am Fenster. Es sagte: »Habe ich euch genug geboten, Meister?«

»Es ist nicht ungewöhnlich, daß hier Bitterkeit aufkeimt«, erwiderte der Pandit. »Andere sind diesen Weg wie du voller Zorn und Entsetzen gegangen.«

»Und was ist mit ihnen geschehen? Dies hier ist ein schönes, hochgelegenes Fenster. Ist Selbstmord üblich?«

»Auf eine dunkle Tat eine andere setzen? Wir raten davon ab. Bitte, drehe dich um. Der Meister ist mit mir gekommen.«

Das Mädchen drehte sich wirklich um. Es starrte die beiden Männer an. Die Furcht in seinem Blick war grenzenlos. Sie sprach aus seinen Augen, seinem Mund, seinen Händen, aus der Bewegung seiner Schultern und der Haltung seines Rückens.

»Der Computer war all die Zeit über in Aktion«, sagte der Meister mit ruhiger Stimme. »Nun ist euer Wettkampf zu Ende.«

Das Mädchen entspannte sich; schwankend bemühte es sich, einer neuen Woge der Furcht, einer anderen Art von Furcht standzuhalten. Mit Körper und Seele *Ksha-triya*, erhob es sich dann auf dem Höhepunkt der Welle, die es überflutete, und sprach: »Sag mir, was ich tun muß. Ich werde es tun. Ich werde alles tun.«

»Ich weiß«, sagte der Meister ruhig und voll tiefem Mitleid.

Renard erwachte, weil der Goldbartvogel wie ein zuverlässiger, aber lästiger Wecker wieder mit seinem Hämmern begonnen hatte. Klink-*k-k*. Klink-*k-k*. Klink-*k-k*. »Halt's Maul!« schrie Renard, mit Rücksicht auf den Vogel in Hindi. Aber der Vogel nahm davon keine Notiz. Da stand der Mann auf, steif vom Schlaf auf den harten, zerborstenen Steinen. Helles Tageslicht durchflutete die Zelle des alten Tempels. Verblaßte rote Votivbilder zeichneten sich unter der Patina aus Schmutz und Staub auf einem Phallus aus gelbem Marmor ab und auf den staubbedeckten zarten Gliedern der steinernden Tänzerinnen an den Säulen. Das Licht offenbarte auch die Zeichen der Anspannung auf Renards grüblerischem, unattraktivem Gesicht, die lange römische Nase, den verkniffenen Mund und die wundervollen Augen.

Jemand schien ihn zu beobachten. Schon letzte Nacht nach dem atemberaubenden Sonnenuntergang und in der Agonie seiner Zweifel hatte ihn dieses Gefühl überfallen; aber er hatte einen Blick auf den kleinen Analysator geworfen, der zu seiner Ausrüstung gehörte, und die Antwort war negativ gewesen. Niemand hatte ihn beobachtet. Dann hatte der Schlaf seine Zweifel zerstreut. Wahrscheinlich würden sie sich mit der Dunkelheit wieder einstellen, oder wenn er allzu lange grübelte. Er setzte sich hinaus in die Sonne und aß zwei Stücke der konzentrierten Nahrung aus seiner Schultertasche, dann griff er nach seinen zerdrückten Zigaretten. Das Regenwasser in der nahegelegenen Zisterne war voller Käfer und schmutzigem Schaum, aber er trank es und schluckte zur Vorsicht noch eine antitoxische Kapsel. Ein oder zwei Tage, das würde genügen. Solange mußte er warten, um zu sehen, ob Hansjosch es geschafft hatte, oder einer der anderen. Sie, auch nur sie, konnten ihn mit ihren Ortern aufspüren.

Später unternahm er eine kurze Erkundungsrunde über die zerbröckelnden Treppen und durch die eingestürzten Ecktürme. In den oberen Rundgängen hausten zahllose Fledermäuse, die unter den Decken hingen wie reife schwarze Früchte, die man nicht pflücken darf. Die Ruine erfüllte ihn mit Unruhe, deshalb ließ er sich schließlich auf einem hochgelegenen offenen Dach in der Sonne nieder, rauchte und lauschte auf das unablässige metallische Geräusch des Vogels. Das Gefühl, beobachtet zu werden, das vermutlich einem Schuldgefühl entsprang, ließ nicht nach.

Rhythmus

Drunten auf den *Ghats* der alten Stadt wurde mit großer Feierlichkeit ein Sklave eingeäschert. Der Übergang eines künftigen Heiligen vollzog sich selten unbemerkt. Die Gesänge waren aus der Ferne nur gedämpft zu vernehmen, aber große aufsteigende Rauchwolken wurden sichtbar, und ein Feuerwerk brach los, als der Himmel sich verdunkelte. Wer wußte schon, ob nicht die nächste Wiedergeburt die Erfüllung bringen würde? Die nächste Wiedergeburt. Welcher Kaste man auch angehörte, man schaute nach vorn, freudig und mit einer gewissen Unsicherheit, aber auch mit Hoffnung, immer mit Hoffnung.

»*Karma?*« fragte die junge Frau an seiner Seite. Der Meister wandte sich ihr mit ernstem Gesicht zu. »Ich meine«, fuhr sie fort, »bezahle ich jetzt den Preis für das Unrecht, das ich früher begangen habe?«

»*Karma* wird nicht mit Leiden bezahlt, sondern mit Taten. Mit harter Arbeit oft. Und manchmal bereitet die mühevolle Arbeit in der Tat auch Schmerz. Aber Schmerz und Leiden sind Nebenprodukte, nicht das Ziel. Das System des *Karma* ist Lernen, niemals Bestrafung.«

»Dann ...«

»Du bist Musikerin«, sagte der Meister.

»Das war ich, bevor dies alles ...«

»Stelle dir *Karma* als einen rhythmischen musikalischen Zyklus des *Raga* vor. Etwas, das wiederholt, fortentwickelt und auf diese Weise verändern wird. Und denke auch daran, daß es oft eine bestimmte Begabung ist, durch die man erreicht, was man erreichen muß, und bezahlt, was bezahlt werden muß. Indem man alles lernt, was zu lernen einem in diesem Leben gegeben ist. Oder alles, was man zu lernen willens ist. Zeit ist endlos. Keine Lektion muß eilig erledigt werden, es sei denn, die Notwendigkeit zur Eile bildet einen integralen Bestandteil des Ganzen.«

»Ihr sagt, daß das, was mit mir geschehen ist, ein Ende finden wird?«

»Ja! Wenn du tapfer genug bist.«

»Ja. Aber die meisten Feiglinge müssen am Ende lernen, tapfer zu sein.«

»Dein Pandit hat dich heute Nachmittag zum Hauptcomputer mitgenommen. Du hast gesehen, wo es geschehen wird. Du hast den Apparat gesehen, der dabei eingesetzt wird. Und du bist, glaube ich, auch darin unterwiesen worden, welche Gestalten du annehmen mußt.«

»Wahrlich, *gut* unterwiesen!« Das Mädchen wandte sich wieder dem Anblick der alten Stadt und des goldenen Sumpfes zu, zu dem der Ganges geworden war. Vor vielen Jahrhunderten hatte sie in dem fließenden Strom gebadet. Sie war an diesem Ort keine Fremde. »Nun weiß *ich* also alles. Aber *er* weiß es nicht ... Er glaubt es nicht ... Er ist nicht ...«

»*Er?*«

Sie schwieg einen Augenblick lang gedankenvoll. Dann sprach sie: »Welchen Rat gibt uns der Dichter? Ins Feuer zu blicken und den aus Licht geborenen Dunklen Stern zu betrachten, in den Spiegel zu schauen, der das Antlitz des Fremden zeigt.«

Wie eine Fontäne aus Saphiren brach das Feuerwerk durch den Raum unten am Sumpf und hinterließ ein Nachbild von schwarzen Adern.

»Komm!« sprach der Meister, immer noch behutsam wie ein alter Onkel, den sie einmal geliebt hatte, der schon längst tot und nun vielleicht jemand geworden war, den sie nicht kannte. »Es ist Zeit.«

Begegnung

So wie ihn der Goldbartvogel im Dschungel dadurch geweckt hatte, daß er mit seinem Hämmern begann, so weckte er ihn jetzt durch sein unerklärliches Schweigen. Renard schlug seine Augen zu dem grellen Tageshimmel auf, vor dem sich die Tempeltürme und das Geäst der schwankenden Bäume abzeichneten. Bevor er sich bewegte, lauschte Renard instinktiv, wie er es gelernt hatte, und registrierte, was um ihn herum vor sich ging. Aber nichts schien sich sonderlich verändert zu haben. Mit Einbruch der Nacht waren die Schatten länger geworden, die Luft drückender, der Staub beißender. Das war alles. Wieder begann der Bartvogel zu hämmern; Renard fluchte und richtete sich auf. Da sah er ein paar Schritte entfernt von sich das Mädchen sitzen.

Etwas sehr Seltsames geschah. Überrascht von ihrem lautlosen Auftauchen, das ihn nicht geweckt hatte, stotterte er: »Oh, *du* bist es!«

»Eh bien«, gab sie zurück, *c'est moi!«*

Erst jetzt, da sie Französisch sprach, wurde ihm in

der gewohnten Reaktion auf ein falsches Verhalten schockartig bewußt, daß er sie gar nicht kannte.

Was war das? Noch halb im Schlaf und überzeugt davon, daß nur seine Kameraden ihn finden konnten, hatte er angenommen, daß sie eine der Frauen seiner Organisation war, ein Mädchen, das er kannte, mit dem zusammen er gearbeitet, wahrscheinlich auch geschlafen hatte, *so* vertraut, *so* bekannt.

Renard verharrte reglos, nur seine Hand schob sich in seine Jacke und zog eine kleine automatische Pistole heraus.

»Beweg dich nicht!« befahl er dem Mädchen. »Du weißt, was das hier ist? Es sendet elektrische Stromstöße aus. Es kann dich töten. Verstehst du?« Er sah sie scharf an, aber sie sagte nichts. Vielleicht hatte er sie so sehr erschreckt, daß sie kein Wort herausbrachte. »Tu genau, was ich dir sage, dann geschieht dir nichts. Wie bist du hierher gekommen?«

Sie lächelte kühl. Sie hatte also gar keine Angst!

»Was denkst du?« Ihr Lächeln verschwand. Sie schaute ihn durchdringend an; er konnte sich ihren Blick nicht erklären. »Ich habe nichts mit der Regierung zu tun, vor der du dich versteckst«, erklärte sie, »oder mit irgendeiner anderen Regierung. Aber natürlich weiß ich über deine Organisation Bescheid. Geiselnahmen, Zerstörung von Eigentum und Leben. Im Namen der Freiheit. Ein Terrorist!« Sie sprach mit dem Ausdruck größten Abscheus. Er hatte schon ähnliche Reden gehört, von hysterisch gewordenen, dem Untergang geweihten Menschen. Aber ihre Worte, ihre Stimme, ihr ganzer Körper waren von einer ganz eigenartigen inneren Bewegtheit ergriffen, als sie so zu ihm sprach. Er konnte es nicht einordnen. Aber es biß sich in ihm fest. Es verband sich so nahtlos, so unbarmherzig mit seinen eigenen Gedanken von vorhin!

»Nun weiß ich also, was du denkst«, sagte er nur.

»Nein. Aber du weißt, daß ich nicht bewaffnet bin. Und daß ich nicht hier bin, um dir zu schaden. Und daß keine Polizisten oder Soldaten im Dschungel versteckt sind.« Unbewußt zuckte der Revolver in seiner Hand. »Aber auch wenn du auf mich schießt, würdest du mich doch nicht töten. Du kannst mir nichts antun.«

Er ließ seinen Blick über sie gleiten. Er hatte von Waffenschutzschilden gehört, von Deflektoren, die durch eine Energiequelle, etwa im Gürtel, aktiviert werden konnten. Aber bisher war das nur ein Gerücht. Es gab keinen Beweis dafür, daß sie wirklich existierten, und schon gar nicht, daß *sie* einen besaß. Sie war vielmehr von der selbstgefälligen Selbstsicherheit einer Irren. Das könnte auch alles übrige erklären. Eine von den reichen (ja, sie sah wie eine reiche Frau aus), verschrobenen Technokraten der Azad, die zu ihrem Vergnügen in einem teuren, lautlosen Luftkissenkreuzer spazierenfuhren. Wahrscheinlich war sie zufällig über ihn gestolpert und wollte nun gerne ein Spielchen mit ihm spielen.

Sie war sehr attraktiv, sehr hübsch. Das bizarre Gefühl, sie schon einmal gesehen zu haben, mochte damit zusammenhängen; auf die Art, in der allen schönen Dinge leicht zu einem Gefühl des *déjà vue* führen. Ihr Haar war weizenblond, alles übrige an ihr jedoch von reinster östlicher Färbung, von zartem Braun ihre Haut, von tiefem Schwarz ihre Augen.

»In Ordnung«, sagte er schließlich, »vermutlich glaubst du, daß du vor mir sicher bist. Ich glaube, du bist verrückt. Warum siehst du mich so an?«

»Verrückt«, entgegnete sie, »wie du sagst.«

»Nimm dich in acht!« warnte er sie. »Wenn du

mich nervös machst, könnte etwas ziemlich Häßliches passieren.«

»Ich sagte dir doch schon, du kannst mir nichts tun.«

»Ja, das sagtest du.«

Sie saß ganz ruhig da, entspannt und vollkommen. Plötzlich überkam ihn ein schmerzliches Gefühl der Zärtlichkeit, eine Erinnerung, ein so namenloses Sehnen, daß er hätte weinen mögen. Da er nicht wußte, was er tun sollte, legte er seine Waffe zur Seite. Dann erhob er sich und sagte brüsk: »Zeig mir, wo du deinen Wagen gelassen hast!«

»Soviel ich weiß, haben wir nicht davon gesprochen, daß ich einen Wagen habe, oder?«

»Woher bist du dann zu Fuß gekommen?«

»Oh, von irgendwoher.«

Er schritt auf sie zu, beugte sich über sie und riß sie an den Armen hoch. Irgendwie war er überrascht, Fleisch und Muskeln zu fühlen. Es war, als habe er erwartet, daß sie aus keinem festen Stoff sei, daß sie aus Licht bestehe, eine Art Holographie. Aber sie war wirklich. Er nahm sogar einen schwachen Duft von Parfüm und den Geruch junger Haut wahr, von sauberem, hellem Haar.

»Mach Schluß mit dem Spielchen!« Er hob eine Hand, um sie zu schlagen – das Letzte, was er wirklich zu tun wünschte. Sie lachte, aber plötzlich sprangen Tränen in ihre Augen und sie sagte: »Ich schäme mich.«

Als sie das sagte, fühlte auch er so etwas wie Scham, eine Scham, die sich so rasch steigerte, daß ihm beinahe übel wurde. Er ließ sie los. Sie standen jetzt einen Schritt weit voneinander entfernt. Auf einmal überkam ihn die Erkenntnis, daß sie jetzt fast völlig gleich waren; beide atmeten sie rasch, beider Augen standen voll Tränen. Das verwirrte ihn. Er trat einen weiteren Schritt zurück. »Schon gut. Setz dich. Setz dich hin!« Sie schien zu *beschließen*, ihm zu gehorchen, ihn zufrieden zu stellen, aber keineswegs aus Angst. »Da du jetzt schon mal bei mir bist«, sagte er, »wirst du es auch bleiben. Es werden noch andere kommen.«

»Ja«, bestätigte sie.

Sie schien sehr sicher zu sein. Er überlegte, ob sie nicht doch einer von Hansjoschs Kurieren war. Aber dann hätte sie ihm das eigentlich schon gesagt haben müssen. Falls nicht Hansjosch selbst irgendein dunkles Spiel mit ihm trieb. Man war sich bei ihm nie ganz sicher.

Renard setzte sich wieder. Er zog seine vorletzte Zigarette heraus und rauchte sie. Dabei beobachtete er das Mädchen und dachte die ganze Zeit über, daß es vielleicht versuchen würde zu fliehen; dabei wußte er irgendwie, daß es das nicht tun würde. Er hatte nichts, um es zu fesseln, aber er würde es wahrscheinlich doch versuchen müssen. Es war nach euro-asiatischer Mode gekleidet, in einen der neuartigen Stoffe, die nicht zerrissen. Vielleicht konnte er ihre Unterkleidung dazu verwenden. Er hatte schon vielen Frauen die Füße mit ihren zerrissenen Schlüpfern oder Büstenhaltern zusammengebunden.

»Wenn du schön still und brav bist«, sagte er, »werden wir dich gehen lassen, wenn wir weiterziehen.«

»Das ist aber nicht eure übliche Methode«, bemerkte sie. Sie sah ihn dabei nicht an. Anscheinend war sie über ihn entsetzt, entsetzt über das, was sich in ihren Augen wie widerwärtige Bosheit ausnehmen mochte. Der Gedanke machte ihn rasend. Sie reagierte so völlig anders als jeder, dem er bisher begegnet war, und erneut dachte er an Hansjosch und seine Tricks. »Du tötest«, sagte sie jetzt,

»gewohnheitsmäßig. Oft. Du hast getötet, *du*, mit deinen eigenen Händen. Und mit anderen Mitteln. Du brauchst mir nicht zu antworten. Ich weiß eine Menge über dich, Renard!«

Sie kannte sogar seinen Namen! *Das* war unmöglich, wenn sie nicht von Hansjosch kam. Dann stellte sie also doch keine Gefahr dar, obwohl er das nicht verstand. Und doch – woher wußte Hansjosch, daß er die Raumfähre *hierher* gebracht hatte? Er, Renard, hatte die Ruine ganz zufällig gewählt. Der Orter mußte ihn also bereits ausfindig gemacht haben, das war die einzige Erklärung; und man hatte sie vorausgeschickt. (Nein, versuche nicht, das Geheimnis zu lösen. Rauche; behalte deine Ruhe! Sei auf der Hut!)

»Du bist nicht sehr höflich. *ma belle*«, sagte er. »Man hat dir meinen Namen genannt. Aber wie soll ich *dich* nennen?«

Sie hob ihre Augen und schaute ihn wieder an. Sie war so schön, daß es ihn zu beunruhigen begann. Nicht Sex war im Spiel, etwas anderes – etwas, das über sein Begriffsvermögen hinausging. Auch die französischen Worte, die über seine Lippen kamen, überraschten ihn. Seine Muttersprache! Er hatte sie seit Jahren nicht mehr laut ausgesprochen. Seine Organisation benutzte ein ganz eigenes Kauderwelsch. In Asien sprach man Hindi oder Urdu oder Englisch oder eine russische Mischsprache. In diesen Sprachen verfaßte man auch die Geheimbotschaften und Drohbriefe und erteilte die Befehle. Ja, er hatte getötet. Ja, er hatte all das getan, was sie sagte und vermutete.

Er schüttelte sich. Komm auf den Boden zurück! Er mußte *ihr* Fragen stellen, nicht sich selbst. Er mußte an dem festhalten, was er zu tun beabsichtigte.

»Keine Antwort!« stellte er fest. »Was kann es dir denn ausmachen, mir deinen Namen zu sagen?«

Sie hätte erwidern können: *Ich will nicht, daß du meinen Namen in den Mund nimmst, du Stück Dreck!*

Sie sagte: »Tamastara.«

Er wartete. Aber das war alles. Ein indischer Name, geschlechtslos und poetisch. Er fühlte, daß sie log. Das war nicht ihr Name. Und doch – aus der Art, wie ihre Augen funkelten, als sie diesen Namen aussprach, folgerte er, er bedeutete – *etwas*.

»Dunkler Stern«, murmelte er.

»Mein Name. Oder deiner.«

Er grinste. »Schwarzes Haar, blasse Haut. Scherenschnitt. Finsteres Herz. Warum nicht? Ist es das, was du meinst?«

»Nein«, erwiderte sie.

Die Zigarette war längst zu Ende geraucht, und er warf den Rest in die Zisterne. Es ging ihm – wie lächerlich! – durch den Sinn, daß dieses Zigarettenende in einer fernen Zukunft einmal gefunden werden könnte, ein symbolischer Krümel Tabak oder ein Stückchen Plastikfilter. Überbleibsel des modernen Menschen zwischen den Ruinen eines uralten Tempels. Es schien ihm plötzlich, als würde sich die Welt oder die Zeit selbst in einem veränderten Rhythmus bewegen; die vorüberstreichende Zeit wurde sichtbar, hörbar, fühlbar. Er würde längst tot sein, wenn man das Zigarettenende fände, Staub, vertrocknetes Gebein, Moder. Aus. Und nichts würde ihn mehr beunruhigen.

Er blickte auf das Mädchen. Es würde diese Weltanschauung natürlich nicht akzeptieren. Es würde an das ewige geistige Leben, an das *Samsara* glauben, an den Übergang der Seele und an sich selbst als ein Teilchen, das immer weiterexistiert. Einmal hatte Renard einem *Brahmanen* zugehört, der unter einem Schirm aus Palmwedeln am Ufer eines Flusses saß. Im Verlauf einiger Dekaden hatten sich die Kasten offenbar verändert und ausgeweitet. Uninteressiert wie er war, hatte Renard nicht verstanden, wie es dazu gekommen war, er wußte nur, daß es unter denen, die dem System anhingen, heute freier zuging. In intellektuellen Kreisen gab es keine »Unberührbaren« mehr, soviel hatte er begriffen. Und nicht länger war es von einer Generation zur anderen vorhersehbar, in welche Kaste ein Mensch hineingeboren wurde. *Ksha-Triya*-Krieger beispielsweise konnten in der Kaste der Musiker wiedergeboren werden, wie zu hören war. Gelehrte und Priester kamen aus Familien von Kriegern und Sklaven. Und die Sklaven selbst, meistens Hausdiener (soweit Maschinen Hausdiener nicht völlig überflüssig gemacht hatten), wurden in Ehren gehalten (ein junger Mann, der die Straße kehrt, der *Brahmane,* der sich im Vorübergehen verneigt). Er hatte der Einäscherung eines Sklaven zugesehen – Feuerwerk, Freudenrufe und laute Gongschläge – die Bruderschaft des Lebens, der Menschen, für alle Zeiten. Freiheit, Gleichheit, Ewigkeit …«

Warum dachte er solchen Unsinn? Es war, als ob das Mädchen ihn an all das denken ließe, nur weil es Inderin war. Welcher Kaste mochte es angehören, überlegte er selbstvergessen. Eine *Brahmanin?* Nein. Eine Kriegerin: *Ksha-Triya!*

»*Ksha*«, sagte er laut, »das ist dein Name!«

»*Ksha*«, wiederholte sie, »das ist auch dein Name!«

Renard lachte böse. »Laß mich bitte aus dem Spiel! Ich gehöre keiner Kaste an.«

»Alle Menschen gehören einer Kaste an.«

»Nur wenn sie daran glauben!«

»Es spielt keine Rolle«, sagte sie, »ob du daran glaubst oder nicht. Es ist eben so.«

»Ach«, warf er ihr entgegen, »gehört Hansjosch etwa auch einer Kaste an?«

»Hansjosch und ich haben nichts miteinander zu tun. Er war es nicht, der mich zu dir geschickt hat.«

»Und ob er dich geschickt hat! Um mich zu irritieren, um mir auf die Nerven zu gehen und mich weichzumachen. Zu irgendeinem Zweck.«

»Es wäre leicht, dich zu hassen«, meinte sie, »und das ist wirklich komisch, Renard. Aber wir haben keine Zeit zum Scherzen. Es gibt eine Grenze, einen Radius, genau wie ein Trauma seine Grenze hat. Weniger als drei Stunden noch!«

»Rede nur«, entgegnete er. »Ich verstehe ja doch nicht, was du sagst. Aber ich beobachte gern. Warum kommst du nicht näher! Wir könnten Spaß miteinander haben, solange wir auf ihn warten, auf Hansjosch, der dich nicht geschickt hat.«

Auf einmal war etwas zu hören. Zuerst war es nicht sehr deutlich. Dann spaltete sich der Himmel über ihnen. Renard warf den Kopf zurück und erblickte eine weiße Narbe quer über dem metallenen Blau. Die zweite Fähre aus der Raumstation, die Fähre, die Hansjosch gesteuert hatte ... Renard fühlte, wie ihm der Schweiß aus allen Poren brach, und ein bitterer Geschmack trat ihm auf die Zunge. Er blickte wieder auf das Mädchen. »Jetzt werden wir's ja sehen.«

Sie war aufgestanden. Endlich fürchtete sie sich. Hatte sie Angst vor Hansjosch? Nun, die hatten sie alle.

Nach etwa zwanzig Sekunden wiederholte sich der kreischende Laut, und hinter einer dunklen Pfeilspitze zog weißer Rauch blitzschnell eine dünne Linie über den Himmel. Es kam jetzt näher. Die Wurzeln der Bäume schienen zu zittern, auch die Mauern erbebten. Die Maschine war größer, als Renard gedacht hatte. Sie mochte gut und gern drei oder vier von den anderen befördern. Sie hatten ihn mit dem kodierten Orter aufgespürt, der ihre Körpersignale wie Fingerabdrücke gespeichert hatte. Wahrscheinlich würden sie im dünneren Unterholz an der Westseite der Terrassen herunterkommen.

»Renard!«

Er warf ihr einen Blick zu. Das Mädchen hatte sich ihm genähert. Es war sehr blaß, elfenbeinfarben unter dem sanften Braun. Ihr blondes Haar lag über der einen Schulter wie die Schwinge eines weißen Vogels.

»Hab keine Angst. Ich werde ihnen sagen, daß du mir ganz schön zu schaffen gemacht hast. Daß du mich hast springen und schreien lassen.«

»Pourquoi?« flüsterte sie. »Warum? Warum?« Sie meinte weder Hansjosch noch die Landung der Raumfähre.

»Laß mich allein, du Hexe!« Er wandte den Kopf ab, und sie versetzte ihm einen heftigen Schlag auf die Wange. »Ich wollte dem Elend ein Ende machen«, sagte er, »dem ganzen weltweiten Elend ... Ehrgeiz, wenn du so willst.«

»Du bist ausgezogen, zu morden, um dem Morden ein Ende zu machen!«

»Vielleicht. Ich weiß es nicht mehr. Ja. Ich habe für ein Ideal, ich habe aus Liebe gemordet ... Ich hatte recht, und ich hatte Unrecht. Ich würde es wieder tun. Ich werde es wieder tun. Alles!«

»Nein«, sagte das Mädchen, »das wirst du nicht.«

Die Fähre drehte eine dritte Runde am Himmel, sehr viel tiefer jetzt. Aufheulend sank sie durch die Ringe aus Rauch, die sie beim Niedergehen selbst gedreht hatte. Die Motoren wurden gedrosselt, während die Automatik in Gang kam. Bäume bogen sich im Abwind.

Renard verfluchte das Mädchen.

»Bin ich wirklich?« fragte es. »Siehst du mich?«

Er verfiel in Hindi und überhäufte es mit Schimpfnamen. Es ließ ihn ungerührt toben.

Die gestohlene Raumfähre sank Meter für Meter wie ein glitzernder Fisch durch das Sonnenlicht.

»*Ça y est!*« sagte das Mädchen. Es stand jetzt dicht vor ihm, das Haar in der aufwirbelnden Luft wie eine Fahne flatternd, das Gewand am Körper haftend wie das steinerne Musselin an den Skulpturen ringsum. Es war so deutlich zu sehen, sein Duft so stark und süß, und das Brennen des Schlages auf Renards Gesicht war noch längst nicht verebbt. Dann verschwand es. Er war allein.

Nichts lag vor seinen Augen als der Himmel, die tiefstehende Sonne, die Ruine, die leere, glühende Luft. Und hinter ihm landete, während er sich umdrehte, die Raumfähre im Dschungel, und die Bäume knickten wie in Furcht zusammen.

Kraft

Hinter der leuchtenden Computerbank regte sich der Pandit.

»Das ist der grausamste Akt«, sagte er.

»O nein, der kommt erst noch!«

»Und sie muß es durchstehen.«

»Sie weiß Bescheid. Wurde sie nicht unterwiesen? Sie begreift die Moral dieser Vorgänge. Ansonsten würde sie den Verstand verlieren und sterben. Das Schlimmste steht ihr noch bevor, aber vielleicht wird sie überleben.«

»Manchmal, mein Gebieter, zerbrechen sie an diesen Felsen, wie wir wissen.«

»Die *Ksha-Triya* zerbrechen am häufigsten. Aber das Ego ist weiblich. Das mag hilfreich sein.«

Der Pandit faltete die Hände. Sein Antlitz war jetzt

so ruhig und still wie das des Meisters. Jeder von ihnen hatte vor langer Zeit dieselben Wasser, dieselben Felsen überquert und überlebt. Sie wußten es. Jetzt bereiteten sie andere darauf vor, unterwiesen und führten sie, indem sie die mächtigste Wissenschaft anwandten, die dieser Sektor von *High-Varanasi* umfaßte, den Intellekt der Seele. Bis am Ende auch sie, wie alle Menschen, hilflos und geduldig warteten – auf das Schicksal und die Unausweichliche Entscheidung.

Coup d'État

Die Ränder des Dschungels schienen zu brennen, als die Sonne erneut zu versinken begann. Aus der Glut heraus kam Hansjosch geschritten. Zwei andere Männer gingen hinter ihm. Renard hob seine Hand zum Gruß. Einer der beiden, ein Mann namens Asok, winkte zurück, dann ließ er verlegen den Arm wieder sinken. Hansjosch jedoch lächelte breit. Untersetzt, mit angegrautem dichten Haar, das Gesicht durch Brauen, Nase, Augen und Lippen lebhaft gezeichnet. Er hatte eine Eigentümlichkeit: der dritte Fingernagel seiner linken Hand war immer schwarz gefärbt, ein Merkmal von verborgener Bedeutung. Niemand erwähnte es, denn einmal hatte er einen Mann der Gruppe halb tot geprügelt, als er davon zu sprechen wagte. Als Gruppenleiter war Hansjosch ein Ass, wagemutig, einfallsreich und gerissen. Er war gefürchtet. Renard jedenfalls fürchtete ihn.

Der Vogel im Dschungel war verstummt, als die Fähre landete, und ließ sich auch jetzt nicht wieder hören. Das Mädchen hätte ins Gebüsch und unter die hängenden Lianen flüchten können. Aber das hatte es nicht getan. Es war einfach verschwunden, ausgelöscht wie ein Licht, direkt vor seinen Augen. Also eine Halluzination. Oder er wurde langsam verrückt. Er hatte keine Gelegenheit, um darüber nachzudenken, denn Hansjosch war nur noch dreißig Schritte entfernt, dann zwanzig, dann zehn, dann fünf.

»Hallo, Renard«, sagte Hansjosch und lächelte.

»Hallo! Wir haben es geschafft.«

»Ja«, sagte Hansjosch.

Renard zitterte, und das mußte deutlich zu sehen sein. Die Art, wie das Mädchen verschwunden war, und dann noch Hansjosch, der bloß einen halben Meter entfernt stand! Renard versuchte zu lachen. »Als die Schleusenkammer in die Luft ging ...« Er sah etwas aufblitzen, sah den angemalten Fingernagel in die Sonne greifen. Dann krachte Hansjoschs Faust seitlich gegen seinen Kiefer. Renards Kopf wurde zurückgeworfen, ein höllischer Schmerz durchfuhr seinen Nacken. Er fiel auf die Steine, betäubt, geblendet von dem Licht in seinen Augen. Und Hansjosch stand über ihn gebeugt; Asok und Bauer reckten hinter ihm die Hälse.

»Warum?« brachte Renard hervor.

»Warum?« Hansjosch stieß nach ihm, diesmal ganz leicht, ohne ihm wehzutun. »Du bist fortgerannt.«

»Jeder, der konnte, hat das getan!« sagte Renard; er begann zu stottern und begann von neuem: »Jeder rannte, der noch rennen konnte, Hansjosch!«

»Ja. Aber du, du kamst mir zuvor! Du hast mir den Ausweg versperrt. Beinahe wäre es deinetwegen um mich, um uns, um Asok und mich und Bauer geschehen gewesen.«

»Ich wußte nicht ...«

»Und die Mission ist fehlgeschlagen. Drei von den Unsrigen sind gestorben.« Er streckte seine Faust gegen den dunkler werdenden Himmel aus. »Da oben, in der Wetterstation. Und fünf oder sechs sind von den Wachen erwischt worden. Wenn sie vor Gericht gestellt werden, was, glaubst du, wird dann mit ihnen passieren, Renard?«

Renard lag am Boden, Schweiß lief ihm in die Augen. Hinter Hansjosch sagte Bauer mürrisch: »Und wer ist daran schuld? Niemand. Und alle.«

Hansjosch lächelte und sagte, ohne sich umzudrehen: »Halt's Maul!«

Bauer zuckte nur mit den Achseln und ging davon. Renard sah, daß er sich an einer Mauer niedersetzte und in den Dschungel hineinstarrte, während anmutige Nymphen aus Stein dicht über seinem Kopf tanzten.

»Läßt du mich aufstehen?« fragte Renard.

»Knie dich hin!«

Renard richtete sich auf; er war darauf gefaßt, im nächsten Augenblick wieder niedergeschlagen zu werden. Aber Hansjosch rührte ihn nicht an.

Renard sagte: »Ich habe meine Befehle ausgeführt. Ich habe nichts Unrechtes getan. Du kannst nicht behaupten ...«

»Nein, nein.« Hansjosch nickte. »Es ist schon Ordnung. Du hast deine Sache gut gemacht.« Er hatte aufgehört zu lächeln, sein Gesicht war jetzt ganz ernst. Plötzlich kauerte er sich neben Renard nieder. »Wir haben da oben alle Fehler gemacht. Ich gebe zu, daß selbst ich, Hansjosch, ein oder zwei Fehler gemacht habe. Aber siehst du, Renard, deine Haltung ist nicht mehr das, was sie einmal war, deine Entschlossenheit ist nicht mehr fest genug. Du argumentierst. Du hast Zweifel. Das ist schlecht für die anderen. Und wenn wir zurückgehen, müssen die Rechnungen stimmen.«

Renard bewegte sich nicht. Hansjosch fuhr fort: »Weißt du, irgend jemand muß die Zeche nun mal bezahlen.«

Bauer schaute nicht herüber. Asok hielt seine Augen feierlich auf Renard gerichtet. Als Renard ihn anblickte, zuckte Asok nur leicht mit den Schultern. Er war Fatalist. Seine Augen sagten: Es hätte auch mich treffen können. Beim nächsten Mal kann ich es sein. »So ist das eben, Renard«, sagte er laut. Dann wurde er wieder verlegen, wandte sich ab und ging fort.

»Du meinst«, sagte Renard langsam, »daß ich die Verantwortung dafür übernehmen muß.«

»Ich meine, daß du sterben mußt«, erklärte Hansjosch. Es klang verzeihungheischend.

Mühsam stand Renard auf, während Hansjosch wie ein Tiger hochsprang. »Sterben ...? Mich töten ...? Wofür?« schrie Renard. Er schlug um sich, aber Hansjosch wich ihm höflich aus.

»Ein Exempel!« erklärte er.

Renard hechtete an dem schwerfälligeren Mann vorbei. Er spurtete auf den Dschungel zu, mit verkrampften Eingeweiden und Beinen wie aus Gummi. Irgendwie hatte er den Eindruck, daß Bauer und Asok ihn nicht aufhalten würden, und er glaubte das noch, als der Stromstoß aus Bauers Pistole ihn schon an der Hüfte traf. Der Muskel erstarrte, und er stürzte zu Boden, schreiend und halb besinnungslos vor Schmerz, wohlwissend und doch nicht daran glaubend, daß dies das Ende war.

Tan: Tamas Tara

Der Pandit saß vor einigen Schülern in einem Garten hoch oben in *High Varanasi*. Die, zu denen er sprach, blickten ihn an oder über ihn hinweg in den leuchtenden Himmel, an dem die Sterne aufstiegen, scheu wie junge Mädchen zur Hochzeit. Weit unter ihnen lag der Sumpf des Ganges, vergoldet von einem sanften, sterbenden Licht.

»Der Grund für körperliches Leben?« sagte der Pandit. »Soweit man die Dinge erfassen kann, ist es, wie wir überzeugt sind, ein Mittel zur Reife. Das heißt, eine Art von Reifung, von Wachsen in Erkenntnis, die der Seele in ihrer körperlosen Daseinsform nicht möglich ist. Die Seele ist zum Beispiel immer ruhig und glücklich. Glück und Ruhe sind zwar von großem Wert. In sich selbst aber sind sie kein vollkommener Zustand.« Er neigte den Kopf. »Einst«, fuhr er dann fort, »gab es einen wundervollen Garten, ach, viel wunderbarer als dieser hier. Es war ein herrlicher Ort. Alle, die darin wohnten, lebten und bewegten sich in einem andauernden ruhigen, wenn auch ekstatischen Zustand. Aber es geschah, daß gelegentlich der Unendliche durch den Garten schritt, und dabei näherten sich ihm eines Tages einige der Bewohner des Gartens. ›Herr‹, sagten sie, ›wir wissen, daß bei aller Freude, die unser Anteil ist, es doch eine noch größere Freude gibt, die wir nie kennengelernt haben, und hinter dieser größeren Freude eine weitere, noch größere und so fort bis zu den grenzenlosen Grenzen der ewigen Dinge, in der Freude über Freude herrscht. Aber wie können wir je diese Wunder erreichen, da doch hier, wo wir sind, die Zeit stillsteht? Kann es noch größere Freude geben als jene Freude, die aus der Bewegungslosigkeit kommt?‹ Der Unendliche lächelte (denn die Götter haben immer Humor!). Er sagte denen, die sich ihm genähert hatten, daß es in der Tat Wege gebe, auf denen man zu größerer Freude gelangen könne und weiter zu Freuden, die sogar noch größer seien als jene. Diese Wege aber führten weit außerhalb des Gartens durch dürre Wüsten und wilde Wälder, durch Finsternis und Kummer und Angst. Und das

Tor zu jeder dieser Freuden sei ein Tor der Not und oft des Schmerzes, und ebenso sei es bei den Toren, die zurückführten in den Garten. Die, welche die Frage gestellt hatten, wandten sich einander überrascht zu. Sie erörterten das Problem. Und schließlich sprachen sie zum Unendlichen: ›Obwohl es Schmerz und Kummer und Wildnis verheißt, werden wir dieses Abenteuer wagen. Wir können nicht in Bewegungslosigkeit verharren. Wir müssen voranschreiten. Laß uns versuchen, den Weg zu finden.‹

Der Unendliche nickte. Und so schritten sie denn mutig hinaus in die rauhen, verheerenden Länder jenseits des Gartens. Und dort mühten sie sich redlich und kämpften und entwickelten sich und litten. Sie erfanden Taten und Dramen für sich selbst und andere und führten sie auf. Sie lachten und weinten. Am Ende waren ihre Reisegewänder und die Schuhe an ihren Füßen abgetragen. Sie warfen sie von sich und kehrten, oft mit großen Zweifeln, durch das Tor in den Garten zurück, und dort schrien sie laut vor Freude, weil sie ihn auf ihren Wanderungen fast vergessen hatten mit seinen Köstlichkeiten und seinem Liebreiz. Da kam der Unendliche herbei und sprach: ›Was habt Ihr gelernt?‹ Und es erhob sich ein großes Durcheinander freudiger Stimmen, als sie es Ihm erzählten. ›Gut‹, sprach der Unendliche, ›sehr gut. Aber es gibt noch viel mehr zu lernen.‹ Und sie stimmten dem zu, weil sie etwas von der Sache verstanden.« Auch der Pandit lächelte.

»Auf diese Weise«, sagte der Pandit, »verlassen sie den Garten und kehren wieder dorthin zurück, suchen die Welt auf, diese und andere, mühen sich und kämpfen, entwickeln sich und leiden, lachen und weinen. Und die ganze Zeit über lernen sie. Und die ganze Zeit über schreiten sie zu immer größeren

Freuden voran, da sie ja niemals stillstehen. Und sie sind wir.«

Darauf sprachen seine Schüler eine Weile mit ihm über die Natur des Leidens und Weinens und auch über das Wesen der Freude und des Lachens. Manchmal endete die Diskussion in Gelächter, das weit über die Wiesen hallte, durch die *Dhak*-Bäume und die mutierenden Bananenpalmen. Schließlich debattierten sie über das *Karma,* von den Taten des einen Lebens, welche das nächste Leben beeinflussen können, und am Ende über die moderne Auffassung vom samsaranischen Trauma. Das Gerücht ging um, daß *High-Varanasi* über eine geheime Methode vefüge, mit der diese Krankheit geheilt werden könne. Der Pandit stritt das nicht ab, aber er bestätigte es auch nicht. Er sagte ihnen nur, daß er mit dem Gedicht vom Dunklen Stern, dem *Tamas Tara,* vertraut sei.

»Der Vergleich ist gut«, sagte der Pandit. »Seht einen Augenblick in ein starkes Licht, dann schaut weg, und ein dunkler Fleck, das Nachbild des Sterns, überdeckt eine kurze Weile euren Blick. Das ist der dunkle Stern aus den Vorstellungen des Dichters. Die Dunkelheit verliert sich rasch wieder. Aber wenn die Seele, das *Atma,* einem solch starken Glanz ausgesetzt gewesen ist, werden das Ergebnis und sein Nachbild nicht immer so leicht wieder ausgelöscht. Die *Tamas Tara,* die das *Atma* kennzeichnen, entstehen durch das blendende Licht manchen Schreckens und Entsetzens. Obgleich unbewußte Erinnerungen an großes Glück in ähnlicher Weise bewahrt bleiben können, hinterläßt Entzücken nach dem Erwachen niemals rauhe Spuren, wenn es hinterher nicht falsch interpretiert wird. Der *Tamas Tara* ist eine Narbe ... oder genauer ausgedrückt, eine Wunde, die sich nicht geschlossen hat. Von ihrem Körper befreit, versteht die Seele dies alles natürlich. Aber bei der Wiedergeburt, wenn die Erkenntnis des Wahren im allgemeinen verdunkelt ist durch das Fleisch, und die *Atma* sich selbst teilweise als eine Funktion des Gehirns versteht, kann der dunkle Stern die physikalische *Persona* belasten, die sich seiner nicht erinnert und ihn manchmal nicht zu ertragen vermag. Gelegentlich ruht die Finsternis auch, bis irgendwann die seelische Erinnerung durch einen Zufall wiedererwacht. Das sind nicht selten die schlimmsten Fälle. Denn während sich das samsaranische Trauma meistens nur in milder Form ausdrückt – in der Abneigung gegen einen bestimmten Geruch, als unerklärliche Phobie, als leichte Krankheit – kann sich in jenen Fällen eine schwere Erkrankung ergeben, ja selbst völliges Irresein. Hier in der Hohen Stadt erteilen wir Ratschläge, wie diese Zustände zu überwinden oder doch wenigstens auf ein erträgliches Maß zu bringen sind. Bedenkt, daß die meisten Männer und Frauen solche Narben tragen. Aber nur selten, wenn überhaupt je, fühlen sie sich dadurch belastet. Bei so vielen vergangenen Leben hat jeder von uns etliche Wunden davongetragen. Sie werden heilen.«

»Aber nehmt einmal an, Meister«, bedrängte einer der schwierigeren Schüler den Pandit, »nehmt einmal an, die Wunde ist zu tief und Ratschäge reichen nicht aus.«

Der Pandit dachte an den großen Computer. Er dachte an die junge Musikerin, an den zerfallenen Tempel, an die nächtliche Finsternis, die sich eben jetzt wie Drachenschwingen über jenen Ort senkte, während sie hier so sanft eingefallen war.

»*Yaksha!*« erwiderte der Pandit freundlich. »Es besteht kein Grund, warum ich euch beweisen sollte, daß ich einen gebrochenen Knochen richten kann.

Jedenfalls nicht, solange ihr euch nichts gebrochen habt.«

Samsara; Mort

Renard lag auf dem Rücken, seit zwei Stunden schon. Die anderen hatten Stricke gebracht und ihn sorgfältig gefesselt. Die Stricke waren fest um seinen ganzen Körper gewickelt, so fest, daß er kein Glied mehr spüren konnte. Dann hatte man ihn wie eine Schlange, deren Rückgrat gebrochen ist, ohne Rücksicht auf seine schlaffen Glieder über den Boden geschleift und gegen eine Mauerecke gelehnt. Die gekrümmte Haltung und seine Fesseln hatten ihm entsetzliche Schmerzen bereitet, aber inzwischen war er fast völlig gefühllos geworden; nur die Muskeln, die der Stromstoß getroffen hatte, schmerzten ununterbrochen.

Hansjosch trieb sich in der Nähe herum, rauchte, aß, schnüffelte hier und da. Bisher hatte er sonst nichts getan. Als es dunkel wurde, gab er Befehl, auf der Mitte des Daches, wo jedes tieffliegende Flugzeug es entdecken konnte, ein kleines Feuer zu entzünden. Er war nicht im geringsten nervös. Er würde das Feuer für Renard zurücklassen, erklärte er, wenn sie fortgingen. Um ihm Gesellschaft zu leisten.

Da an Renard ein Exempel statuiert werden sollte, war natürlich unbedingt nötig, daß seine Überreste von den Suchtrupps der Regierung gefunden wurden. Jetzt kam Hansjosch herbei und setzte sich ein paar Schritte entfernt nieder.

»Gar nicht so unbequem, Renard, wie? Wenn die Durchblutung aufhört, hören auch die Schmerzen auf. Bis die Stricke gelöst werden. Aber dann wirst du schon tot sein. Kein Problem.«

»Wie?« fragte Renard; seine Stimme war nur noch ein Krächzen, die Worte ein bloßer Hauch. Zuerst hatte er solche Angst gehabt, daß seine Blase sich in die Hülle aus Stricken entleert hatte. Heftig hatte er gegen den Drang seines Darms angekämpft, desgleichen zu tun. Gott mochte wissen, warum. Schließlich kam es jetzt kaum noch darauf an, nicht wahr? Dann wurde die Angst zu einem bleischweren Entsetzen und dehnte sich aus, eine Tortur für sein Gehirn, so grauenvoll, daß er hätte schreien mögen. Aber irgendwie war er auch damit fertiggeworden. Schreien würde nichts an Hansjoschs Plan ändern. Nichts würde mehr etwas daran ändern.

Als Asok und Bauer Feuer machten, hatte er geglaubt, er könnte von ihnen Hilfe erbitten, und versucht, Theater zu spielen. Er hatte Asok um eine Zigarette gebeten. Asok hatte einen Schritt auf ihn zugetan, war aber von Bauer zurückgezogen worden. »Eine Zigarette«, bat Renard, »bitte!«

»Geen Frend«, antwortete Bauer. Merkwürdig, wie im Streß jeder in seine Muttersprache zurückfiel. Aber offenkundig war der Streß noch nicht groß genug. Hansjosch hatte die Männer unter Kontrolle, und keiner von ihnen hatte die Absicht, ihm den Gehorsam zu verweigern, selbst wenn sie seine Befehle mißbilligten. Renard hatte unter Hansjoschs hartem Regime selbst so gehandelt. Er wußte, wie es war. Es war nutzlos, sich dagegen aufzulehnen.

»Was?« fragte Hansjosch jetzt mit freundlicher Stimme, als wollte er ihm behilflich sein. »Du möchtest wissen, wie es vor sich gehen wird? Keine Sorge, *mon ami.* Ich werde schon für alles sorgen.«

Hansjosch war ein Sadist. War es möglich, daß er mit dem angekündigten Mord nur bluffte, um sich an Renards offensichtlichem Entsetzen zu ergötzen? (Nein! Hör auf zu träumen. Es gibt kein Entrinnen, wie du es dir zuerst vorgestellt hast. Das hier ist eine Strafaktion, eine Vergeltungsmaßnahme. Und es kommt auf dich nicht an. Ein winziges Insekt, das zwischen zwei Fingern zerquetscht wird. Bring das deinem Herzen, deinem Kopf endlich bei. Sie kämpfen weiter, sie hören nicht auf, es herauszuschreien – *laßt mich leben!*

Ein neuer brennender Schmerz fuhr durch Renards linkes Bein bis hinauf in seine Rippen und in seinen Schädel. Er sah, daß Hansjosch einen weiteren Strick um seinen verschnürten Körper gewickelt hatte. Das Seil hing locker herunter und war bis hinter die Feuerstelle ausgelegt. Asok arbeitete eifrig im Schatten, und der neue Strick ruckte an. Sie bastelten etwas zusammen.

»Ja, ja«, bemerkte Hansjosch lächelnd. »Siehst du? Alles ist unter Kontrolle.«

Es war nutzlos, Hansjosch anzuflehen. Renard hatte Männer gesehen, die ihn anflehten. Drei Jahre zuvor hatte Renard, als er das widerliche Schauspiel zum ersten Mal aus der Nähe mitansehen mußte, den Raum verlassen und sich übergeben. Eine Vorahnung vielleicht.

»Bitte«, flüsterte er. Er versuchte, ruhig zu bleiben. »Bitte!«

»Ja?« Hansjosch beugte sich aufmerksam über ihn.

Renard zog seine Lippen von den Zähnen zurück wie ein kranker Hund und begann hastig in Französisch auf ihn einzureden. Hansjosch verstand das meiste davon. Er knurrte und schlug seinem Gefangenen über den Kopf, ein – zwei – drei Mal. Der vierte Schlag löschte für eine kurze Weile alles aus. Als Renard wieder zu sich kam, waren die Männer mit dem fertig, was immer sie vorbereitet haben mochten. Sie standen ganz in der Nähe und sprachen mit Hansjosch, der sie plötzlich davonjagte. Da rannten sie los, auf den Dschungel und die Raumfähre zu, ohne zurückzublicken. Als ihre Schritte nicht mehr zu hören waren, blieb nur noch das schwache Knistern des Feuers und Hansjoschs Pfeifen. Da stand er, schaute zu den Sternen auf und pfiff eine Opernmelodie. Dann schien er sich daran zu erinnern, daß er sich von Renard verabschieden mußte, und blickte zu ihm hinunter.

»Siehst du das Seil, das Seil, das da hinten weiterläuft? Eine auf Feuchtigkeit und Wärme reagierende Zündschnur. Das Ende liegt jetzt noch in Trockeneis, aber das löst sich rasch auf. Dann wird es deine Körperwärme suchen. Und wenn der Funke die Lunte entlangkriecht – nun, du weißt ja, wie das funktioniert. Es dürfte etwa zehn Minuten dauern oder vielleicht auch fünfzehn, wenn du versuchst, nicht zu stark zu schwitzen. Das heißt, solange du die Verbindung nicht unterbrichst. Du weißt doch, wie die Dinger arbeiten, wenn sie einmal fixiert sind? Erinnerst du dich an den Agenten in Den Haag, der den Strick am Knöchel seines Chefs durchschnitt? Es hat sie alle beide zum Fenster hinausgeblasen, stimmt's?«

Hansjosch pfiff jetzt ein anderes, trauriges Liedchen. Er tat ein paar Schritte, wandte sich um und schaute zurück. Ernsthaft sagte er: »Du warst ein guter Mann. Es war ein Vergnügen, mit dir zu arbeiten. Ich werde dich vermissen! Ich hätte es mit Bauer machen sollen. Jetzt werde ich die ganze Zeit über bis zur Grenze sein Magengrimmen zu ertragen haben.« Er warf einen Blick zum Himmel. »Mit etwas Glück könnte jemand kommen und das Feuer sehen. Dann wirst du bei deiner Abreise Gesellschaft haben.« Er kletterte vom Dach herunter; der Dschungel knisterte wie festes Papier, und dann war sein rascher Rückzugsgalopp zu vernehmen.

Nur ein paar Sekunden schienen vergangen zu

sein, als die Raumfähre aufbrüllend zum Leben erwachte. Sie erhob sich ohne Positionslichter. Ein Windstoß kam auf, es roch nach verbrannten Ionen, tiefe Schwärze verdeckte die Sterne, dann kehrten Sterne und Stille ein.

Ein dünnes, trockenes *Pop* war zu hören. Das Geräusch peitschte durch Renards Körper wie ein Säurestrahl. Der Reflex ließ ihn sich aufbäumen, und sein hilfloser, gefesselter Leib verfiel in Agonie. Seine Schließmuskeln gaben nach, während er in Todesangst schrie und brüllte. Der Tod näherte sich. Es gab kein Entrinnen. Selbst wenn Hilfe käme, wäre es schon zu spät. Die Geräte, deren sich seine Organisation bediente, konnten nicht abgestellt oder entschärft werden. Es blieb ihm nichts, als liegenzubleiben und auf die Explosion zu warten, die ihn zerreißen und in blutigen Fetzen nach allen Seiten blasen würde. Nichts, als liegenzubleiben und daran zu denken und es zu *wissen* und darauf zu warten, daß es sich ereignete … Wieder wand er sich und schrie auf und fiel zurück. Und wieder senkte sich die Stille der Nacht über ihn. Schon bald würde er den schwachen zischenden Laut des Funkens hören, der sich seinen Weg durch den Kanal in der Zündschnur suchte.

Dicker, übelkeiterregender Dunst erfüllte seine Augen, Schweiß, Furcht, Rauch. Und etwas Blasses mitten im Dunst. Dann kam das Mädchen aus dem Dunkel, aus dem Dunst, trat über die tödliche Schnur und kniete neben ihm nieder.

»Rühr sie nicht an!« schrie er. »Rühr die Schnur nicht an …!«

»Nein, natürlich nicht«, beruhigte ihn das Mädchen. Vor dem lodernden Feuer wirkte sein blasses Haar wie der Lichthof einer weißen Flamme.

»Du kannst es nicht verhindern!« stieß er hervor.

»Ich weiß.«

»Dann verschwinde, geh, *lauf!* Noch fünf Minuten, und es erreicht mich. Es ist eine *Bombe.* Willst du auch in die Luft fliegen? O Gott, o Gott!« brüllte er. Er wandte seine Augen ab, um sie nicht sehen zu müssen, und seine Ohren horchten wie Radarschirme auf das Kommen des Todes.

Ihre Hand fuhr sanft über sein Gesicht; er schrak davor zurück. Sie war nicht real gewesen (sie *ist* nicht real!). Reine Einbildung seines Gehirns. Oder des Sterbens.

Aber ihre Hand kehrte zurück, hart und grausam, schlug ihm ins Gesicht. Er öffnete die Augen und sah *ihr* Gesicht. Auch *ihre* Augen waren voll wildem Entsetzen, und doch verließ sie ihn nicht. Ihr Entsetzen war grausam und hart wie der Griff, mit dem sie ihn hielt, mitleidslos. Er konnte sie nur anstarren.

»Der Fluß«, sagte sie, »der Fluß floß vorüber, und du saßest auf den *Ghats,* während du den Lehrern zuhörtest. Sag mir, daß du dich daran erinnerst.«

»Benares«, antwortete er. »Warum ... warum?«

»Jetzt ist dort *High-Varanasi«,* fuhr sie fort, mit einer Stimme wie aus Stein, mit Augen wie Steinen, ihr Gesicht, die Hand, die ihn festhielt – wie Steine. »Fünfundzwanzig Jahre nach heute wird der Ganges zu einem goldfarbenen Sumpf ausgetrocknet sein. Aber darüber in der Luft sind die geheimen Maschinen eifrig bei der Arbeit.«

»Geh fort«, murmelte er, »wenn du wirklich hier bist.«

»Hör mir zu, du hast nur noch wenig Zeit.«

»Ich kann den Funken hören!« Er bäumte sich auf und stieß sie zur Seite. »Schmerz ...«

»Ich kenne den Schmerz. Und die Explosion, die dich in Stücke reißen wird. Ich weiß!« Sie runzelte die

Stirn. »Du hast mich im Traum daran erinnert, jede Nacht. Ein halbes Jahr lang, immer wieder.« Als er zurücksank, beugte sie sich über ihn. »Hör zu! Du hast nur noch Minuten. Und ich muß meine Aufgabe erfüllen. Du bist ein Atheist, Renard, nicht wahr? Du rufst Gott an, aber es ist nur, wie wenn ein Kind den Namen eines Fremden in die Nacht hinausschreit. Es gibt eine Seele, Renard. *Deine* Seele. Sie lebt weiter. Menschen leben ewig, sie sterben nie. Nur der Körper stirbt.

Er lachte, hustete und würgte zugleich, und sie sprach weiter, gnadenlos, während ihre Augen sich in ihn hineinbrannten.

»Dein Körper wird in vier – in drei Minuten vergehen. In Agonie. Aber die Agonie war ... sie *wird* rasch vorübergehen. Dann ist die Seele frei. Ich kann dir nichts über die Befreiung sagen. Sie ist der geheime Ort hinter allen Geheimnissen. Wir erinnern uns nur, wenn wir zurückkehren. Ich bin nicht dein Pandit. Ich spreche nicht vom Himmel oder vom *Nirvāna.* Nur vom Körper. Wiedergeburt, Renard, begreifst du? Wiedergeburt wird auf diesen Tod folgen. Eine rasche Wiedergeburt. Aber das Trauma dieses Todes wird dich verfolgen, der dunkle Stern, die Wunde in deiner Seele, und das neue Leben wird zerstört und vergeudet sein. Nur wenn es mir gelingt, dich erkennen zu lassen ...«

»Leben«, keuchte er. »Leben! *Geh fort!* Oder du wirst mit mir kommen müssen.«

»*High-Varanasi* hat ein geheimes Gerät. Es kann das Bewußtsein durch Zeit und Raum projizieren, und mit dem Bewußtsein ein Bild des Körpers, das ganz körperlich erscheint. Man kann es berühren, wie du mich berührt hast, und es kann berühren, wie ich dich berühre. Es ist aber *nicht* körperlich. Obwohl ich hier bin, bin ich *nicht* hier. Die Explosion, die dich töten wird, kann meinem Körper keinen Schaden zufügen. Ich werde bei dir sein, wenn du stirbst, Renard.«

»Die Zündschnur – der Funke!« schrie er und kämpfte gegen ihren Griff und ihren Blick an.

»Tod«, sagte sie. »Es gibt keinen Tod. Wie groß das Entsetzen und die Verzweiflung und der Schmerz auch sein mögen, du wirst leben. Warum wäre ich wohl sonst gekommen, als um dir das zu sagen?«

»Wer hat dich geschickt?« Seine Ohren dröhnten von dem lauten Zischen der brennenden Lunte. Er hatte keine Kraft mehr, sie zurechtzuweisen oder sich zu fürchten. »Was bist du?«

»Du hast mich gekannt«, antwortete sie.

In diesem Augenblick hörte er, wie die Zündschnur sein Fleisch berührte und zischte und unterging in einem Hammerschlag des Nichts. Und in diesem endlosen Augenblick des Nichts sagte sie: »In der Zukunft wirst du wiedergeboren werden. Ich bin durch die Zeit zu dir gereist. Ich bin *du.*«

Dann kam die Glut, der Donnerschlag, Blindheit, rote Agonie, weiße und schwarze, und die Worte wurden fortgetrieben wie ausgestreuter Samen von einem Wirbelwind, fort, fort.

Vedanta

Die Klänge einer *Bina* wehten von der Terrasse herüber, Klänge von der kleinen gelben *Bina,* die die junge Frau mitgebracht hatte, wie ein Kind sein Lieblingsspielzeug mit ins Krankenhaus bringt. Da stand sie nun, spielte leise, wechselte dann und wann die Griffe, hielt das Instrument quer vor ihren Körper, so daß die aufgehende Sonne die Saiten und die Strähnen ihres blonden Haares vergoldete. Auch ein goldfarbener Pirol musizierte in den tiefer liegenden Gärten. Und auf Höhe der Ebene wateten die Pilger in den heiligen Sumpf.

Religion und Mystik und Lehre. Sie wurden respektiert; mit geistigen Dingen konnte so manches verschleiert werden. In einer Zeit, in der die Unterdrückung der Handlungsfreiheit und der freien Meinungsäußerung nicht unbekannt war, war die Seele doch frei, ihren Weg zu gehen. Dieser Weg war es, der in *High-Varanasi* viele Wunder nötig machte. Aber die riesigen Maschinen waren unbeschreiblich und den weltlichen Regierungen nicht bekannt, die Zeitreisen leicht als ein Mittel der Macht oder als eine Waffe in der Zeit hätten betrachten können statt als Mittel, um seelische Wunden zu heilen.

Jetzt schloß das Mädchen die Tonfolge auf ihrer *Bina* ab und wandte sich um. Ehrerbietig grüßte sie den Meister.

»Hast du gut geschlafen?« fragte er.

»O ja, ich *habe* gut geschlafen. Schon seit einer Woche schlafe ich gut. Und ich sehe voraus, daß ich nun alle Wochen meines Lebens gut schlafen werde. Es ist vorüber. Ein Wunder! Die weisen Computer von *High-Varanasi* haben alles vollbracht, was Sie mir versprochen hatten.«

»Der Computer ist dein Diener gewesen. Er hat dein vergangenes Leben durchforscht, er hat dich instandgesetzt, dieses Leben zu erreichen und mit ihm in Verbindung zu treten. Das Wunder aber hast du selbst vollbracht. Du bist nur durch *dich* von deiner Krankheit genesen.«

»Dann muß es mir gelungen sein, zu erreichen, daß er mir glaubte. Er – ich selbst – muß es verstanden und angenommen haben. Aber warum auch nicht? Wir haben uns sofort erkannt. Er wußte nicht, warum. Ich aber wußte es. Er war mir vertraut wie ein Geliebter. Vertrauter noch. Und ich verstehe jetzt auch die seltsame Verhaltensweise, die man mich zuerst lehrte ... Nur so wurde das, was ich ihm später erzählte, glaubwürdig. Nur angesichts solchen Entsetzens würde er mir Glauben schenken *wollen*. Und weil die Zeit noch einmal ablief, starb er nicht allein. Obwohl nichts Wesentliches geändert werden kann, konnte ich doch jenen schrecklichen Tod mit ihm teilen. Wie ich ihn so oft in meinen Alpträumen mit ihm teilte. Aber nun haben die Alpträume aufgehört. Vielleicht lag der Fehler in mir selbst – aber indem das Trauma aufs neue durchlebt wurde, aus zweiter Hand wenigstens ...« Sie unterbrach sich. »Es hat nichts zu bedeuten, daß es schwierig zu begreifen ist; eine Erklärung ist nicht nötig, nicht wahr? Ich starb als Renard. Aber nun ist es vorüber. Hier bin ich – ich selbst.« Sie lächelte. »Bis zum nächsten Leben. Was mag dann sein, frage ich mich?«

»Die Funktion unseres Systems ist es, wie du weißt, zu helfen«, sprach der Meister, »nicht, in die Zukunft zu schauen. Aus diesem Grunde öffnen wir nur die Tür in die Vergangenheit.«

Auf Englisch sagte sie jetzt: »›Was sein wird, ist noch ungewiß.‹« Sie nickte. »Alles, was ich weiß, ist, daß ich heute Nachmittag einer Hypnose unterzogen werde.«

»Damit du niemals, nicht einmal unbewußt, uns oder unsere Technologie verraten kannst. Du wirst es nie vergessen, du kannst daran denken und es fühlen, wenn du willst. Aber niemals wirst du wieder von dem sprechen können, was geschehen ist. Ist das unvernünftig?«

»Oh, ich bin nur zu gerne bereit dazu! Zu allem, was diesen Ort schützen kann. Armer Renard«, fügte sie hinzu und ließ ihren Blick über den Garten schweifen, »er hat auf falsche Weise gegen ein

Regime gekämpft, das sich nicht geändert hat. Sollte *ich* vielleicht kämpfen? Sollte ich mich seinetwegen, aufgrund seines Kampfes schuldig fühlen, wenn ich so in aller Ruhe und Sicherheit musiziere? Nein!« gab sie sich selbst zur Antwort. »Ich habe es getan, und vielleicht tue ich es wieder. Weil es nötig ist. Und außerdem sind die *Ksha-Triya* immer an vorderster Front. Nur die Natur des Kampfes ändert sich.«

Sie sah sehr ernst und sehr jung aus. Das Mal des *Tamastara* wurde in ihrem Blick sichtbar wie die Narbe eines alten, längst vergessenen Schlages. Alles übrige an ihr war frisch und neu, wie bei einem Schmetterling, der eben aus dem Kokon geschlüpft ist. Der Unterricht war beendet, das Ende der Erkenntnis erreicht. Das Ende der Erkenntnis aber ist der Beginn der Erkenntnis. Plötzlich, zusammenhanglos, sagte sie: »Er hatte wundervolle Augen. Und die Hände eines Künstlers, die nie Kunst geschaffen haben.« Dann senkte sie ihren Blick und entlockte ihrer gelben *Bina* aufs neue sanfte, ungebrochene Töne.

Es war nichts Ungewöhnliches, daß die physische Komponente der Seele zu sich selbst in Liebe entbrannte, wenn sie sich in einem anderen Körper sah. Renard, der in Blut und Todesangst gestorben war, als er so alt gewesen war wie jetzt die junge Frau, hatte durch sie das Abenteuer der Suche und Reifung wieder aufgenommen. Und diese Erkenntnis machte sie überglücklich, sie schien ihr ein gesegneter Besitz. Alles, was verschleiert blieb, als es geschah, alles, was ungesagt geblieben war, konnte nun wieder aufgegriffen, ausgesprochen und zum Ausdruck gebracht werden durch die, die er geworden und die sie nun war. Die Botschaft wurde jetzt nicht mehr in Flammen, Raub und Mord niedergeschrieben, sondern in langen perlenden Tonketten, eine in die andere übergehend. Der leidenschaftliche Kampf aber ging weiter, der Kampf um den Geist des Menschen, der Kampf gegen Dunkelheit und Finsternis, der Kampf, der den Strom zwischen allem menschlichen Leben zum Fließen bringen wird, den Strom, der ein Teil jedes menschlichen Lebens ist.

Aber keine unergründliche Melodie wehte von der Terrasse herunter. Der goldene Pirol schwieg gekränkt. Ein seltsamer Ton, der Auftakt zur »Marseillaise«, erklang dumpf von den Saiten einer *Bina* und schrillte durch den Garten, während die Sonne aufging.

Ein neuer Morgen brach über Indien an.

Glossar

Anna, der
Rechnungseinheit des alten Rupiengeldsystems in Vorderindien (16. Teil einer Rupie).
Agni, der
Feuer; eine der prominentesten Gottheiten der Veden.
Bhagavad-Gītā, die
ein in das indische Epos Mahābhārata verflochtenes religionsphilosophisches Gedicht, wahrscheinlich aus dem 2. Jahrhundert v. Chr., das denen Erlösung zusagt, die Gott (Vishnu) erkennen und selbstlos ihre Pflicht erfüllen.
Bhang, der
Haschisch, hier als Getränk.
Bina, der
typische indische Harfe.
Bo-Baum, der
Feigenbaum, der in Indien das Attribut des Heiligen trägt, weil Buddha, unter einem Bo-Baum sitzend, erleuchtet wurde.
Brahma,
Schöpfer; im Hinduismus zusammen mit Shiva und Vishnu die göttliche Dreiheit der Trimurti (Darstellung der drei Hauptgottheiten in einem Menschenkörper mit drei Köpfen und sechs Armen).
Brahmane, der
Mitglied der obersten Kaste der Hindus: Gelehrte, Priester, Dichter, Politiker.

Candā, der
(ausgesprochen: Tschandaa) der Mond. *Candā Candaramā:* glänzender Mond.
Dārī, die
Perserteppich.
Dāl, die
Püree aus Hülsenfrüchten.
Dharma, der
bedeutet als religiöses Grundprinzip der indischen Religion Weltgesetz, Recht, Pflicht, Tugend, Lehre, Gerechtigkeit.
Dhāk, der
Jackbaum, ein dem Brotfruchtbaum verwandter Obstbaum.
Dīvālī, die
hoher hinduistischer Feiertag. Wird im November anläßlich der dunkelsten Nacht des Jahres als Lichterfest begangen und symbolisiert den Sieg des Lichtes über die Finsternis, des Guten über das Böse. An diesem Tag werden alle Häuser, auch die öffentlichen Gebäude, hell erleuchtet.
Dravida, die
eine südindische Sprachfamilie.
Ghāts, die
ursprünglich Bezeichnung für die Begrenzungen des Dekhan, eines Hochplateaus in Vorderindien, die stufenförmig abfallen, im Westen zum Golf, im Osten zum Indischen Ozean. Hier: breite, abfallende Erd- oder Steinwälle.
Haudā, der
überdachter, sänftenartiger Sitz auf dem Elefantenrücken.
Indra Vajri
altindischer Kampfgott, Vorbild der Krieger. Seine Waffe ist der Vajra (»Donnerkeil« oder »Diamant«), mit dem er im Soma-Rausch Feinde und Dämonen vernichtet.

Khānā, der
Mahlzeit.
Karma, das
nach der Lehre des Hinduismus besagt das Gesetz des Karma, daß jede gute oder böse Tat einen Prozeß freisetzt, der unbeeinflußbar eine Vergeltung in einem anderen Leben bedingt. Das Gesetz des Karma für das eigene irdische Dasein auszuschließen oder zu beenden, ist das zentrale Anliegen des hinduistischen Erlösungsstrebens.
Koftā, der
gebratene oder gekochte Bällchen aus Lammhack oder zerkleinertem Gemüse.
Krishna
(richtig: *Krsna)* s. Vishnu.
Ksha-Triya, der
altindische Kriegerkaste (zweithöchste Kaste); ihr Wesenskern ist das kshatram (Kampf und Kampfgeist).
Laddu, der
Konfekt aus Kichererbsenmehl und Melonenkernen.
Lassī, die
ein Milchgetränk.
Lingam, der
Phallus; Zeichen des Gottes Siva und Symbol der Schöpfungskraft.
Maidān, der
großer Platz.
Mandal, der
magischer Zirkel, Kreis, Gemeinde.
Mantra, das
(Wort, Formel), Vers aus Hl. Schriften des Hinduismus, dessen Rezitation bestimmte Wirkungen setzt; Beschwörunsgesang.
Nān, die
Fladenbrot aus Weizenmehl, Quark, Milch, Eiern,

ghī (gekochte Butter aus Büffelmilch), das im Tandōr, einem krug- oder brunnenförmigen Herd aus Lehm, über glühender Holzkohle gebacken wird.

Nārāyana
Manifestation des Höchsten Wesens, Beiname des Gottes Vishnu.

Nirvāna, das
absolute Leere jenseits des materiellen Daseins.

Nīlakantha
(»Der Blauhalsige«) Beiname des Gottes Shiva.

Paisā, der
kleine indische Währungseinheit; 100 Paise = 1 indische Rupie.

Palankin
(richtig: *Pālkī,* die) gedeckte ostindische Sänfte

Pān, der
traditionelle aromatische Mischung von Betelnuß, Gewürzen, Limonen, in Betelblätter gewickelt. Manchmal mit eßbarem Blattsilber bedeckt, das dünner ist als eine Zwiebelschale.

Pandit, der
indischer Gelehrter alter Art. Höchste Stufe der Kaste der Brahmanen.

Rāga, der
der Improvisations- und Kompositionsrahmen in der klassischen indischen Kunstmusik. Früher gab es mehr als zehntausend solcher Melodie- und Motivtypen, heute noch einige Dutzend.

Rājā, der
Titel der Hindufürsten Indiens und des Malaischen Archipels.

Rakh, der
Dschungel-Revier in den britischen Kolonien.

Rāmāyana, das
indisches Kunstepos aus 24000 Doppelversen; entstand zwischen dem 4./3. Jahrhundert v. und dem

2. Jahrhundert n. Chr. Heiliges Buch des Hinduismus.
Rupie, die
indische Währungseinheit. In der Kolonialzeit etwa 1,30 Mark, heute ca. 0,26 DM.
Sādu, der
(»Guter Mann«) Hindu-Asketen.
Sakti, die
Kraft, Macht; personifiziert als weibliche Gottheit (Gattin des Gottes Shiva).
Samsāra, das
(»Das Umherwandern«) Lehre von der Seelenwanderung, d.h. Wiedergeburt der Seele in einem anderen Körper.
Sarod, die
indische Laute.
Sitār, der
nordindische Langhalslaute persischen Ursprungs. Die 3 bis 7 Saiten werden mit einem Plektrum gezupft.
Shiva
(richtig: Siva) Zerstörer; einer der drei Hauptgötter des Hinduismus.
Soma, der
Pflanze, Opfertrank. Personifiziert: Gottheit des Rausches, auch des Mondes. Das Soma-Opfer ist eines der bedeutendsten Rituale im alten Vedakult.
Stūpa, der
altindischer halbkugelförmiger Begräbnishügel.
Tamas, das
Finsternis; eine der drei menschlichen Grundeigenschaften, die zu Schwermut und Tatenlosigkeit führen.
Tantra, das
ein bestimmtes System von Praktiken; Magie.
Tārā, der
der Stern; Tamastara: dunkler Stern.

Thālī, die
runder flacher Teller oder Schale (bei großen Essen auch Bananenblätter), auf dem Fleisch, Fisch, Gemüse, Quark in kleinen Portionsschüsselchen serviert werden.
Vārānasī
indischer Name für die Stadt Benares.
Vatsyayanismus
abgeleitet von Vātsyāyana, dem Verfasser des Kāmasūtra, eines Lehrbuches der Liebeskunst.
Veda, der
(Offenbarung, Wissen) älteste hl. Schriften des Hinduismus.
Vedānta, der
letzter Teil der vedischen Schriften; hier: letzte Grenze menschlicher Erkenntnis.
Vishnu
(richtig: Visnu) Erhalter; einer der drei Hauptgötter des Hinduismus. Durch Gleichsetzung mit verschiedenen Göttergestalten seit der Zeit der großen indischen Epen im 7./8. Jahrhundert n. Chr. ein Hochgott, der die Welt erhält und schützt. In verschiedenen Herabkünften (Avatara) versucht er, Recht und Ordnung in der Welt wiederherzustellen. Unter diesen Avatara sind die Erscheinungsformen *Rama* und *Krishna* zum Mittelpunkt eigener religiöser Traditionen geworden.
Würger von Kālī Mā
Gestalten der indischen Mythologie. Diener der Kali Ma (schwarze Mutter), d. i. die Göttin Durga in ihrer Gestalt als furchtbar Strafende und Rächende.
Yaksa, der
Genius, Gestalt der indischen Mythologie.
Yoni, die
weibliche Scheide; Schoß, Ursprung.
Zechine, die
venezianische Goldmünze, der spätere Dukaten.